我们飞翔是出于对飞行的热爱。奇迹在我们手中,在我们脚下,让我们真切地感到活着的美丽。

We who fly do so for the love of flying. We are alive in the air with this miracle that lies in our hands and beneath our feet.

桂冠诗人诗选

尼古拉斯·布莱克 **桂冠推理全集**

The Smiler With the Knife

饰盒之谜

尼古拉斯·布莱克——著
张白桦——译

上海文艺出版社
上海故事会文化传媒有限公司

尼古拉斯·布莱克桂冠推理全集（全16册）
编委会

总策划：夏一鸣

主　编：黄禄善

副主编：陶云韫

编辑成员

（按姓氏笔画为序排列）

丁娴瑶　王　琦　田　芳　吕　佳　朱　虹　孟文玉

赵媛佳　夏一鸣　陶云韫　黄禄善　曹晴雯　彭元凯

名家导读

提起英国黄金时代侦探小说的代表性作家，很多人马上就会想到阿加莎·克里斯蒂（Agatha Christie, 1890-1976）。确实，这位昔时光顾伦敦侦探俱乐部的"常客"，自出道以来，累计创作悬疑探案小说81部，总销售量近20亿册，是地地道道的"侦探小说女王"。不过，在当时的英国，还有一位男性侦探小说家，其创作才能一点也不亚于阿加莎·克里斯蒂，只不过他的身份比较显赫，甚至有点令人生畏。尼古拉斯·布莱克（Nicholas Blake, 1904-1972），这个生于爱尔兰、长于伦敦、后来活跃在诗坛的"怪才"，不但拥有牛津大学和哈佛大学教授、英国桂冠诗人、大不列颠功勋骑士、战时宣传口掌门、左翼社会活动家等多种显赫身份，还在出版大量彪炳史册的诗歌集、论文集、译著的同时，客串侦探小说创作，成就十分突出。说来让人难以置信，他创作侦探小说的原因竟然是囊中羞涩，无法支付居住已久的房屋的维修费。在给自己的诗友、同为桂冠诗人的斯蒂芬·斯潘德（Stephen Spender, 1909-

1995)的信中,他坦言,因为担心失业,一直想写些可以盈利的书。于是,一套以"奈杰尔·斯特雷奇威"(Nigel Strangeways)为业余侦探主角的悬疑探案小说诞生了。

该套小说共计16部,始于1935年的《罪证疑云》(*A Question of Proof*),终于1966年的《死后黎明》(*The Morning after Death*),陆续问世后,均引起轰动,一版再版,畅销不衰,并被译成多种文字,风靡欧美多地。直至今天,这套作品依然作为西方犯罪小说的经典被顶礼膜拜。《纽约时报》《泰晤士报文学增刊》《每日电讯》等数十家报刊连篇累牍地发表评论,称赞这套小说是西方侦探小说的"杰作","值得倾力推荐"。知名小说家伊丽莎白·鲍恩(Elizabeth Bowen)说,尼古拉斯·布莱克"拥有构筑谜案小说的非凡能力","在英国侦探小说史上独树一帜"。当代著名评论家尼尔·奈伦(Neil Nyren)也说,尼古拉斯·布莱克不愧为"神秘小说大师","在西方侦探小说从通俗到主流的文学转型中起着重要作用"。[1]

人们之所以热捧尼古拉斯·布莱克,首先在于这套悬疑探案小说构筑了16个扑朔迷离的故事情节。尼古拉斯·布莱克熟谙黄金时代侦探小说的各种创作模式,在他的笔下,既有引导读者亦步亦趋的"谜踪",又有适时向读者交代的"公平游戏原则";既有转移读者注意力的"红鲱鱼",又有展示不可能犯罪的"封闭场所谋杀"。而且,一切结合得十分自然,不留任何痕迹。譬如,该系列的第二部小说《死亡之壳》(*Thou*

---

[1] Neil Nyren. "Nicholas Blake: A Crime Reader's Guide to the Classics", https://crimereads.com, January 18, 2019.

Shell of Death），功勋飞行员费格斯不断收到匿名威胁信，断言他将在节日当天毙命。以防万一，费格斯请来了破案高手奈杰尔·斯特雷奇威。然而，劫数难逃，在节日家宴后，费格斯还是神秘死亡。凶手究竟是谁？为何要选择节日当天谋杀他？谋杀动机又是什么？种种线索指向参加节日家宴的、有可能从谋杀中获益的一些嘉宾，其中包括富有传奇色彩的女探险家乔治娅·卡文迪什，她与费格斯来往甚密。与此同时，奈杰尔·斯特雷奇威也开始调查死者费格斯鲜为人知的过去。又如该系列的第四部小说《禽兽该死》（The Beast Must Die），故事以侦探小说家弗兰克的日记开头，讲述他6岁的儿子突遇车祸，肇事司机逃逸，由此他悲愤交加，展开了追查禽兽的历程。故事最后，复仇者锁定嫌疑人，并潜入嫌疑人家中，准备实施谋杀。然而，当东窗事发，弗兰克却坚称自己无罪。事情真相究竟如何？弗兰克是有罪，还是无罪？奈杰尔·斯特雷奇威依据严密的推理，做出了出乎众人意料的判断。再如该系列的第14部小说《夺命蠕虫》（The Worm of Death），开篇即以死者之口预告了自身的死亡，设置了"自杀还是谋杀"的悬念。死者名为皮尔斯·劳登，是一个医学博士，他的尸体突然出现在泰晤士河中，全身只穿有一件粗花呢大衣，手腕处还有数道相同的刀伤。奈杰尔·斯特雷奇威奉命介入调查，似乎所有家庭成员都对死者抱有敌意，所有人都有强烈的作案动机，包括深受博士喜爱的养子格雷厄姆，次子哈罗德，还有小女儿瑞贝卡——死者曾坚决反对她与艺术家男友的婚恋。随着调查深入，家中发生的又一起死亡事件陡然加剧了紧张局势。恶意谋杀仍在继续，奈杰尔·斯特雷奇威不得不加快脚步。与此同时，他也在一艘腐烂的驳船上发现了令人毛骨悚然的事实真相。

不过，尼古拉斯·布莱克毕竟是驰骋在诗坛多年的"桂冠诗人"，他在构筑上述扑朔迷离的故事情节的同时，还有意无意地融入了许多纯文学技巧。故事行文优美，引语典故不断，清新、优雅的风韵中又不乏幽默，尤其是在刻画人物的心理和展示作品的主题方面狠下功夫。一方面，《酿造厄运》(There's Trouble Brewing)通过一家酿酒厂里的奇异命案，展现了资本家的贪婪、人性的扭曲和底层劳动者的苦苦挣扎；另一方面，《深谷谜云》(The Dreadful Hollow)又通过偏僻山村一系列匪夷所思的恐怖事件，展示了一幅幅极其丑陋的贪婪、嫉恨、复仇的图画；与此同时，《雪藏祸心》(The Corpse in the Snowman)还通过侦破豪华庄园一起诡异的"闹鬼"事件，反映了二战期间英国毒品的泛滥和上流社会的骄奢淫逸、人性丑陋。最值得一提的是《游轮魅影》(The Widow's Cruise)，该书的故事场景设置在希腊半岛东部的爱琴海上，与阿加莎·克里斯蒂的《尼罗河上的惨案》有异曲同工之妙，两者均通过游轮上一起离奇古怪的命案，揭示了人性的弱点与步入歧途的道德激情。

一般认为，尼古拉斯·布莱克对英国黄金时代侦探小说的最大贡献是塑造了栩栩如生的学者型业余侦探奈杰尔·斯特雷奇威这个人物形象。在他的身上，几乎汇集了之前所有业余侦探的人物特征。他既像吉·基·切斯特顿(G. K. Chesterton, 1874-1936)笔下的"布朗神父"，善于同邪恶打交道，洞悉罪犯的犯罪心理；又像阿加莎·克里斯蒂笔下的"前比利时警官波洛"，在与人的交往中十分随和，富有人情味；还像多萝西·塞耶斯(Dorothy Sayers, 1893-1957)笔下的"彼得·温西勋爵",风度翩翩,敏感、睿智、耿直的外表下蕴藏着几丝柔情。然而,比这些更重要的是,他还像尼古拉斯·布莱克及其几个诗友,温文尔雅,具有牛津大学教育背景,是个学者,以中古时期英格兰和苏格兰诗歌为研究对象,出版有多部相关专著,断案时喜欢"引经据典"。每每,他卷入这样那样的复杂疑案调查,或受朋友之嘱、亲属之托,如《罪证疑云》《雪藏祸心》;或直接听命于警官,如《饰盒之谜》(*The Smiler with the Knife*)、《谋杀笔记》(*Minute for Murder*);或路见不平,拔刀相助,如《暗夜无声》(*The Whisper in the Gloom*)、《游轮魅影》。

如此种种不凡的作者自身形象和人生轨迹,还屡见于小说的场景设置和其他人物塑造。譬如《亡者归来》(*Head of a Traveler*)和《诡异篇章》(*End of Chapter*),两部小说均设置了文学领域的疑案场景,而且案情也以"诗歌"为重头戏。前者描述奈杰尔·斯特雷奇威敬仰的大诗人罗伯特·西顿的美丽庄园发生的无头尸案,其人物原型正是尼古拉斯·布莱克昔时崇拜的偶像威·休·奥登(W. H. Auden, 1907-1973);而后者聚焦某出版公司编辑的一部书稿,许多细节描写来自尼古拉斯·布莱克二战期间担任国家宣传口负责人的经历。又如《罪证疑云》和《死后黎明》,两部小说也都以尼古拉斯·布莱克熟悉的校园生活为场景,案情分别涉及英国的一所预备学校和一所以哈佛大学为原型的卡伯特大学,其中,前者的嫌疑人迈克尔·埃文斯的不幸遭遇,与尼古拉斯·布莱克早年在中学从教的经历不无相似。他被指控谋杀了校长的侄子,还与校长的年轻妻子有染。正是这些原汁原味、源于生活又高于生活的描写，使它们被誉为"校园谜案小说的经典"。

自 20 世纪 30 年代起，尼古拉斯·布莱克的这套悬疑探案小说被陆续改编成电影、电视和广播剧，有的还被改编多次，如《禽兽该死》，其中包括 1952 年阿根廷版同名电影和 1969 年法国版同名电影，后者由克劳德·夏布洛尔（Claude Chabrol, 1930-2010）任导演。出演奈杰尔·斯特雷奇威一角的则分别有格林·休斯顿（Glyn Houston, 1925-2019）、伯纳德·霍斯法（Bernard Horsfall, 1930-2013）和菲利普·弗兰克（Philip Franks, 1956- ）。2018 年，迪士尼公司宣布将依据《暗夜无声》改编的电影《知道太多的孩子》列为常年保留剧目。2004 年，BBC 公司又再次宣布将《罪证疑云》和《禽兽该死》改编成广播剧，导演为迈克尔·贝克威尔（Michael Bakewell）。甚至到了 2021 年，英国的新流媒体 BriBox 和美国的 AMC 还宣布再次将《禽兽该死》改编成电视连续剧，由知名演员比利·霍尔（Billy Howle, 1989- ）出演奈杰尔·斯特雷奇威。

在我国，由于种种原因，尼古拉斯·布莱克的这套悬疑探案小说一直未能译成中文，同广大读者见面，但学界、翻译界、出版界呼声不断。2021 年 5 月，尼古拉斯·布莱克逝世 50 周年纪念之际，上海故事会文化传媒有限公司的夏一鸣先生慧眼识珠，开始组织精干人马，翻译、出版这套小说。经过一年多的准备和努力，这套图书终于面世。尽管是名家名篇、精编精译，缺点仍在所难免，敬请广大读者不吝指正。

黄禄善

奈杰尔侦探小传

奈杰尔·斯特雷奇威，是推理大师尼古拉斯·布莱克小说中虚构的一位私人侦探。在1935年至1966年间，作为重要角色出现在16部尼古拉斯的小说中。

奈杰尔年轻俊朗，不拘小节，常以苍白凌乱的形象示人。他是智商超群的学霸，却因性格过于叛逆被牛津大学开除。他性格幽默，行动力超强，气质温文尔雅。稚气面容与老道头脑形成戏剧化的反差。奈杰尔周身散发出儒雅的学者气息，在调查过程中，他喜欢借角色之口，引经据典，让人不知不觉靠近他，信任他，将案子交到他的手中。

在系列小说中，奈杰尔的情感故事同样精彩，他的妻子乔治娅是一名探险家，不幸死于闪电战。之后，奈杰尔又邂逅了雕塑家克莱尔。在奈杰尔生命中出现的两位女性，都是具备智慧、勇气、思想的"独立女性"，在古典推理小说中难得一见。

在侦探小说的王国中，奈杰尔这样的侦探形象，可谓独一无二。

人物关系

奈杰尔·斯特雷奇威： 英国侦探。乔治娅的丈夫。

乔治娅： 奈杰尔的妻子，著名女性探险家。为了挫败"英国国旗"组织颠覆国家的阴谋，潜入敌人内部。

凯斯顿少校： "英国国旗"外围人物，是他把奈杰尔夫妇卷入了风波。

约翰·斯特雷奇威爵士： 奈杰尔的叔叔，伦敦警察厅C分部的负责人，负责挫败"英国国旗"的阴谋。

彼得·布雷斯韦特： 板球运动员，英格兰击球手。效力约翰爵士，对付"英国国旗"。

奇尔顿·坎特洛勋爵： 百万富翁，"英国国旗"的实际领导人。

大卫·伦顿： 奇尔顿·坎特洛勋爵的秘书。

目录

第一章　少校的母亲…………………………… 1
第二章　误导人的流浪汉………………………… 17
第三章　侦探叔叔………………………………… 34
第四章　多情的板球运动员……………………… 49
第五章　两个伪君子……………………………… 65
第六章　顽皮的科学家…………………………… 80
第七章　"英国国旗" …………………………… 95
第八章　样书……………………………………… 106
第九章　尼布甲尼撒王…………………………… 119
第十章　最受欢迎的男人………………………… 131

第十一章　高尔夫球场……………………141

第十二章　诺丁汉地震……………………155

第十三章　非迫害着陆……………………172

第十四章　地球仪…………………………183

第十五章　多雾的早晨……………………196

第十六章　圣诞老人………………………207

第十七章　家具搬运车的行进……………220

第十八章　"光辉女孩"……………………233

第十九章　车站的售货车…………………246

第二十章　笑到最后的人…………………261

第一章

少校的母亲

这是一月的一个早晨,阳光透过小屋低矮的窗户照射进来,让横梁、巨大的石制壁炉、石板地面上的荷兰灯芯草垫看起来甚是清新,好似被泉水洗濯过一般。在近几个月的连绵细雨过后,阳光不仅是一种祝福,还是一个奇迹呢!乔治娅想,人一旦住在乡下,果真就成了季节的一部分:你在黑暗的月份里冬眠,血液流动变慢了,大脑也变慢了;然后,有一天早上,有什么在空气中隐隐萌动,阳光照进来了,生活开始以不一样的节奏前进。乔治娅想,可我一定是被"驯化"了,因为我压根儿就不想离开这里,以前不想,我相信将来永远也不会想。

这个想法太奇怪了，乔治娅放下正在搅拌着的茶，手还在杯子上保持着搅拌的姿势。直到现在，一直是这样，当春天的第一声呢喃在耳畔响起的时候，乔治娅就会感到焦躁不安：远处似乎有什么东西牵扯着她的想象力和身体，常常会让她屈服，然后她拖着脚踏上一段旅程，那些旅程为她赢得了当代最著名女性探险家的美誉。

今天，乔治娅说不清是高兴还是难过，因为还没有感觉到这种情绪的影响。她对自己说，也许只是因为我老了，毕竟我已经37岁了，而女人到了这个年龄，也应该是人间清醒了。

这时，奈杰尔把一只手放在她的手上，让勺子在茶杯里搅拌起来，也把乔治娅从白日梦中唤醒了。奈杰尔彬彬有礼地问道："我拉上窗帘好吗？"

"拉上窗帘？"

"是的，你看起来好像中暑了。"

乔治娅哈哈大笑。亲爱的奈杰尔，他总是知道我在想什么。乔治娅说："不过,这次你说得不太对。我在想我正被驯化。我们来到这里，你还高兴吗？"

"嗯，我得说，这几个月来我有点怀疑，住在乡村是一码事，生活在半淹没的废墟里是另一码事。"

"哦，没有那么糟糕。"

"亲爱的，房子全都被淹没了。山谷里大风肆虐，我们的木材都在颤抖，窗户被雨水打湿了。你上次能透过窗户向外看是什么时候？"

"尽管如此，你看起来却更好了。"乔治娅说着，含情脉脉地瞥了丈夫一眼。

"久坐的生活总是适合我。当然,生活在这些帝国前哨也与道德高尚有些关系。"

"我不明白,你是如何在无所事事的情况下茁壮成长的。"

"我没有无所事事,我在翻译赫西俄德[①]的作品啊。"

"我是说,你从不做任何运动,也不——"

"你什么意思——从不锻炼?我不是每天晚上都步行去酒吧吗?如果你希望我每天下午和你一起在泥里嬉戏的话——"

"我喜欢这个地方,不管有没有泥都喜欢,"乔治娅梦幻般地说,"我会在这里扎根,越扎越深,就像一只胡萝卜。"

"我应该说,了解你,那是不可能的。现在让我们看看那些来自文明世界的消息吧。"

奈杰尔开始拆信。这封信里什么都没有,只给乔治娅带来了一份种子目录,她很快就沉浸其中了。不一会儿,乔治娅就"咯咯咯"地笑了起来:"听听这个。'帕尔马公爵夫人非常华丽,是一张华丽的床,橙红色的,镶着黄色的边。'我们把公爵夫人请到花园里去好吗?听起来她正是你喜欢的类型。"

几分钟后,奈杰尔说:"这是一次非同寻常的交流。"

[①] 赫西俄德(Hesiod),公元前8世纪希腊诗人,牧人出身,作长诗《工作与时日》,劝解其弟改恶从善,歌颂劳动,介绍农事知识。另作长诗《神谱》,叙述希腊诸神的世系与斗争。

"哦，天哪！"乔治娅叹了口气。最糟糕的莫过于嫁给一个私家侦探，这不，你永远不知道什么时候会突然出现一封信，奈杰尔会被卷入一场奇怪的犯罪纠纷。倒不是说他们真的需要他收取巨额费用。恰恰是他那永不满足的好奇心引领他进入一个又一个案子。"这次是什么？谋杀？还是带点儿勒索性质？"

"哦，都不是。这是我们的树篱。"

"树篱？什么？"

"听着，我会告诉你的。"奈杰尔手拿打印的表格，开始宣读，"'根据议院法令的规定——啪啪啪——我，以下签字人，公路测量员特此通知您，并要求您立即删剪、修剪、修整您邻接县道的树篱——啪啪——还要修剪靠近岸边那一侧的此类树篱，而这些树篱的顶部至少要与峡谷呈直角、砍掉、修剪或剪掉树木的枝条、灌木和灌木丛——啪啪啪啪——据说以这样的方式。'啪。这不是很棒吗？弥尔顿[1]说话所用的语言。谁会想到一个公路测量员的灵魂竟然会有这样的诗意呢？'树荫不应因此对上述道路有偏见，对于由此造成的损坏，以及修剪下来的材料，太阳和风不能免责。'"奈杰尔开始按照普赛尔圣歌的曲调吟唱起来。

"如果我们不遵守这些规定会有什么后果？"

"有人会向基层法院法官投诉我们。"

---

[1] 约翰·弥尔顿（John Milton，1608-1674），英国诗人，对18世纪诗人产生深刻影响，因劳累过度双目失明。作品除短诗和大量散文外，主要是晚年写的长诗《失乐园》《复乐园》和诗剧《力士参孙》。

"好吧，谢天谢地，"乔治娅说，"一开始我还以为又来了一个小麻烦呢。"

的确如此，尽管他们两人都不可能预见到这一点。说到底，来自农村地区议会的通知并不会给人带来太大的麻烦，更不用说改变历史进程了，比如，砍伐树篱可能会拯救英格兰，然而事实证明的确如此。在事后回顾这一切的时候，乔治娅似乎看到了这些重大事件，就像经院哲学家的天使，站在弹丸之地几根摇摇欲坠的小柱子上保持平衡。如果我们在英格兰任何一个郡拥有一间小屋，都不需要自己修剪树篱。只有德文郡明文规定，土地所有者必须修剪自己路边的树篱。如果那天早上太阳还没出来，我可能会把树篱留给园丁去修剪。如果是别人修剪树篱，可能就不会注意到饰盒，奈杰尔总是说我的眼睛锐利如鹰，那是因为他自己近视得太厉害了，就算发现了饰盒，也只有奈杰尔这样好奇的人才会不厌其烦地多看一眼。说到好奇，这一切的始作俑者肯定是喜鹊。是的，如果不是那个不知名的喜鹊盗贼癖发作的话，这个饰盒永远也进不了树篱。这只是为了证明，犯罪有时是要付出代价的……

太阳从小屋的窗户射进来，把奈杰尔原本就苍白的脸照得更加苍白。就像他身上的许多特点一样——比如那蓬乱的浅色头发、那孩子气的噘起来的下唇。这种苍白的肤色是有欺骗性的，奈杰尔的身体与脆弱相去甚远，性格一点也不幼稚，你只要看看那双眼睛，就能意识到他一点也不幼稚：神志清醒，和蔼可亲，有点冷漠，但在任何时候都可能眯起来并激发出最集中的注意力。乔治娅很清楚奈杰尔是自给自足的生物，然而她有时喜欢假装他需要照顾，而他则用同样温柔、深情的娱乐心态来配合。

乔治娅现在在想，我怎么能离开奈杰尔？他确实需要我。但是，如果我又渴望去旅行了，这可怎么好？将来的某一天，就像今天这样，这种感觉可能随时都会缠绕着我。我必须有备无患才行。

乔治娅说道："我想尝试自己修剪树篱，就在今天上午。"

"嗯。"奈杰尔的脸埋在报纸上。

乔治娅突然感到一阵冲动，想让他承认她的情绪，让他走出温柔的安全区。她问道："奈杰尔，如果我离开你，你会介意吗？"

奈杰尔摘下角框眼镜，饶有兴趣地看着乔治娅："你是说，为了另一个人？我得说我真的会很生气。"

"别傻了。我是说，我又想去旅行了。"

"你有什么特别的旅行计划吗？"

"没有非常特别的，可是——"

"我想我会过得很好的，"奈杰尔说，"不过，你好像要很长时间才能回来。"

乔治娅俯下身来，吻了吻奈杰尔的头顶，低声说道："哦，我很高兴嫁给了你，而不是别人。"

是的，几分钟后，乔治娅穿上旧园艺外套，戴上宽松的皮手套，心中暗想：我很幸运，因为奈杰尔是这个世界上唯一不忍说破，指出我情绪反复无常的男人。我先是说要做一只胡萝卜，在这里扎根落户。过了一会儿，又口出狂言要去天涯海角。奈杰尔怎么会觉得我很有魅力呢?

乔治娅快乐地研究起镜子里映出的这张脸,脸上的五官小而不规则,表情变化得如此之快,从活泼到哀伤,到可怜的丑陋。"她看起来像一个猴子的灵魂,卖艺的手摇风琴手的猴子。"他们的一个朋友曾经这样说过。说得千真万确,而且一点也不讨人喜欢,乔治娅想着,对自己做了个鬼脸。不久之后,她就会找出答案,为什么她与奈杰尔这次谈话这么有趣,会有这么令人匪夷所思的预言性。

然而,就目前而言,除了阳光,什么也没有。田野从上面的山上耷拉下来,就像一件绿色的衣服掉了下来。这条小路从村庄蜿蜒而来,经过他们的小屋,通往山脊;你可以沿着这条路去海边,但需要经过五英里[①]的艰苦跋涉;但开车的人通常只看一眼这可怕的坡度,只要他们能成功地把车转回来,就会赶紧跑回去上大路。站在小路上方的高岸上,乔治娅能看见那间粉刷过的茅草屋,茅草屋就像是在山坡上给自己挖了一个壁龛似的,下面有山谷环绕的银色河流,远处有一片青绿和棕黄色的群山,一直延伸到地平线。万籁俱静,不闻人声,不见人踪。唯一的例外是一辆快车在山谷的另一边向西疾驰,车后冒出的滚滚白烟恰似鸵鸟的羽毛,远处传来了隆隆声。乔治娅拿起钩刀开始向树篱发起进攻。

一小时后,奈杰尔从家里出来散步发现了乔治娅。奈杰尔站在小路上,仰起头看着乔治娅。只见黑发披散在她的脸上,劳动让那浅棕

[①] 英里(mile),英美制长度单位。1英里等于1609.344米。下同。

色的皮肤泛出康乃馨般的红晕。此时，乔治娅正用一种野蛮的优雅攻击树篱，他看着她，她竟浑然不觉。

"我们还在原始灌木丛中筚路蓝缕吗？"奈杰尔彬彬有礼地评论道。

乔治娅迅速转过身，不由自主地把脸上的头发捋了捋："天哪！真是个累活儿。我看起来肯定像蛇发女怪美杜莎。①"

"如果象牙可以脸红，美杜莎就可以像你。"

乔治娅从高岸上一跃而下，跳到小路上。一只脚往后滑了一下，滑开了沟里橄榄色和铜色的树叶沉积物。乔治娅恢复了常态，眼睛在树叶间捕捉到一道暗淡的光。她弯下腰捡起一个圆形小金属物体，这个物体因风吹日晒褪了色，仿佛是腐烂的树叶："看看我发现了什么？埋藏的宝藏。"

奈杰尔接过它，好奇地检查了一下："一种饰盒，不是吗？一个非常便宜的饰盒，我猜是伍尔沃思的。它是怎么到了那儿的？"

"人们常常在树篱下求爱。真可惜——我开始还以为是真金的呢。扔了吧。"

"别扔，"奈杰尔说，"我想看看饰盒里有什么。"

"亲爱的，你可真是不可救药，能有什么？你只能找到一缕油腻的头发或是一张瞪大双眼的农民照片。"

奈杰尔心不在焉地说："把饰盒打开可是一项相当艰巨的工作。"

---

① 美杜莎（Medusa），希腊神话中三个蛇发女怪之一，头发是毒蛇，面貌也极其丑陋，凡是看她一眼的人都会变成石头。

他在口袋里摸索着,说:"我把小刀落屋里了。"

"当心割到自己!"乔治娅半真半假地跟在后面喊道。奈杰尔的手不是太灵巧。

当乔治娅进来准备午餐时,奈杰尔正坐在书桌旁,他听到妻子进来,回头问道:"我说,你认为'E.B.'代表什么?"

"早班车?"乔治娅推测道。

奈杰尔递给她一张小纸片,有点褪色,但明显是有点模糊的英国国旗,上面印着E.B.两个字母。

"不,一定是'吃英国菜',"乔治娅说,"你是在哪里找到的?"

"在饰盒里。还有这个。"

里面有一块圆形硬纸板,一种达塞尔银质照片,摹写出一张年轻女人的面孔,一对画得很浓重的眉毛,一头闪闪发亮的黑色中分卷发,落在赤裸的肩上,头部稍微向一侧歪着,给她的表情平添了一丝风情,蕴含沉思智慧的嘴巴和眼睛因此而柔化。在这条直线上,这张脸是椭圆形的,纯洁得出奇。

"她是个美人,不是吗?她在这个蹩脚的饰盒里和一面英国国旗在一起干什么?"

"这正是我想知道的,"奈杰尔说,"你看,奇怪的是国旗夹在照片和纸板之间。如果这玩意儿不是整体有点湿的话,我根本不会注意到这种组合。主人为什么要把英国国旗藏在他美丽的亲戚里面?"

"你可真是个窥探狂!嗯,我还以为是非常简单的解释呢,来吃午饭吧。"

"我要把它们重新粘上。"奈杰尔用糨糊把两个徽章的边缘粘上，在两个徽章之间放置纸旗，将它们安装在饰盒内，接着把饰盒扔到书桌上。如果命运没有假扮成奇异的福利顿敲钟人再次加入的话，饰盒会在那里放上几天，也可能会在那里放上几个月。

奈杰尔常常跟凯斯顿少校一起消磨时间，因为凯斯顿少校从家里上山，必然要经过他们家的小屋。他们知道凯斯顿少校两年前就盖了这幢房子，虽然对这个村庄来说是半个新人，但已然是村里颇有影响力的人物。但凯斯顿少校还没有对他们表现出进一步友好的迹象。因此，那天晚上，当凯斯顿少校牵着斗牛犬来到他们家门口时，他们大吃一惊。凯斯顿少校是一个身材矮小、冷酷无情的人，一副略微有点挑衅的架势，奈杰尔从那双眼睛里推断，对方要么肝脏不好，要么有多年的积怨。

"看你已经安顿好了。"凯斯顿少校带着一种不自然的好奇心说道，那好奇心既诡秘又有些许厚颜无耻，"舒适的临时小宿舍。这个女人喜欢乡村生活吗？"

奈杰尔推测"这个女人"指的是乔治娅。"哦，很好，谢谢。她马上就下来。你要喝一杯吗？"

"谢谢，不用了。我不沾酒。"

奈杰尔想，那眼神里透出的一定是一种抱怨，而不是肝脏不好。

凯斯顿少校像是意识到自己态度有些粗鲁了，连忙说道："我早该来拜访的。但实话告诉你，我是有点害怕。我是说，你妻子是个名女人。我猜想她没有太多的时间跟我们这样的平头百姓聊天。"

原来是这样啊，奈杰尔想，他讨厌我们来到村庄，是害怕公众关注的焦点从自己转移到乔治娅身上。

"我认为你不会觉得她很可怕的。"奈杰尔平静地说道。

两人讨论了一会儿天气。然后凯斯顿少校暗示，他此行的目的之一，是想请他们订购敲钟人基金。奈杰尔走到办公桌前，打开办公桌上的台灯找国库券，国库券平时都随意地放在鸽子洞里。可是，当晚的鸽子洞却空空如也，于是奈杰尔上楼，找放在抽屉里的那个便笺盒。

楼梯下的墙上挂着一面凸面镜。当走近凸面镜时，奈杰尔注意到了少校的反应。凯斯顿少校肯定是一个行动迅速的人：虽然奈杰尔没有听到身后有什么动静，但是凯斯顿少校已经站在那里了，距离桌子很近。奈杰尔经过的时候，镜子里的人半举起了那只微缩的手——才华横溢的手，然后，似乎又转念一想，觉得把手放下会更好些，于是转过身去，悄悄闪回壁炉旁。

奈杰尔想：他至少可以等到我离开房间以后再开始偷我书桌里的东西。奈杰尔很少对人性的变幻莫测感到惊讶，但他想自己没有理由再给对方一次机会。他没有上楼，而是向乔治娅喊道："帮我把皮夹子拿下来！"

乔治娅很快就出现了，奈杰尔向她介绍了凯斯顿少校。看乔治娅向陌生人打招呼，奈杰尔总是觉得很有趣。乔治娅凭借在陌生的地方与陌生人打交道的经历，拥有一种敏锐的本能，在第一次见到陌生人的时候，就能洞察出对方的真实本性。初次见面，如果乔治娅立刻就讨厌某人，虽然这种情况并不常见，但是，当乔治娅立刻就讨厌某人的时候，从长远来看，总会被证明是合理的。在这种情况下，她身体感觉到的厌恶和排斥是如此强烈，以至于写满了全脸，被霓虹灯照得一清二楚。然而为了掩饰这一点，乔治娅要表现得像一个过分热情的女招待，举止完全不像她的性格。

观察到乔治娅现在正在滔滔不绝，而那个粗糙的小矮子似乎很喜欢，奈杰尔暗自发笑。

乔治娅在喋喋不休："凯斯顿少校，我很高兴你能来，我们都想跟你见面，好好地了解你。我们在村里听说过很多关于你的事情。"

听了这话，少校明显解冻了，所以说道："斯特雷奇威，我提起这件事，希望你不要介意。我注意到你去那边那张桌子找钱。如果我可以这么说的话，换做我，我就不会把钱放在那里，不只是现在，桌子太容易打开。最近这附近盗窃案很多，虽然是业余水平，小打小闹，但那张桌子正合那些哥们儿的意。"

"谢谢你的提醒。我认为窃贼在我们头上动土都要付出代价的，因为我妻子不仅睡觉很轻，还是一流的左轮手枪枪手。"

乔治娅神经质地"咯咯"笑着："是的，我是射杀过一两个人。为了自卫，当然。"这也确实是事实。

凯斯顿少校那圆圆的小眼睛在闪闪烁烁，似乎立刻紧张起来，茫然不知所措，然后，他说道："斯特雷奇威，我想你用枪也很在行吧？一定在行，在你的工作中。"

"我的工作？"奈杰尔一脸茫然地望着他：自己是私人侦探，不喜欢这成为人尽皆知的事。所承办的任何案件，自己的名字从未出现在报纸上，不知道少校是如何知晓的。

"嗯，逮捕杀人犯，诸如此类的。"

奈杰尔用滑稽的声音回答："哦，那些我都不做。我把逮捕权交给警察，我很害怕枪械。"

凯斯顿少校传神的目光里有蔑视意味，但这个话题似乎给他提了醒儿，他接着向他们提问，那样子傲慢鲁莽、盛气凌人，让奈杰尔感觉十分不快。他问到他们为什么到这里来，住到这么偏远的乡村。

乔治娅热情地喋喋不休，说德文郡多美丽，说简单生活有什么回报，说她多么渴望远离伦敦的喧闹生活和其他种种。过了一会儿，他们的客人似乎满意了，而奈杰尔差点没控制住自己，真想问问为什么他们在少校的村庄定居之前还需要许可证。

凯斯顿少校终于起身告辞了。这时，他的目光落到了书桌上，眼睛立刻亮了起来。他喊道："上帝保佑我的灵魂！那是什么？我相信那是我的饰盒。是的，就是。你在哪儿找到的？从去年春天起，它就不见了。"

乔治娅解释说："不好意思，我们把盒子打开了。我们想这样可能会帮助我们找到一些主人的线索，可那里面除了一张旧照片，什么都没有。"

"是的，"少校的声音听起来与奈杰尔有些微妙的不同，"事实上，那是我妈妈。"

乔治娅睁大了眼睛，她停顿了一会儿，然后很快说道："是你妈妈？多美丽的女人啊！我们都被她深深地吸引了，是吧，奈杰尔？我想她拍这张照片的时候还很年轻吧？"

"是的，我想是的。"少校粗声粗气地说，"一定是的，记得我还是个孩子的时候，她就是那个样子，她出去参加聚会之前会来跟我道晚安的。可怜的灵魂，她得了肺病，去世的时候我还很小。"

"你介意我再看她一眼吗？"乔治娅问道。现在奈杰尔想知道，乔治娅怎么变得这么孩子气了呢？乔治娅打开了饰盒，拿出早期达盖尔银版照片，走到壁炉前，想借着光看得更清楚些。接着乔治娅惊叫道："哦，我真是笨手笨脚！"她把照片掉到煤斗里了。少校礼貌地弯下腰去捡，但是乔治娅抢在少校前面把照片救了出来，并用手帕轻快地擦起来。

"我太抱歉啦。好了，我想照片现在没事了。我想，恐怕小盒子在那条沟里被腐蚀了。可怜的宝贝儿，"乔治娅嘟囔着，"身上裹着树叶像树林里的婴儿。照片失而复得，你一定很高兴！"

当少校从乔治娅手里接过饰盒的时候，手在激动地颤抖，他喃喃地说："非常感激！"那双眼睛，虽然羞耻地眨着，但仍然带着一丝怀疑，不安地从乔治娅转向奈杰尔。少校突然叫道："一只鸟干的，一定是这么回事。一只该死的喜鹊干的！"

奈杰尔问道："你是说喜鹊偷了饰盒？"

"没错儿。我的路上有很多畜生在。在你发现饰盒的那个地方的上头，注意到哪里有一个旧鸟巢没？"

乔治娅摇了摇头："那里倒是有几棵树。"

"啊，就这样，你放心吧。"找到了事情的真相，少校似乎感到格外宽慰。

当少校的脚步声在小路上重重地响起，又渐渐地消失以后，奈杰尔抓住乔治娅的双手手腕，摇晃着她："亲爱的，你为什么表现得那么天真呢？你这个无助的小女人为什么故意把少校的母亲丢进了煤斗？"

"哦，奈杰尔，你难道没看出来吗？不管那位美丽的女士是谁，她都不可能是少校的母亲。这就是为什么我把她丢进煤斗，我不想让少校发现饰盒被我们打开过，你涂上的糨糊看起来太新鲜，这就是为什么我要把饰盒边缘的煤灰擦掉。凯斯顿是一个可恶的家伙，让我起鸡皮疙瘩，他不是他想装出来的那种人，不是我们以为的那种傻瓜，所以——"

"现在，一次只说一件事，"奈杰尔打断了妻子迸发的雷霆之怒，"为什么她就不可能是少校的母亲？"

"螺旋形卷发，这种发型大约在1850年就过时了。我们的少校谎称在小时候就见过母亲这个样子，那少校今天应该是80岁到100岁了，这是不可能的，这不合情理。"

"也可能是化装舞会服装吧？"奈杰尔推测，"不，当然不是，少校给人的印象是，母亲晚上出去参加聚会，是平素的模样。好吧，如果这不是少校的母亲，少校为什么那么渴望拿回这个饰盒，大概上面有E.B.字母的国旗才是最重要的。是的，还有，一开始少校根本就不想让我们把他和饰盒联系起来，还害怕饰盒被盗。"

"亲爱的，别用速记法说话。"

奈杰尔给乔治娅讲了在凸面镜里所看到的一切："当少校注意到书桌上放着一个饰盒的时候，第一个冲动就是一把抓住。但是，少校立刻意识到，我们可能会把他和饰盒的失踪联系起来。少校的下一步行动是交给我们一个当地的窃贼，'业余'是一个很好的修饰，他想让我们对入室行窃有心理准备。毫无疑问，这些天，少校是想在一个黑暗的夜晚闯进来的，拿走饰盒和少量其他一些东西来掩盖饰盒的丢失——"

"天哪！如果这是少校的冬季运动计划，他的时间一定很紧迫！"

"但听到我说你睡觉很轻，你又轻描淡写地回忆起你杀死过人，所以他一转念，编出了他母亲的瞎话。"

乔治娅盯着奈杰尔，眉头皱了起来：“但是，奈杰尔，这太棒了。我承认我不喜欢凯斯顿少校，但是——"

"我注意到了。"奈杰尔心不在焉地笑了，"你知道，如果这是少校的饰盒，里面藏有一些秘密，少校肯定不会在早期达盖尔银版照片上露出马脚。所以这个饰盒一定是别人的，一个他认识的人的，少校非常渴望得到饰盒。那这意味着什么？"

"搜索我。"

"勒索，亲爱的。我真的认为应该进一步调查一下这些异常情况。"

"哦，奈杰尔，"乔治娅哀号道，"一定要这样吗？就在我们刚刚安定下来的时候——"

"好吧，这不会影响你的。当你发现这个长卷发时，你的工作已经结束了。"

但是，这一次，奈杰尔却大错特错了。

第二章

误导人的流浪汉

第二天晚上,奈杰尔对乔治娅说:"我想到绿狮酒吧刨根问底去。如果我们现在就走,可能会发现只有哈利一个人在,一般说来,孩子们不到7点钟都不会成群结队地来。"

"我们?昨晚你说我已经完成了我的工作。"

"哦,可你现在特别想了解更多关于神秘少校的事情,不是吗?我说话的时候,你可以坐着像驴子一样摇耳朵装聪明啊。"

五分钟后,他们已经坐在绿狮酒吧熊熊燃烧的壁炉火旁烤脚了。乔治娅爱上了西部乡村粗野品位的苹果酒,为了表示对酒劲正常合理的尊重，此刻她双手捧着一个大杯，说："祝你好运，哈利！"说完，她呷了一口。

绿狮酒吧不是那种常见的别致的城镇酒吧：在这里，你在一个硬长凳上坐上一晚上，慢慢地喝少许，也就是一两品脱[①]啤酒，以维持三个小时的睡眠，酒是为喝而喝的，甚至跟人说话也是没话找话。在这里，沉默本身就是很好的社交。这让乔治娅想起了在美拉尼西亚岛时曾经参加过的一个战争委员会，当时默默地在小屋里蹲了大约半个小时后，战士们就散开了。乔治娅问他们的长官，战争委员会什么时候开。对方的回答是："我们刚刚开完啊！"

心灵感应似乎也是绿狮酒吧的模式，因为哈利·卢斯突然打破了这种友好的沉默，对奈杰尔说："我听说凯斯顿少校拜访过你。"

"消息在福利顿传得很快嘛。"

"哦，凯斯顿少校前天在这里，把我的时间浪费在许多关于你的愚蠢问题上。我对他说'如果你想知道关于他们的问题，你为什么不亲自去问问他们本人呢？这与我无关'。他说他会去问的。"

"你是根据事实推理的吗？但我对少校到这里来感到惊讶，因为他告诉过我，他不喝酒。"

哈利瘦削、易怒的脸上流露出义愤填膺的表情。他弹掉马甲上的烟灰，往火里大口大口地吐唾沫："少校现在是不喝酒了。他在我的

[①] 品脱（pint），英美制液量或干量单位，用作液量单位时等于1/8加仑，英制合0.568升，美制合0.473升；用作干量单位时等于1/2夸脱，美制合1/64蒲式耳或0.5506升。下同。

酒吧里，在钟的旁边站了二十分钟，甚至连一包香烟都不买。在我看来，这很不正常。"

"少校在这个地区很受欢迎，不是吗？"

"少校受欢迎，也不受欢迎。少校和农民在一起，绅士们常常在亚诺尔德农场聚集，人们确实是这么说的。但是少校想称王称霸，对我们来说也太霸道了。他刚来的时候，看在少校的家人曾经是福利顿乡绅的分上，我们为他敲响了欢乐的钟——"

"我从来没有意识到，"奈杰尔插嘴道，"我还以为少校是新来的呢。"

"他是，也不是。"哈利故意回答道，"凯斯顿一家没在这里住过，没有连续住过两代人，而福利顿的房子最近已经空无一人了。现在我想知道的——是这，斯特雷奇威先生和夫人，如果少校想自封为乡绅，为什么他没把福利顿庄园买下来？"

"可能是他买不起吧。"

"哎呀，我真该死，为了重建亚诺尔德农场，少校一定花了几千美元。少校肯定有这笔钱。现在还有一件事，少校用当地的劳动力做重建工作，但去年，当少校想再扩大一点时，却带了许多外地人过来做。"

"外地人？"

"从伦敦或是伦敦这样的地方来的。这些人没有带卡车，不太对头。少校建造了一个很棒的车间，人们是这么说的。少校是个了不起的人，手很巧。"

"我们必须走过去看看。"

"那你可不要晚上去。"哈利狡猾地向乔治娅眨了眨眼。

"为什么不呢？"

"你从来没有听说过鬼魂上亚诺尔德十字路口吗？你最好问问这里的乔。乔，我们谁也不喜欢晚上经过十字路口，对吧，乔？"

在这次谈话中，乔·斯威勒布雷德像往常那样坐在炉边的位置，用手杖戳火，把在炉子上平底锅里加热的苹果酒倒出来。在乔治娅眼里，那是一个很老的老人，外形跟英国配额电影里那些群众演员没有什么区别，看起来像古代的乡下人。乔时不时地引吭高唱萨默塞特民歌来激活事件，与波特兰地区口音完美融合，但他的声音没能保持这种幻觉，因为随着年龄的增长，一种几乎听不懂的口音变得越来越重。乔治娅觉得这是腺样体生长空前高涨的时期。

"是的，主人，说得对，"乔愉快地抱怨道，"鬼魂上亚诺尔德十字路口。我看见过。嘿嘿！搅拌黄油。可怜的姑娘。"

"也许她在保暖，"哈利推测道，"是去亚诺尔德农场奶牛场的姑娘，明白了吗？一百年前，可能是吧。姑娘向农夫飞眼，所以农夫的妻子——"

乔插嘴道："农夫的妻子把磨尖的木桩插进了姑娘的眼睛。姑娘冲出家门，号啕大哭，一屁股坐在地上。好吧，可怜的灵魂！现在姑娘正走向十字路口。我看到了。"

"他们用砖把井堵上了，"哈利补充道，"可这以后，他们就没一件事是顺的。他们离开了农场，农场变成了废墟。就是这回事。"

"最近有人见过这个鬼吗？"乔治娅问道。

"愣头青亨利·图勒，他看见了。他在一个晚上爬上了十字路口，准备求婚。那是在凯斯顿少校来之后，对吗，乔？他骑着自行车就冲下了山，还喊道'我看见了'，脸白得像一张纸。听着，愣头青亨利脑袋有点缺根弦儿。你听说过他进浴缸那档子事儿吗？"

"没有。"

"嗯，这个愣头青亨利，有一天感觉很不舒服，所以先去了医院，然后回家吃晚餐。晚饭后，他妈妈听到他在院子里叫，就马上从屋子里走出来，发现儿子一丝不挂地坐在浴缸里。他妈问他在浴缸里干什么。他却让妈妈把医生给的药瓶拿出来，还说医生告诉他每天吃三次，饭后吃，用水服药，所以他进了浴缸。亨利就是这样一个脑袋缺根弦儿的人。真是一个笑话。"

当哈利一讲起当地的民间传说时，那真是势不可挡。过了一会儿，由于凯斯顿少校的话题好像已经倒尽了，乔治娅和奈杰尔就回家了。

"我希望能想起来，我以前肯定听说过一些少校的事，"乔治娅说道，"少校是从哪里来的？奇怪的是，哈利没有提到过少校，可对于邻里地区来说，少校可以说是一个行走的名人录。"

"我们明天去亚诺尔德农场问问少校，少校好像对我们已经够好奇了。差不多是时候，我们该安排一场回访了。"

第二天下午，他们沿着通往亚诺尔德十字路口的小路走去。在山顶，小路转向右边，在他们面前沿着山脊伸展开来。远处的天空已经有了那种光彩夺目的景色，告诉旅行者离大海很近了。尽管他们爬山爬得气喘吁吁，还是本能地加快了步伐，奈杰尔迈着笨拙的大步，好像鸵鸟；乔治娅迈着优美的步子一摇一摆地向前，像一位不知疲倦的运动员。他们走了四分之一英里，来到了十字路口前。他们在那里停了一会儿，乔治娅看了看所在的方位。前面的小路陡峭而狭窄，闪转腾挪地七拐八拐，在这里从内陆转向海岸。在他们的左边，另一条小路向埃克塞特路延伸，这条路往西穿过他们所住的村庄。右边的路只比石质的小路好一点，陡然下降到树丛里，而亚诺尔德农场就坐落在那里。亚诺尔德十字路口是这个内陆海角的尽头，三面是黄棕色和青绿色的小山。乔治娅在心灵之眼画了一张这个地方的草图，几乎是下意识的。然后他们向右转，几分钟后，一条狗狂吠着，宣告他们正站在凯斯顿少校家门外。

在等待听到门铃响出来的人时，他们有足够的空闲时间观察周围的一切。他们能看到古老的亚诺尔德农场的仅存部分是一些废弃的外屋。这座新房子是以砖砌就，屋顶是绿色的瓷砖，这在郊区的高级住宅区倒可以算得上一种美化。可是，在这个荒凉的地方看起来却像是在标榜自命不凡，好像海报——像在某个偏远的乡村电台为一家豪华酒店做广告，荒谬可笑。这种错觉一直延伸到前面的草坪，草坪上一本正经地规划出了花坛，还有水泥路；远处，这些消失在一片荒野中，荒野里是凌乱的篱笆和疯长的牧场。新房矗立着，就像一个四人舞中富裕的城市新贵暴发户，既傲慢又无知地盯着向南方绵延的峡谷，背靠树木繁茂的山坡，护卫着东方和北方。

"你认为少校出去了吗？"奈杰尔问道。

"再摁一次门铃。我说，你以为那可怜的女仆跳的——那口井在哪儿，嘿嘿？"

"我想在后面的什么地方。"

这时，门被一个脸色阴沉的高个子女人打开了，她的样子有点可怕，甚至让乔治娅联想到了那个用木桩扎漂亮女佣的农夫妻子，觉得她就是那个妻子的灵魂转世。高个子女人打量了他们一会儿，带着一丝困惑的表情说道："你们想见少校？这边走。你们是新搬来的吗？"

乔治娅不由自主地低头看了一眼自己整洁的绿色哈里斯粗花呢西装。怎么了？为什么那个女人要这么好奇地盯着这件衣服？"你是新搬来的"肯定是一个奇特的开场白话术吧？乔治娅没有时间对这些问题进行推测，因为他们随即被领到一个意想不到的漂亮房间里，砖砌壁炉、原木火和明艳的亚麻窗帘，令人愉悦。乔治娅想，这是一间奇怪的、女性化的房间，很难把它和少校或他那坚强的后盾管家连接在一起。

奈杰尔在悄悄地走来走去，探看书架上的小说、壁炉架上的装饰品和立式钢琴上放着的一堆维多利亚民谣。"这，"他自言自语道，"是非拘押的房间。与其说是城市，不如说是城市郊区。"

"你好，你好！"凯斯顿少校走了进来，轻快地搓着手，"来吧，看到我在西部的灰色小家了吗？你们喝茶吗？不喝，好的，我来看看雷克斯夫人有什么旧话重提？"

乔治娅和奈杰尔互相瞥了一眼，被这突如其来的和蔼态度震惊了。只见凯斯顿少校跑来跑去，一会儿硬让乔治娅吃蛋糕，一会儿拨弄炉火，一会儿在她身后调整电视。乔治娅问自己，这人怎么了？我成功

23

了吗？还是这些是勒索游戏的预备行动？不，那只是奈杰尔的职业病，总是疑神疑鬼的。可是，凯斯顿少校是有点像黄鼠狼——一只想讨好自己的黄鼠狼肯定有点诡异。

奈杰尔说："你去过东部，是吗，少校？"

"哦，是的，的确如此。然后我得到了一笔遗产，我收到文件，回到了英格兰，我的家人以前住在这里，在庄园，你知道的。"

这一切来得有点太容易了吧？乔治娅想知道。少校的回答表面上是相当开放的，但却很少泄露内情。奈杰尔向乔治娅投去意味深长的一瞥，他是想让乔治娅重提关于少校的线索。

乔治娅心领神会，问道："你被派驻到哪里去了？我也在东部瞎逛过。"

不知道是乔治娅想象出来的，还是少校脸上真的现出了某种戒意，少校鼻子颤抖地说："印度。事实上，我在警察局工作。那么，去看看我的小小蜗居怎么样？"

"哦，是的，我很乐意。你把家弄得非常舒服。"乔治娅向少校展开了迷人的笑脸，那专注的棕色面庞并没有流露出这样一个事实：她想起了刚刚听到的关于凯斯顿少校的种种。

少校带他们参观了一圈，那副敷衍了事的样子就像一个房屋经纪人明知这对客户不可能买房，却还领着客户看房似的。餐厅、厨房、书房，楼上有四五间卧室。凯斯顿少校打开门，让他们看了一眼，然后把他们推进隔壁房间。住的人少，房子大。当他们再次回到大厅时，凯斯顿少校意味深长地停顿了一下，显然是在暗示，他们该走了。

但奈杰尔不知为什么，竟没有领会这个暗示，而是说："我听说你们的工作室很棒，是哈利·卢斯告诉我们的。"

"还不错。你知道，生活在这样一个地方，需要工作室。当地人是一群相当懒惰、效率低下的人。如果你感兴趣的话，给你简单看一下。现在天有点儿黑了。"

奈杰尔又瞥了妻子一眼。他们之间的默契是如此完美，乔治娅立刻明白了奈杰尔想要什么。她走进客厅，以拿手套为借口，又开始唠叨起来。房子的主人明显变得更加烦躁不安了，最后少校说道："好吧，客人本来就要走了，我不想再催促，但是我今晚要出去吃晚饭。"

"哦，我很抱歉。看，奈杰尔，快6点了。"乔治娅指着壁炉台上的钟，一副恐惧和悔恨的样子。

"我们太轻率了，时间过得太快了，现在我们真的必须离开了。这真是一幢迷人的房子，凯斯顿少校。"

他们离开庄园，到了没人听到他们说话的地方时，奈杰尔挽起乔治娅的手臂，说："你的拖延战术太棒了，亲爱的。我当时以为少校很想摆脱我们，我想确认一下。现在告诉我，为什么？"

"也许少校真的有个晚餐约会。我记得他说过他曾在印度警察局工作吧？出了一些丑闻：出于安全原因而三缄其口，我相信。少校命令手下向人群开枪，有几个妇女被打死。警察局在官方场合为他掩饰，但私下里却告诉他最好辞职。"

"这就是少校那张丑恶的脸上永远印着愤懑不平的原因。"

乔治娅还想问更多的问题。但此刻他们已经到了亚诺尔德十字路口，正要左转，这时听到对面路上传来了越来越近的脚步声。奈杰尔迅速把乔治娅拉进了树篱深处黑暗的阴影中。不一会儿，有两个人出现了，拖着脚走过十字路口，沿着通往亚诺尔德农场的小路走。天上的光线还够，看得出这两个人是流浪汉。

"我一直以为流浪汉会守在大路上。"乔治娅低声说道。

"流浪汉也确实守在大路上，除非——我们再等几分钟。"

他们等了一刻钟，流浪汉还没有回来。乔治娅说："他们走不了更远了，那条小路到少校的家门口就消失了，不是吗？"

奈杰尔说："但我不认为少校是一个对流浪汉敞开大门的人。亲爱的，你介意散散步吗？"

奈杰尔又挽起了乔治娅的胳膊，他们沿着两个人来的那条小路向东走去。乔治娅知道最好不要问奈杰尔他脑袋里在想什么，因为他身上有一种隐秘的气质，没有证明之前，会把推测留给自己。他还有孩子气，爱出其不意地给你一个惊喜。

再往前走一英里，小路就与大路相连了。"我停下来，看了看，我听着，"奈杰尔引用了名句，"听到有人来吗？没有？那就把你的火炬借给我。"

奈杰尔走上前、沿着路口走的时候，那团光像一只跳舞的水母一样四处张望，最后停在树篱的一扇门上。"看这里。"奈杰尔指着门柱上的一个粉笔标记，说，"那是流浪汉画的标记。流浪汉会到处留下标记，表示哪幢房子养着凶猛的狗，或者在哪幢房子里吃了一顿丰盛的大餐等诸如此类的信息。"

"好吧，这就解释了为什么那两个人离开了这里的大路，凯斯顿少校一定对流浪汉有好感。"

"哦，天哪！不。你看，我碰巧知道这个特殊记号的意思是'不要走这边，什么都不会给你'。那又怎样？"

乔治娅喘着粗气，敏捷的头脑闪现出了其中的含义。凯斯顿少校的家是那条路上唯一的一幢房子，所以这个标志肯定指的是它了。但是流浪汉永远不会离开这条大路，除非他们确信哪个方向很好客，标志清楚明白地告诉他们不会得到热情的招待。所以，他们并不是真正的流浪汉，那到底为什么要——

奈杰尔打断了乔治娅的思绪："你看这是什么意思，甚至那个标记都是他们自己用粉笔写的，为了阻止真正的流浪汉走这条路，看来少校和那些误导人的朋友们想单独在一起，这也是可能的。"

"也许今晚男孩们正在庆祝黑人弥撒，但为什么要找这个麻烦呢？为什么不开豪车去呢？"

"我一点头绪都没有。晚饭后再散散步怎么样？"

黑夜把乔治娅古老的秘密留在乡间。空气中有黑暗的暗示：一股寒冷的气息从古老的地球上升起，把你脖子上的毛发撩起；猫头鹰尖叫着、飞舞着，仿佛鬼鬼祟祟的黑暗本身长出了翅膀，发出了自己的声音。亮着灯光的窗户示意你赶快回家，一旦你进了家门，夜幕便莫名其妙地退去。

乔治娅隔着餐桌瞥了一眼对面的奈杰尔，再也无法相信，当奈杰尔建议当晚去亚诺尔德农场时，她的精神会像一个被利用的人一样，为不祥的预感而轻微颤抖。乔治娅提醒自己，我曾经在丛林里、沙漠里、在没有朋友的危险地方安睡过多少个晚上，怎么一想到在英国中心的星光下散步，却反而感到忐忑不安起来？这也太荒谬了，整件事从头到尾都太荒诞了。我们出来看什么？一位退了休的印度警察少校，一位可敬的普通公民——凭借一个小饰盒和两个流浪汉，我们就怀疑有什么无名的恶行。结果除了着凉，一无所获，我们活该。乔治娅越想，似乎越觉得他们的行为不理性。

奈杰尔在埋头读书，一位平静的户主安逸的形象。乔治娅心中暗想，电灯灯光透过羊皮纸的灯罩，柔和地照射在一幅家庭生活的场景画上——照在两个看起来无害的人身上，而这两个无害的人内心却怀着最有害、最恶心、最不友善的想法。

这时，奈杰尔看了看手表，说："10点30分了，我们最好快点走，如果我是你的话，我理应善始善终。"

"带上我的手提轻机枪？"乔治娅回答道。

"恐怕你并没有认真对待这件事。"奈杰尔对乔治娅微笑着，面露疑惑。但乔治娅终于带着激动和愤怒的心情意识到，奈杰尔本人确实是在非常认真地对待这件事。

当他们再次艰难地走上小路时，天空被霜冻的星星刺破了。一轮新月悬在他们的肩上，大地闪烁着微弱的光芒，像一面旧镜子。不时有一阵风吹来，惊扰了光秃秃的树枝，仿佛大地在睡梦中被惊醒，翻过身来幽幽长叹。他们的双脚踏在小路崎岖不平的路面上，似乎要把寂静粉碎，磨成成千上万个粗糙的碎片。现在他们已经抵达了顶峰，脚步移动得更迅速、更轻巧了。

下一个弯道的对面就是亚诺尔德十字路口,而这时发生了一件事,此事虽然在乔治娅预料之中,却还是让她目瞪口呆,大吃一惊。绕过拐弯处,他们看到前面五十码①处光秃秃的、亚诺尔德十字路口的鬼魂就站在四条路交会的地方,那是一个高大的身影,灯光在手臂上闪烁,手臂疲倦地努力摆动,忽上忽下,忽上忽下。一个声音从鬼魂的嘴里传了出来——一种怒号的颤音,这声音立刻得到了回应:乔治娅的尖叫声和他们的脚步声,奈杰尔和乔治娅又跑回了小路。

到了一个安全的距离,他们停了下来。奈杰尔气喘吁吁地说道:"倒霉!我早该想到,这是一个完美的地方,他们可以在这里驻扎哨兵,用传说作掩护,嗯,这表明他们正在进行一些娱乐,耍阴谋诡计。你那样尖叫,表现出的精神状态很好,但愿他们以为我们是一对乡村情侣,他们把我们吓跑了,不会再回去了。"

"嘘,听我说……为什么凯斯顿少校的狗没叫?我们走路那么大动静——"

"是人不让狗叫。是的,这肯定可以说明今天晚上人们在那周围行动,少校不想让任何人知道。所以,我们最好绕道走,你能找到去那片树林的路吗?就是可以俯瞰少校家的那片树林。"

乔治娅对乡村的敏锐眼光和脑海中绘制地图的能力,现在派上用场了。他们爬上一道门,穿过黑暗的高地,脚下的草地寂静无声。这

---

① 码(yard),英制长度单位。1 码约等于 0.9144 米。下同。

是一次艰难的路程，因为他们不敢冲破道路上的树篱，只能找栅栏门或缺口，这样才可以无声无息地通过。最后，他们面前出现了一大片更黑、更暗的树林——树林从北方倾斜而下通往亚诺尔德农场。当他们到达树林边缘时，乔治娅抓住了奈杰尔的手腕，把他拉到身边，小声说："现在最好我自己去。你在黑暗中基本上什么也看不见，悄悄地穿过这片树林会非常困难。"

这样的提议对于奈杰尔以及他们之间的关系来说司空见惯，所以他没有抗议。他知道她像一只猫那样灵巧，能在黑暗中找到自己的路，而他自己如果试图穿过这片树木和灌木丛的话，可能就像一个坦克中队那样笨重。"很好，照顾好你自己，"奈杰尔说道，"我等着你，不见不散。我就坐在这儿想一想。"

乔治娅在下一刻就消失了，像影子一样滑进了树林。乔治娅前进的唯一标志就是树枝的轻微晃动，没过多久，能听到的动静越来越小，最后消失了。奈杰尔下定决心要解决这个奇怪问题：他们到这里来的来龙去脉。这就像是重建某些史前怪物的解剖结构，只有几块零散的骨头指引着他。原来的勒索推测肯定要排除在外。凭借惊人准确的记忆力，奈杰尔列出了拼图的各个部分。1.饰盒；2.凯斯顿少校的好奇心；3.亚诺尔德农场的位置，远离其他住宅，靠近海岸公路和大海；4.哈利讲的少校的事情，以及发生的丑闻迫使少校从印度警察局辞职；5.今天晚上，凯斯顿少校急迫地把他们撵出家门，结合假流浪汉的到来，今天还有多少不知姓名的"流浪汉"可能会去亚诺尔德农场？ 6.在少校到达福利顿后，十字路口上的"鬼魂"又出现了。

奈杰尔如此专注于这个问题，以至于过了一段时间，他只是在潜意识中注意到，从远处海岸的方向传来一辆卡车的嗡嗡声。卡车靠近，停在下面山谷的一个地方。几分钟后卡车的嗡嗡声停止了，奈杰尔记起刚才听到的声音。"原来如此，"他喃喃道，"不，这太不可能了。但还有什么能说明一切吗？"奈杰尔越来越焦虑地等待妻子的归来。

与此同时，乔治娅耐心地穿过树林，然后俯视着亚诺尔德农场神秘莫测的轮廓，那里楼下有个房间里的灯光依然亮着，一片如霜的白色洒在前面的草坪上。不一会儿，一个人影站在这块白色空地上，背对着乔治娅，凝视着低地——低地把亚诺尔德农场和大海隔开。这个身影回到了房子里，没有发出声音，也没有动静，好像过了好长时间。乔治娅那接受过危险训练的耳朵，无法检测到任何预警，提示幽灵哨兵被跟踪。乔治娅的兴奋渐渐消退，寒冷开始穿透她穿的几层厚衣服，她感到这桩事情从头到尾肯定也是一场虚惊。所谓的鬼魂不过是哪个村里的小伙子玩的一只山羊。下面的人影，不过是晚上睡觉前出来呼吸新鲜空气的少校。就在那一刻，仿佛要确定她的失望确凿无误似的，亚诺尔德农场的灯光熄灭了。

不过，乔治娅很顽强。一些不太可能发生的事件仍然可能会发生，并且机会难得不等于得不到机会，乔治娅决心等待。如果乔治娅知道该找什么，就应该潜行到离房子更近的地方，尽管奈杰尔坚持不要冒被人看见的风险。乔治娅在那里待了半个小时，靠在一棵冷杉树上。最后，远处卡车的嗡嗡声打破了那静默而无辜的夜晚。乔治娅漫不经心地听着，然后浑身僵硬起来。卡车肯定没有经过大路，声音是从正前方传来的,是从远处的大海传来的。可是乔治娅记得,那是通往凯瑟勒湾唯一的一条路。晚上这个时候,一辆卡车从海湾驶出,在干什么?

几分钟后,乔治娅失望地退了回去。她原以为卡车一上大路,就会横穿马路,上到那条通往亚诺尔德十字路口的螺旋形小路。相反,她却看到车灯闪着,然后沿着大路向左拐,与这一点相去甚远,蜿蜒着进了凯斯顿少校的地盘。"该死!这一切都是徒劳的。卡车只是迷路了或者别的原因。我想是有一块地挡住了我,我才没有看到车的灯光。"乔治娅想。她对自己、为奈杰尔、为整个布局而生气,几秒钟后才意识到卡车发出的呜呜声是因为发动机停了。

过了一会儿,乔治娅像一只黄褐色的猫头鹰,顺着山坡落了下去。为了远离房子,她做了一次大搜索,渐渐地走近了大路。除了卡车车灯发出的模糊的光,还是什么也看不见,她必须走近一点。这里有一个纠缠在一起的高大树篱,是少校财产的边界,一直通向那条路。乔治娅在树篱的掩护下,一步一步地向前进。终于,她看到路在面前闪着黯淡的光了。乔治娅悄无声息地往下走,扭动着身体进了树篱旁边的沟,然后她把树篱拨开。

那辆卡车停在路边,司机弓着腰坐在驾驶室里,好像睡着了。嗯,可能睡着了,但还有其他人肯定没睡——衣衫褴褛,像流浪汉一样的男人,有六个或更多,正把木箱从卡车后面抬出来,再穿过大门抬进凯斯顿少校的围场。按照箱子的大小来看,不应该这么重:要一个人抬一头才能抬得动。当她看着的时候,远处出现了小汽车前灯的幻影,一定有人在监工。卡车的后板立即被系牢，衣衫褴褛的人散落在路障后面。后来的司机经过时，没有什么比停在路边的一辆长途卡车和驾驶室里打盹的司机更值得注意的了。下一分钟，这些人又重复着刚才的过程，干的速度很快，井然有序，与他们身上褴褛的服装形成鲜明的对照，也让现场有了一种不协调和噩梦般的感觉。卡车卸了货，开进茫茫的夜色中，前后不会超过十分钟。

第三章

侦探叔叔

第二天早上，奈杰尔进了城，留下乔治娅尽情地沉浸在自己的好奇心和不耐烦的情绪里。后来奈杰尔打电话叫乔治娅跟他走，但是，当乔治娅开始问问题时，奈杰尔就坚决地挂断了电话。即使在乔治娅到达之后，奈杰尔也什么都不肯说。但乔治娅感受到了奈杰尔那平静外表下压抑的兴奋，这激起了乔治娅强烈的好奇心。

那是亚诺尔德农场夜间演习后的第三天晚上，奈杰尔的叔叔约翰·斯特雷奇威爵士出现了，他们三个人坐在奈杰尔和乔治娅住的公寓里，那是他们到访伦敦的临时住处。

约翰爵士让乔治娅重复在树篱后面看到的一切,而乔治娅在重复的过程中,这才恍然大悟。

"……你说这些箱子看起来很重?"

"嗯,每个箱子都是由两个穿着破衣烂衫的坏蛋抬的。"乔治娅回答说。

约翰爵士听了,扬了扬浓黑的眉毛,对奈杰尔说:"我想,这就快要解决了。"

"现在,"乔治娅对约翰爵士调皮地笑着说,"也许两个沉默的蛤蜊会开口了。要不我们去看看外面有没有戴面具的人把耳朵卡在钥匙孔上了?"

乔治娅夸张地偷偷走到门口,戏剧性地把门猛地打开。只见一个人穿着雨衣,宽阔的后背对着她。"哦!"乔治娅"砰"的一声关上门,喊道,"那儿有——一个人!"

"是的,"约翰爵士说,"事实上,他是我的手下。"

乔治娅腾地一下坐了下来,目瞪口呆地看着他,一脸的茫然。约翰爵士看起来不像是一个官方人物,人们认为这不可能。他蜷缩在宽大的扶手椅上,看上去像一个聪明的、蓬头垢面的小猎犬。"随和"是对约翰爵士最好的概括。无论什么时候乔治娅盯着他那湿淋淋的、沙质的胡子,那没有型的淡褐色厚呢大衣,那根像炼狱一样冒烟的玉米芯烟斗,都会产生一个幻觉,这是一个郊区的户主——比方说,一个退了休的杂货商,刚从花园里闲逛回来,摘下园艺手套,然后坐下来听米德尔顿先生的演讲。对于乔治娅来说,提醒自己约翰爵士实际上是伦敦警察厅 C 分部的负责人，这完全是一个体力劳动。只有当你注意到他的眼睛时，才会意识到他的高素质。这双眼睛比奈杰尔的还要蓝，眼神是深邃的、梦幻般的，会突然集中注意力，产生警觉和兴趣，当他用幽默的方式考你，眼角会出现一张皱纹网。

"好吧，不管怎样，"乔治娅说，恢复了常态，"我了解了它的来龙去脉。"

"哦，是吗？"约翰爵士把烟斗从两排变了色的牙齿间移开，用烟斗柄搔着耳朵。

"是的，我了解了。走私。"

出现了片刻的停顿后，约翰爵士问："走私？走私什么商品？"

"哦，我不知道。现在人们在走私什么商品？丝绸？不对，那箱子太重了。毒品，不对，那箱子太大了。也许是白兰地吧，一定是白兰地。"

"为什么不是机关枪呢？"

乔治娅"咯咯"地笑了起来："为什么不呢？要么是榴弹炮，要么是坦克。"

"不，机关枪就行了！"约翰爵士严肃地说。他的话让乔治娅都半信半疑了，毕竟约翰爵士不可能逗她玩。

"好吧，我知道我们要重整军备，但在我看来，这确实是一种很大的迂回方式。"乔治娅说道。

"现在，如果你不唠叨了，我要告诉你一件事，"约翰爵士回答道，烟斗柄指向门的方向，"你会发现那个人在外面不是为了好玩儿，这必须保密。你还记得法国的卡古拉德夫妇吗?"

"戴兜帽的人?是的,我隐约记得,几年前——"

"它密谋策划要推翻当权的人民阵线政府,并且在法国建立一个法西斯独裁政权,据称是依靠来自两个欧洲大国的武器和金钱支持的。在巴黎和其他大城市发现了军火库,还发现了绑架部长和占领战略要地的计划。都差不多成功了。你读的喜剧里没有一个情节是这样的,但我建议你读的那本书的情节却是这样的。"

"但你不是在暗示吗?这没有发生在英国?"

"他们都这么说,"约翰爵士冷淡地说,"我想你不会相信我的话,我得给你做一个简短的政治演讲。"

乔治娅永远也不会忘记这一幕,尽管即将发生的戏剧性事件很可能会把它从脑海里赶出来:远处的车水马龙,报童在下面的街道上像海鸥一样叫卖;奈杰尔站在壁炉台旁边,摆出一副彬彬有礼、漫不经心的样子,一刻也骗不了她;约翰爵士温和地用烟斗柄做着手势,用他那最不露声色的声音勾勒出一个推测,假如这个推测是从另一张嘴里说出来的话,都会像山鲁佐德[①]的幻想作品一样不可思议。

"就是这样,"他总结道,"其要点是,这一阴谋已经在进行中,我们没有多少工作要做,也没有多少时间插手。"他步履蹒跚地走向壁炉,抖掉烟斗里的烟丝。

[①] 山鲁佐德(Scheherazade),《一千零一夜》中苏丹新娘的名字,以一夜复一夜地给苏丹讲述有趣的故事而免于一死。

乔治娅困惑不解，想弄明白他说的话是什么意思。她有一种奇怪的感觉，好像他们刚刚经历了地震，地震震倒了房子的墙壁，震塌了周围所有的房子，让她盯着一个破碎的、陌生的风景。他的话像救援队的脚步声一样，在她的脑海里回荡着，空洞而阴沉。即使是现在，也要费很大的功夫才能弄明白他话的意思。不久将要举办大选，联合政府上台，将扭转绥靖政策，反抗欧洲独裁者。英国人民中日积月累了愤怒的情绪，因而反对在威胁和欺凌下做出让步。另一方面，法西斯之友在这个国家组织策划了一场阴谋，用武力推翻政府——看到未来即将从手中溜走，这是那些人采取的最后一次铤而走险、孤注一掷的行动。

"可是我不明白——"乔治娅弱弱地说道，"你是说，凯斯顿少校是他们中的一分子？"

"我马上就来谈这个。对于这场地下运动，我所在的部门和特勤局听到过风声，已经有一段时间了。但是，我们受到了很大的阻碍。首先，它的背后也有大量金钱支持，就像卡古拉德家族的幕后黑手是法国的富裕家族一样，我们不知道他们在警察、军队和公务员队伍里收买了什么人。我们不知道——"约翰爵士冷静的声音让乔治娅的神经发抖，"我们不知道能信任什么人。另一件事是，我们不知道它的领导者是谁，我们追查了一些下属，也正在监视他们，但到目前为止，没能给我们提供高层领导人的线索。我坦率地跟你说吧，我们连个嫌疑人都没有。例如，几个月前，我们在梅达谷的一个空房子下面发现了一个军火库。起初，我们还以为是爱尔兰共和军的遗留物。那是 1939 年发生的爆炸事件。而他们就是想让我们这么想的。哦,是的,我们甚至把房子的最后一个房客抓了起来,我们围捕了他,他也承认了,提供了证据,证明他是爱尔兰共和军的一员。要不是我们发现这些炸弹是德国制造的,要不是那家伙太急于承认与爱尔兰共和军之间的关系,我们根本不会再回过头来想,还有其他的事情。他们是一群聪明绝顶的人,他们一定组织严密,井然有序,就算你闯进了其中一个组织,可离中心还是很远。"

一阵长时间的停顿后,乔治娅直截了当地问约翰爵士:"你为什么把这一切告诉我?"

约翰爵士从他烟斗的滚滚烟雾里抬起头来,那种平静、朴实的眼神为乔治娅所深爱,似乎能把说的一切胡说八道都变得如梦如幻。

"你听说过'英国国旗'吗?"很明显,约翰爵士在问无关紧要的问题。

"没听说过,'英国国旗'?什么?哦,我们在发现的那个小饰盒里找到的印着 E.B. 的国旗?"

"打进洞一个球。'英国国旗'是一个奇怪的半神秘主义社团,主要活跃在乡村地区。他们认为地主阶级是自然贵族阶层,当然他们也允许一些精选的绞刑执行官——猎场看守人之类的人加入,让这个社团看起来更像天主教组织。"约翰爵士冷淡地补充道,"'英国国旗'的信念是,自己确实是这个国家最好的人民,因此应该成为国家的统治者,他们是相当无害的。"

"可是,假如'英国国旗'是无害的话——"

"关键是他们把自己包裹在奥义和神秘主义之中。'英国国旗'是一个秘密协会——一个没有围裙和住所的共济会。现在试想一下：如果你想为一个危险的秘密组织找个好的掩护，除了上面所说的无害社团，还能找到比'英国国旗'更好的组织吗？以走私为例：你手提箱有假箱底，很容易就泄露了，此地无银三百两，警告一下就能放过。但如果在这个假箱底的下面是另一个假箱底呢？这很自然地让我们想到了你的少校朋友。"

"凯斯顿少校有没有假箱底？"乔治娅茫然地问，"还是有两个假箱底？你把我绕得有点儿晕了。"

约翰爵士对她咧嘴一笑："凯斯顿少校是个心里有仇恨的人，还很有组织才能。如你所知，少校被印度警察局客气地解雇了。少校正是这场运动中的大人物所能用到的那种人。没有什么比从另一个角度看待个人不满并视其为爱国主义更容易的了。"他有点内疚地瞥了乔治娅一眼：被人抓住作总结，这是他最不喜欢做的少数几种事情之一。然而，乔治娅却只关心约翰爵士所说的话是不是真的。

"我很明白，"乔治娅回答，"但是你有证据吗，能证明他们有联系吗？"

"哦，有的。"和他的侄子一样，约翰爵士对论据有一种超乎寻常的预知能力，"真正有趣的在你发现的饰盒里，带有'英国国旗'的首字母 E.B.——而它不是一个'英国国旗'成员的财产。我们在'英国国旗'里也安插了一两个线人，只是想看看他们会不会捣乱，奈杰尔带着他的故事来的时候，我问过情况。线人报告说没有这种会员资格令牌。你明白是什么意思了吧？这意味着这个令牌只在'英国国旗'的一个内部圈子里使用，但是，如果内部圈子和其他组织一样无害，为什么普通会员不知道呢？"

"那么，这些徽章是干什么用的？"

"我认为这是该组织领导人在有必要公开阴谋的时候，向其下属官员证明自己身份的凭证。当然，这只是猜测。但是，如果其中一个徽章被一个不该看到的人看到的话，拥有者在万不得已的情况下，可以提及'英国国旗'，作为终极解释。这就是在半秘密组织机构的掩护下工作的好处。"

"对我来说，这一切听起来都像荒谬的情节剧。"

"阴谋确实像情节剧，亲爱的，尤其是当它们掌握在有大把时间的有钱人手里的时候。看看这对戴着白色头巾在一起交谈的卡古拉德夫妇，不过，这不一定能阻止他们的高效。但愿如此。我对此担心死了，我不介意这么说。"

"亲爱的约翰叔叔，我相信如果他们知道你坐在他们的尾巴上，他们会更担心的……但老实说，我还是不敢相信。例如，你说凯斯顿少校走私武器，到底有什么证据？"

"最好问问奈杰尔。他解决了。来，孩子，给我点喝的，我已经说得口干舌燥了。"

奈杰尔给他们倒饮料。他一边说话，一边在房间里走动，随手把玻璃杯放在任何一个家具的边缘，看着都悬。乔治娅还没有完习惯他这一令人不安的习惯，然而，今天晚上，他要说的话使她忘记了家具会受损。

奈杰尔说:"流浪汉们给了我线索,很明显,少校在走私什么。好吧,人们不会用笨重的箱子运送任何普通走私物品——如丝绸、毒品等,很可能是某种酒。但是,如果是这样的话,为什么要把那么多假流浪汉卷进去呢?为什么是流浪汉呢?这就是我的好奇心被不断激发的原因,正如你所说的,乔治娅,为什么少校的助手们不开着豪车上来,哪怕是开普通货车呢?当然,这只有一个解释。"

"当然,"乔治娅酸溜溜地说,"别站在那儿斜着眼睛看我,好像在看一个愚蠢的村姑。"

"人们把自己伪装成流浪汉,一路艰难地走到亚诺尔德农场,唯一可能的原因就是他们都是当地人,不伪装可能就会很容易被认出来,也负担不起被认出来的代价。这一来,人们就不会想象,一批当地的大亨们经营的酒生意规模这么大,不幸的是,就目前的政治局势而言,人们只能很容易地想象他们做的是军火生意。毫无疑问,他们确信下一个政府会大发雷霆,夺走他们所有的财产并把他们谋杀在床上。流浪汉的伪装从几个方面保护了他们。当人们看到流浪汉的时候,会想到里程碑,不是吗?你自然会认为他没有家,来自远方。"

"但是为什么少校不能邀请他们参加那天晚上的晚宴呢?一切都可以光明正大地进行啊。"

"因为,如果在运送武器途中发生任何事情,如果对那天晚上的交易有任何怀疑,你知道在这个国家确实会传得飞快,他们都会坐牢的。此外,不论什么,在触动他们体面的时候,伪装是这种人的第二天性。可以说，他们的良心允许他们戴着白色帽子背叛他们的国家，却不允许他们穿着晚礼服背叛他们的国家。"

"既然他们这么害怕被认出来，为什么不从别的地方搞来一帮搬运工呢？"

"要把一帮陌生人带到一个偏僻的乡间，同时又不会被说三道四，这可不容易。事实上，这几乎是不可能的。凯斯顿少校做了些什么，你还记得吗？有一次，当他在家里建一个，用哈利的话说'附带房子'的时候，我敢打赌，这是他的工作室和一个舒适的地下室——工人们可能被告知这是一个酒窖，实际上在那里储藏武器。还有一点是，这一阴谋是去中心化的，约翰叔叔称之为'水密舱'。如果可以的话，我会把少校的小组织称之为'凯斯顿地区'，该组织尽可能独立完成所有工作；因此，如果一旦发生事故，损害将被定位，并且不会导致该地块其他中心的死亡。"

"他们背后肯定有一大笔钱在支持，才能盖房子，做这一切。"

"是的,这是另一个重要的问题。凯斯顿少校的'遗产'来自何方。亚诺尔德农场位置靠近大海，远离其他住宅，因其战略优势而被选中。凯瑟勒湾是一个荒废的地方，跟上面的丘陵一样。一船武器在那里上岸会很容易，由运送的人装上卡车，由少校的手下卸货。如果有人在去凯瑟勒湾的路上遇到卡车司机，他会说司机半睡半醒，在大路的岔路口迷迷糊糊地走错了路。但是，在夜里的那个时段，不利于它的机会是千分之一。顺便说一句，卡车的车牌是假的，乔治娅，所以我们在那方面不会取得进一步的进展了。毫无疑问，这个饰盒属于该阴谋的一位领导人，这位领导人去年在亚诺尔德农场布置安排，不知怎么却被喜鹊叼走了他的饰盒。也许这位领导人当时是在晒日光浴吧。我不知道这会不会给我们提供一个线索？"奈杰尔心不在焉地说道。

"我本以为最简单的办法就是找一支地方武装部队，冲进少校的酒窖。"

"不，不，"约翰爵士轻快地说，"我还不想让他们提防，只是阻止他们不再登陆和运送武器。"

"你打算怎么做？在凯瑟勒湾布一个雷区？"

约翰爵士的眼睛在闪闪发亮："没必要搞得这么激烈，我已经给吉米·布莱尔通风报信了。你是认识那个家伙的，他在为《每日邮报》做'我遇到的一些特务'系列，他会写亚诺尔德十字路口的鬼，就会招引一大群观光客和心理研究人员到农场去。'英国国旗'就会撤走哨兵，直到风停，到那时——"

约翰爵士中断了讲话。乔治娅意识到空气中有一种紧张气氛。奈杰尔和叔叔故意不看对方。乔治娅想，他们就像两个孩子一样，在分享一个罪恶的秘密：就好像要给她搞一个恶作剧，不知道她会怎么想。然而，当约翰爵士再次发言时，他的话似乎是特别无辜的："我们真正的问题是找出哪些人是这场运动的领导人。小鱼苗现在可以照顾自己了。年轻的奈杰尔有一个想法。"约翰爵士的声音变得越来越小了。

"当然，这完全是理论上的，"奈杰尔说道，"但是这个想法确实存在，因为它本身就值得。因为这场运动要在英国建立某种独裁统治。现在，如果说有一种英国人不会支持的统治的话，那就是独裁统治，不论这个统治者是哪个普通的政治家。毫无疑问,阴谋家们想制造一个危机状态、不法行为、流血事件和其他种种,以此证明掌舵的强者是正确的。这都是暂时性的,一旦麻烦清除了,我们就不会屈服,除非强者是一个受到全国人民欢迎的人,不仅是一个政客,同时也是一个小伙子。"

"这个国家有一些人抓住了大众的想象,英国人仍然暗恋着丰富多彩、充满活力的冒险家类型,毕竟我们是德雷克的后代。假如那些阴谋者像我们认为的那样聪明绝顶,阴谋者会选择具有浪漫主义和英雄崇拜倾向的人,这样的才能吸引普通的英国人。"

"是的,"乔治娅喃喃地说,"很有道理。英国人想要一个有灵感的业余爱好者。相信业余爱好者而不是职业工作者,才是我们民族浪漫主义的一部分,可是我们怎么找到这个领导人呢?"

紧张局势再次加剧,整个房间似乎都屏住了呼吸。奈杰尔摆弄着乔治娅从非洲带回来的黑色木马。约翰爵士小心翼翼地把烟斗灌满,好像在填写官方文件,最后他抬起头轻快地对乔治娅说:"亲爱的,我们要你帮个忙。"

"我?可我没有——为什么不是奈杰尔呢?"

约翰爵士继续说了下去,好像乔治娅没有说话似的:"除了奈杰尔,你是我们中唯一看过饰盒里照片的人,而这张照片是我们的唯一线索。你有进入上流社会的入场券,我们必须寻找运动的中心,应该在富人家族的某个地方。还有,我要坦率地说,你本身在这个国家也是一个传奇人物,因此,这个运动会很乐意利用你,同样地,到了摊牌的时候,也会利用你对运动进行极好的反面宣传。"

"'被著名女探险家挫败的阴谋'。嘀,真是个精彩的故事!"奈杰尔喊道。

约翰爵士非常恼火,没理奈杰尔:"奈杰尔不能参与的原因是显而易见的。他是我侄子,和警察有关系,大家都知道。这就是凯斯顿少校如此好奇的原因。'英国国旗'永远不会相信奈杰尔。"

"但我也一样和警察有关系。我和奈杰尔结婚了,不是吗?"

约翰爵士平静地说:"这个构想是你不应该结婚。安排分居——合法分居,当然——只是给那些八卦作家一个暗示,暗示你决定分居:剩下的八卦作家会完成的。"

原来如此,乔治娅惊讶和愤怒得说不出话来。原来这就是他们小游戏的目的!等她终于能说出话来了,便问道:"我理解得对吗?你居然敢建议我和奈杰尔分开,让我好几个月都不见他,与此同时,我白费力气地去追寻一个连名字都不知道的人。这个人除了存在于你狂热的想象中,可能根本不存在,是吧?你要我——"

"我请求你为英国做这件事。"约翰爵士的声音很平淡,好像他说的只是让她出去帮忙买一包烟斗清洁器,他赋予这个短语以非凡的信念。

乔治娅想:该死的约翰叔叔,为什么他让我很难拒绝?如果约翰叔叔试图哄骗或恐吓我去做,如果约翰叔叔再多说一句关于英国的话,说我的英格兰,我会跟他一样,轻松地一口回绝。但约翰叔叔只是坐在那里,看起来像个忧心忡忡但理智的小男孩,并把它作为一个商业提案提出来。

乔治娅冲动地转向奈杰尔，看到他靠在壁炉架上，温柔地对她笑着，但态度绝对是含糊的。乔治娅早就应该知道奈杰尔不会愿意以这样或者那样的方式影响她。有那么一瞬间，乔治娅的心反抗了：奈杰尔就不能为自己做一次决定吗？不，这不是奈杰尔的做派，也不是乔治娅的做派。

约翰爵士把乔治娅叫到窗前，一只手搂着她的肩膀，指着街道。那是高峰时刻。乔治娅能看见一百码之外沿着主干道匆匆回家的人群，有打字员、店员、生意场上的姑娘们，虽然疲惫不堪，但仍在勇敢地、轻快地前行。乔治娅本能地知道约翰爵士想让她看到什么。约翰爵士的话只是她心声的回声而已。

"看看她们，"约翰爵士平静地说，"这些姑娘们都不是坏人，是吗？是的，有些人愚蠢、自负、无礼、无知、粗俗，但她们各有各的优雅，不是吗？她们有青春、活力、独立和勇气。她们是英国人。你知道对方当事人是怎么说的吗？'女人是用来娱乐战士的''女人的位置在厨房'，诸如此类僵化过时的胡说八道，可这也是事实。今天晚上没有小伙子在电影院外接她，小伙子和集中营里的虐待狂冲锋队有个约会。那样会因为姑娘而宠坏小伙子的。"约翰爵士捏了捏乔治娅的肩膀，手垂到身体的一侧。"你不能让我也这么做。"约翰爵士说道。

"可我也无法阻止，"乔治娅语无伦次地喊道，"这不是我的专业，你要求得太多了。我——"

"嗯，想一想。一两天也没什么区别。暂时再见。"约翰爵士拿起那顶破旧的帽子和烟灰棒,没等她来得及说一个词就走了。现在,她都不知道应该说哪个词。那个朴素的、令人安心的人撤退了,整桩事情似乎更加怪异,但不知何故也更加不可避免,就像疯子的妄想。

"奈杰尔,"乔治娅说着,迅速走到对面的丈夫跟前,抓住他的手腕,"我该怎么办?"

"我应该接受。不会太久的。这值得一做。"

但即使在那时,乔治娅也无法下定决心:"在我安顿下来要舒适地安度晚年的时候,为什么非得开始做这些?"

第四章

多情的板球运动员

乔治娅有个习惯：当不得不做出一个重要决定的时候，她就出去进行长时间的散步。虽然乔治娅是一个拥有高度文明的女人，却相信在做与女人有关的最终决定时，至少要出于本能。她认为，智力可以而且应该提供信息材料，公正地列出优点和缺点；但还有比智力更深刻的，那就是必须做出选择，批准并执行决定。奈杰尔习惯于说这是一种道德上的怯懦、一种似是而非的借口，让决策脱离人的控制。对此，乔治娅承认部分属实，但她的经验证明，总的来说，直觉最清楚什么对自己来说是最好的。因此，乔治娅会走啊走，直到脑袋里的两种相反的观点争吵不休，精疲力竭，再也不能争论下去了，才从田里退下来，路对她来说也就清楚了。

今天早上，在约翰爵士来访的第二天，乔治娅穿上了一件旧粗花呢外套，没戴帽子就出了门，去公共汽车站坐公共汽车到堤坝路，然后沿着泰晤士河向东走。海风轻轻地吹拂着乔治娅的黑发，一股海水从河里涌上来。这条河延伸穿过泥滩和仓库朝向大海，远处是许多乔治娅熟悉的乡村，还有一些从未去过的地方。几个路人好奇地瞥了一眼身材矮小、身体轻盈的乔治娅，看着她带着那种孤独的神情向前走，仿佛独自一人在沙漠里前行，视野中只有地平线。他们记得，当乔治娅从身边走过，她的面庞虽然缺乏传统意义上的美感，但却奇怪地引人注目；更富有想象力的人可能会说，那种眼睛，那深谋远虑的眼神，只能在飞行员的头盔后面才能看得到。

退潮在逆风中堆积起破碎的波浪，似乎也在拉扯乔治娅，像往常一样把她的心吸引到遥远的地方。但是，当乔治娅转过身时，她避开河流，开始穿过东区的街道，旧日的迷恋很快就让她的思绪离家更近了。在这里，四面八方，都有不可原谅的贫穷却不屈不挠的生命力。德文郡的绿边群山和这些肮脏喧闹的街道，都是乔治娅深爱着的乡村的一部分，现在对爱的认识加深了，既是一个见过许多美女竞争对手的探险家的认识，也是一个回到家、发现爱人受到敌人致命威胁的认识。

今天早上，街景里有水果小商贩色彩鲜艳的手推车、脏脏的商店、熙熙攘攘的人群，在他们之间，又出现了其他不自然的、朦胧的入侵者，就好像洗出来的一间普通房间的照片，却显示出桌子和椅子之间的鬼魂。她好像能感觉到穿着纳粹军靴的人一声不吭地站在一户户惊恐万状的人家门口，看着跪在人行道上擦洗的人影，冷漠地把孩子们隔在熟悉的操场外面，告密者在咖啡馆里窃窃私语，恐惧和猜疑就像风湿病一样困扰着朋友之间的轻松交流，那是现代暴政所有的邪恶小把戏。

可是我能做什么呢？为什么约翰叔叔要挑选我来干这种工作呢？我应该会惨败吧。还有跟奈杰尔分开。"时间不会太长。"说得好听。奈杰尔不明白，对我能否自给自足还是半信半疑——独自行走的猫。我以前是自给自足的，在遇到奈杰尔之前是。我不应该看去年在果园种下的水仙开花吗？我的好姑娘，有比水仙花更重要的事情。是的，我知道，但是——约翰叔叔怎么这么彻底，这么具有毁灭性？约翰叔叔会安排这次分居，每一个令人痛苦的小细节都这么彻底，完全可能弄假成真。但是你知道，我的姑娘，你暗地里渴望尝试这个"英国国旗"或者管它叫什么呢，再来一次冒险，你的最后一次冒险，然后光荣退休。冒险？呸！可能没有什么比跟着肮脏的外星人进出里昂的茶馆，在昂贵无聊的客厅里喋喋不休更恐怖的了。

就这样继续想着，乔治娅走得更快了，直到累得连这些无用的想法都没有了。当乔治娅在午餐时间回到家，收到来自艾莉森·格罗夫的电话留言时，都没有意识到决定权这么快就真的被剥夺了。"好的，亲爱的，我会来的，"她说道，"我们要穿正式服装吗？奈杰尔呢？哦，只是个女生派对。很好。"

艾莉森立刻成了乔治娅的朋友，也成了她的绝望对象。这个金发碧眼精致得跟个小雕像似的女人，名下有一辆汽车，管理着一套服务公寓，还总是完美地展示出，除了作为一名社会新闻工作者的薪水，没有其他可见的生存手段。对乔治娅来说，艾莉森过的生活让她难以理解："你肯定并不真的喜欢这些愚蠢无聊的聚会和招待会吧？"而此时艾莉森那双蓝绿色的眼睛看起来比以前更天真了，她回答说："好吧，你看，我是一个宅女，亲爱的。再想想油水。我就是那只盖章的蝴蝶。""盖在什么上？""哦，当然是盖在别的蝴蝶身上。"

这是真的。艾莉森是一位才华横溢的新闻记者，完美适合《每日邮报》，因为通过轮流地把舌头放在当今所有的名人脸颊上，然后把舌头向他们伸出来的过程，这份咄咄逼人的年轻报纸发行量很大。艾莉森的八卦专栏，题为"小鸟耳语……"，包含清高主义和温和嘲笑的巧妙结合。上流社会女主人的耳朵敏锐到可以捕捉到这微弱的嘲弄音符，起初她们向艾莉森的主编抱怨，然后试图把她排挤出去，不过，很快就后悔了，因为她们发现这只快乐的小蝴蝶有着最犀利的抨击能力。在艾莉森讲述了斯佩克公爵夫人的"女儿"初入社交界，参加舞会之后，公爵夫人正式下达了最严格的命令，应该把艾莉森排除在外，上流社会却认为，最好接受艾莉森。尽管如此，乔治娅仍然认为她的朋友在浪费自己的才能，而在今晚的事件发生后，乔治娅打算修正自己的观点。

6点钟的时候，艾莉森出现了，外套敞开，露出里面带漂亮白色羊毛的紧身长袍，长袍看起来就像羽毛一样长在她的身上。

"哦，天哪，"乔治娅叹了口气，说道，"你总是让我觉得自己像是从旧杂物义卖里出来的。"

"不是旧杂物义卖,更像是一个东部集市,"艾莉森回答道,用手指着乔治娅带野蛮条纹的塔夫绸连衣裙上的褶皱,"不,你赢了。你是自然,我只是艺术。"

"我热爱自然,其次是艺术。"

"来吧,不然我们就要迟到了。"

"我们要去哪里?"当她们钻进艾莉森的小车后,乔治娅问道。小车向西飞驰,驶向旁路。

"嗯,这是一种乡村俱乐部。势利鬼、卑鄙的人,在泰晤士河上。我想,你会发现这里的气氛很有趣。哦,让我们不要客气,不要为谁付账而争来争去。这是免费的,我在写他们,他们还得拿出最昂贵的食物作为回报呢。"

"你真是个吸血鬼,亲爱的!"

"我付出了,你也一样。"

"在时髦的塔梅福德县俱乐部,这个时尚人士最近时常光顾的地方,我注意到了乔治娅·斯特雷奇威,著名的探险家。她穿着带条纹的塔夫绸衣服,很有异国情调。"

"要不是你在大波浪上花了一大笔钱,我就把你的头发弄乱。"

"假小子,一如既往。"艾莉森的笑声像她的身材一样微弱而纤细,叮叮当当的像日本风眼镜,"反正我也没有花一大笔钱,我用某种方式给贾妮斯的大波浪付了费——一篇可爱的短文报道,关于她美容店的。如果你能找到的话,这是一个很好的工作。"

"你真的应该被曝光。"

"哦,好吧,我们都有自己的小秘密,不是吗?"

小秘密!乔治娅想。如果艾莉森知道我在想什么,她会分裂的,这个脆弱的小东西。嗯,也许她没那么脆弱。但想想我们刚才这样嬉戏,像蝴蝶在火山口翩翩起舞,这很奇怪。明天我必须做出决定。今晚我们会去接受这个可怕的俱乐部所能提供的狂欢……

当半小时后,汽车驶近它那雄伟的入口时,乔治娅判定,狂欢并不是人们用来形容塔梅福德县俱乐部的第一个词。明媚的月光下,沐浴在泛光灯里的乔治王朝时期的房子正面,与其说是万众瞩目的焦点,不如说是对国家纪念碑及其建筑师的致敬。红砖砌就,坚固异常,却有着精致的纯洁和优雅,这座房子在很有尊严地安睡,仿佛被召唤到祖先那里,找到了价值。

"真可惜!"她们下车时,乔治娅低声说道。

"真可惜!"

"用这个漂亮的外壳来对付宾利车里大量有钱的流氓。"

"嘘!我要谋生,"艾莉森低声说,"再说,你还没有见过里面呢,谁知道壳会孵化出什么呢?"

门被一个敷了粉的、穿制服的男仆打开了。也许是在这个时候,乔治娅才第一次感到忐忑不安。乔治娅回过头去,觉得一定是鲜明的对比造成的:宽敞的大厅,摄政时期风格的白色绿色的酷酷装饰,弯曲的楼梯优雅地向上延伸,仿佛飘浮在空气中,却向她们散发出热浪。那是一种潮湿的、散发着香味的热气,说明她们正走进的可能是暖室。

她们进入休息室，脚下松软的地毯犹如苔藓。这儿有几张小桌子，好几个人正在墙边照明灯的漫射光亮下，喝着开胃酒。光线晦暗，声音细小，仿佛受到这儿氛围的压制，这间漂亮得恰到好处的房间，透着一种更为悠久、更为自信的文明的气息。

"我很快就会全身抽搐，"乔治娅一边啜饮着雪莉酒一边抱怨，"蒸汽加热总是让我心烦意乱。他们为什么要把这里搞成一口大锅？我——"

"嘘，亲爱的。一个黑衣女人正走进你的生活。"

乔治娅抬起头来。门开了，一个女人走了进来，乔治娅怀疑她是这家俱乐部的老板，尽管她威风凛凛地把头偏向了房间里的人，表明是她，而不是他们给那里带来荣幸。这是一个有点夸张的人，但她却穿着黑色蕾丝长袍，仿佛雕塑一般。不过，乔治娅的注意力很快转移到跟在后面的那个男人身上。这个男人看上去很老，面容疲惫、皮肤像羊皮纸，长了一张西班牙大公似的长脸——在这种大公脸上，好像只有那双眼睛是活的，眼皮厚重，在凝视时目光灼灼、傲慢自大，也会像蜥蜴一样突然翻动眼睑。乔治娅几乎没有意识到内心涌起了奇怪的压迫感和强烈的反感，只注意到在这个热屋子里，这个男人的肩上披着一条格子呢披肩。

不久，那支奇怪的队伍来到了乔治娅的餐桌旁。乔治娅觉得应该深深地鞠躬行礼。她知道老男人正透过面纱凝视着她。他可能是盲人，依靠第六感向她摸索而来。

"我很高兴你能来，格罗夫小姐。"那个女人说道。咒语立刻被打破了，因为在乔治娅听来，她的声音有一种合成的品质，在其华丽的、慢吞吞的优雅下面，有一种虚伪或粗俗的感觉。

艾莉森现在表现得很好，给他们相互做介绍说："阿尔瓦雷斯夫人，我们的女主人。我的朋友，斯特雷奇威夫人。"

"很高兴你来，"女人低声说，"让我介绍一下我的丈夫，唐·阿尔瓦雷斯。"

老男人好像被一根绳子拉着似的向前走，他走了过来，抓住了乔治娅的手，举到嘴边。乔治娅差点儿没能抑制住对他的厌恶，因为这只手像蜥蜴一样干燥、脆弱、冰冷。

"今晚你会在这里遇到一些很有趣的人，格罗夫小姐，"那个女人说，"当然，不包括你自己的客人。"她点了点头，老男人立刻也同样庄严地点了点头，他的头长在瘦骨嶙峋的乌龟脖子上。"伊比利亚大使带来了一个派对，我们很期待银行家利明先生，你知道的。我相信马尔卡斯特勒夫人快来了。我希望你喜欢我们的地方，斯特雷奇威夫人，你看到了什么？"

"哦，是的，的确如此。它很迷人。"一时冲动，乔治娅补充道，"可是这里热得要命，不是吗？"

乔治娅的直截了当声名远播，曾经让很多人没面子过，但是，却没有给对面的两张脸上留下任何印象。

"我丈夫觉得冷得很厉害，他还不习惯我们这里的气候。"那女人说道。几分钟的高谈阔论后，女人走开了。老男人一句话也没说，突然对乔治娅笑了笑，这笑容划破了他的脸，仿佛羊皮纸被绷得太紧了，然后他跟着妻子走了。

"可怜可怜我们吧！"当这两个人走出房间以后，乔治娅惊叫道，"那个可笑的老木偶到底是谁？"

艾莉森"咯咯"笑了起来："我告诉过你，你会发现这里的气氛很有趣。应该说他是业主，还是说他是老板娘的丈夫？他在西班牙失去了财产，无论如何，这就是故事，和其他故事一样好。你觉得那位夫人怎么样？"

"塞维尔和苏比顿，"乔治娅尖刻地回答，"她虽然看起来派头很大，但她不满足，是不是？"

"如果你嫁给了动物园里年龄最大的乌龟，你也会这样。但是，我们有能获得安慰的事。也许彼得今晚会在这儿。"

"你思维跳跃得多快啊！彼得是谁？"

"彼得·布雷斯韦特。"

"从来没听说过。"

艾莉森蓝绿色的眼睛睁得大大的："哦，亲爱的！你从来没有读过这些报纸吗？英国未来斗争的中流砥柱，帐篷里闪耀的年轻的达达尼昂①、小学生圣地签名猎手，这个——"

"闭嘴，告诉我你在说什么？"

"彼得·布雷斯韦特，板球运动员，英格兰击球手。"

"哦，是的，"乔治娅意识到艾莉森的谈话一开始似乎正朝着另一

---

① 达达尼昂（D'Artagnan），《三个火枪手》中最年轻的火枪手，少年英雄。

个完全不可能的方向前进,她说,"我好像听说过他的一些事,觉得他是一个业余爱好者。"

"不,事实上,彼得是个职业选手,他也是我最喜欢的一个小甜心。你会喜欢他的。"

"职业选手?那他在这个豪华的垃圾场干什么?"

"哦,你知道,他被占用了。"艾莉森含含糊糊地回答。

不知道是蒸汽加热对神经的影响,还是因为当天早上走了很长一段路的结果,乔治娅发现自己处于一种乐于接受的异常状态。晚餐时,饭菜非常好,毫无疑问,领班被告知艾莉森的生意在这里,所以恭维到位,殷勤有加。然而俱乐部的有些事情,乔治娅还没有掌握其中的诀窍。俱乐部的气氛在很多方面都很压抑,大多数客人都属于常见的不安分、寻欢作乐的人群,但也有少数是乔治娅根本无法下判断的人。例如,一个秃头男人独自坐在一个墙角的桌子旁,时不时地用眼睛盯着乔治娅,脸上是一种奇怪的活泼和聪明的表情。乔治娅肯定之前在什么地方见过那张脸吧?在所有这些光滑、空洞的面孔中,他显得格外突出,就像蜡像画廊里的血肉之躯。乔治娅正要对此做出点评,艾莉森朝门口点点头说:"那就是彼得。"

这位受欢迎的板球运动员与乔治娅想象中的样子大相径庭。他身材矮胖,一张宽宽大大的狮子脸,充满了活力,看起来像个小男孩,一点也不像被宠坏了的样子。当经过她们的桌子时,彼得对艾莉森咧嘴一笑。这微笑让乔治娅感觉到了那如电击般的魅力,他有一种天然的磁性,而不是为任何人的利益而设定的磁性。彼得肯定也知晓,所以，尽管有几只手站起来迎接他，他却走过去，独自坐在一张桌子旁。

"他不是很好吗？"艾莉森问道。

"他肯定还活着，这比我所说的大部分人都要——我说，那边那个人是谁？"乔治娅指了指那个秃头男人，此时正在菜单卡背面心不在焉地涂鸦。艾莉森不认识，就问了领班服务员。

对方回答："那是斯蒂尔教授，夫人。哈格里夫斯·斯蒂尔教授。"

乔治娅想：天哪，难怪我觉得好像见过这张脸，他经常出现在媒体上。哈格里夫斯·斯蒂尔是当代最著名的科学家之一，一位热带疾病专家，也写了大量受欢迎的教科书。由于他受到了公众的关注，科学界倾向于把他看作一个骗子。然而，哈格里夫斯·斯蒂尔在自己专业领域的成就使这种态度难以维持下去。乔治娅又瞥了一眼这位著名的科学家，发现他把菜单卡的尖放在一个拇指指甲上，然后像三通至四通一样地旋转，他自己则像顽童一样扬起嘴角，全神贯注地做着鬼脸。斯蒂尔教授还是同样的表情，接着表演了一个小把戏，包括一个碟子、一杯水、一个六便士[1]和一根弯曲的火柴。他似乎完全不在意有没有观众，而事实上，除了乔治娅，没有人对他有丝毫兴趣。乔治娅认为他的手是自己见过的最灵巧的手。

乔治娅意识到科学家的目光又落到了自己身上，便把目光移开了。乔治娅把目光转向彼得。这一次，彼得带给乔治娅的震惊跟上一次完全不同。起初乔治娅以为他一定是喝醉了，却意识到彼得到这里

---

[1] 便士（penny），英国辅币名，100便士等于1英镑。下同。

的时间没有那么长,不可能喝醉。彼得的嘴微微张开,双手紧紧地握着桌子的两侧,眼睛呆滞地看着——除了最痴迷的迷恋,还会是什么?乔治娅为那张快乐、天真的脸上这一可怕的变化感到有点恶心。当意识到彼得这么忘我地凝视着阿尔瓦雷斯夫人时,乔治娅觉得更恶心了。

阿尔瓦雷斯夫人庄严地从一张桌子挪到另一张桌子,询问客人是否一切都满意。她丈夫不再出席了。乔治娅注意到,当阿尔瓦雷斯夫人走近彼得的桌子时,其他用餐者纷纷狡猾地瞥了一眼。彼得邀请她坐在空座位上,恳求的目光和这个过分夸张的生物那半害羞、半占有欲的反应,让乔治娅感觉整晚都不舒服。乔治娅本身也是个女人,因此无法抗拒女性的冲动,想知道阿尔瓦雷斯夫人哪方面吸引到了这位年轻人。她一定比他大二十岁。阿尔瓦雷斯夫人的美貌,就像她的声音和女王般的神态一样,当然是人造的。乔治娅可以想象那面具在恐惧或愤怒压力下脱落后,暴露出来的俗不可耐。很简单,这些不满的线条,拉扯着她下垂的嘴角,就足以解释她的内在。但是,怎么解释彼得·布雷斯韦特呢?而艾莉森通常不会犯判断性的错误。

"这有点过分,不是吗,亲爱的?"乔治娅低声对她的朋友说,"我不赞成抢孩子。"

艾莉森的眼睛睁得大大的,天真无邪:"哦,那个呀。我告诉过你,我们有自己的安慰。可怜的彼得,他确实很快乐。"

"可是彼得能从阿尔瓦雷斯夫人身上看到什么呢?"

"神秘。神秘的女人身份。也许彼得只是心地善良而已。"

乔治娅注意到,艾莉森的手紧紧地抓着金色晚装包。因此,有些事情连艾莉森都不能掉以轻心。如果彼得更喜欢那个衰老的假冒生物而不是漂亮的艾莉森的话，不论他落得个怎样的下场，全都是活该。

当艾莉森建议两人带着咖啡进休息室时，乔治娅松了一口气。当看到朋友的出现引起的骚动时，乔治娅也觉得好笑。趋炎附势向上爬的人还没有取得不一定好的名声，或多或少地公开竞争，希望在艾莉森的专栏里被提及。那些出生在树顶上的人待她以谨慎的礼貌。艾莉森自己像一只蝴蝶一样，从一个团体飞到另一个团体，以她那无与伦比的方式闲聊，倾听的时候头可爱地歪着——这可怜的、骗人的把戏，让男人们觉得她是一个多么聪明、多么富有同情心的女人。直到他们开始打一局桥牌，乔治娅才意识到她朋友的欢乐来得多么自然而然。在乔治娅看来，艾莉森打得糟透了，打了几次后，她就告辞不再玩了。

乔治娅也觉得受够了。她想结识斯蒂尔教授，他似乎是迄今为止这里最有趣的人，但是在楼下的哪个房间里都找不到教授。乔治娅独自一人走上楼去，欣赏着楼梯和楼梯平台美丽的比例，墙上精致的线脚。由于刺痛神经的热度，这个地方隐隐约约不安的整体气氛，让乔治娅又感到不安了。透过楼梯平台上的一扇门，乔治娅听到了人说话的声音。乔治娅以为是另一个公众房间，正要进去，这时才意识到那是阿尔瓦雷斯夫人和彼得的声音。

"……不，你这个傻孩子，我不会的。你太年轻了。而且，你没钱，也输不起。"

"我可能会赢。我知道我会赢。我在比赛和爱情中总是很幸运，否则我就找不到你了，是吗？"

"亲爱的彼得！但我不会让你进去的，我不敢。"

"好吧，你可以让我看看。我从来没见过轮盘赌——"

"嘘！你根本不应该知道——"

原来是这样，乔治娅厌恶地想，走开了。这就是这个地方的用途，一个谨慎、豪华的赌博场所。她想教授就是在那里消失的。

乔治娅认为晚上的高潮还没有到来。半小时后，乔治娅和艾莉森坐进艾莉森的车，刚要开走，彼得·布雷斯韦特通过车窗伸头进来，把手套递给艾莉森说："你忘了这些。"然后，低声说道："还没有运气。"

乔治娅冲动地说："不，你这个傻孩子，你太年轻了。"

在仪表板灯光昏暗的灯光下，彼得的脸露出了惊讶的神色，但没有一丝不安。彼得向乔治娅眨着眼睛，扬起下巴，开心地笑了起来："你太棒了，斯特雷奇威夫人。嗯，你看过保龄球，是吗？晚安。"

"多么了不起的年轻人啊！"她们离开以后，乔治娅说道，"他说'看保龄球'到底是什么意思？"

艾莉森没有马上回答，而是继续向前开了半英里，然后把车停下，用乔治娅几乎辨认不出的声音说："彼得是个出色的演员，他现在需要这样。"

"我不明白，你是说——他不爱阿尔瓦雷斯夫人？"

"他当然不爱。"

"可是——那又为什么？"

艾莉森沉默了一会儿，最后，把手放在乔治娅的手上，说道："你昨天晚上和约翰爵士谈过了……不，没什么，别激动。你看，我和彼得为约翰爵士工作，我们今晚也在为他工作。"

乔治娅目瞪口呆地盯着艾莉森看了一会儿，完全不知所措了，她不敢相信自己的耳朵：哪怕是自己在爱尔兰巡行中画了最受欢迎的画，哪怕是奈杰尔说自己是一个秘密吸毒者，哪怕是最后审判时的号声响起，都没有这个令人难以置信的真相更让乔治娅目瞪口呆。艾莉森！快乐、脆弱、精致的艾莉森！还有测试板球手彼得·布雷斯韦特。最后，乔治娅终于恢复了语言能力，鼓起掌来，嘴里骂骂咧咧的，很不淑女："嗯，我是——你这只伪装的小猫！看起来不过是一只漂亮的蜂鸟，可是——"

"现在我不能两者兼得，真的！"艾莉森笑了起来，叮叮当当，像小玻璃杯似的。"我告诉过你，做一名上流社会的新闻工作者有很多好处。哦，是的，可以得到不少油水。所以，约翰爵士才会挑选我来做这份工作。"

"别再像莎士比亚的小丑似的胡说八道了。你是说，那个俱乐部——"

"是的，我们怀疑这个地方被一些'英国国旗'运动幕后的人用作掩护。他们很聪明，可以这么说，他们的盾有三层。从外面看，这个地方都很体面。但他们机智地在常客中散布传言，说这地方是用来进行轮盘赌的。当然，这一切都很模糊。善良的来访者不敢传播传言，因为害怕被指控诽谤罪。如果他们中的一个想赌的话，那么，阿尔瓦雷斯就会俨然地、义愤填膺地告诉他，你进错商店了。同时，这个地方也给了真正的阴谋者一个机会——在大家都认可的保密气氛中秘密集会。这是'英国国旗'的策略，你看：用一个相对温和的违法行为来掩盖彻头彻尾的危害国家罪，聪明的哥们儿。轮盘赌只是给冥府守门狗的小恩小惠。彼得已经得到了情报，那位夫人已经承认那里在玩轮盘赌。阿尔瓦雷斯夫人是'英国国旗'链条中的薄弱环节，我们正在努力做好。"

"可是你怎么知道这不仅仅是轮盘赌？"

"哦，'英国国旗'确实下了更高的赌注。为此，你得相信我的话。不过，我们还没有拿到证据。"

乔治娅沉默了一会儿，消化着这一切，最后直截了当地问道："你今天晚上为什么带我去那里？"

艾莉森这次没有直接回答，而是用手指紧紧地抓住了乔治娅的手腕，说道："彼得讨厌那个女人，只要碰一下她，就会让他感到恶心，但是，如果需要的话，彼得愿意坚持到底。你明白吗？"

"是的，我明白了。我想这是约翰爵士的主意，这条狡猾的老蛇。嗯，我想反正我也会参与进来的。"

"好姑娘。"艾莉森发动汽车。汽车载着她们朝伦敦飞奔而去。

第五章

两个伪君子

第二天早上,当乔治娅醒来时,仿佛觉得塔梅福德县俱乐部的古怪生意肯定是一场梦,接下来的几周也像一场梦,但是在这种梦里,只有微弱的、断断续续的不真实感扰乱了图像的逻辑顺序。这些时刻虽然令人不安,但对她的处境却没有造成什么紧迫感,对未来也没有带来太多的担忧。与奈杰尔的分离,虽然是一如既往的痛苦,但事实上,也与乔治娅事前的想象相差甚远。约翰爵士早就预见到了这一点。

"你必须把这件事做到位了,"约翰爵士说,"如果'英国国旗'对这件事产生一丝一毫的怀疑,认为有假,你就没有机会插足他们的运动了。更重要的是,"约翰爵士轻快地补充道,就像一个播种工助手在给一个业余园丁提建议,"你会让你和奈杰尔都处境危险。"

乔治娅和奈杰尔计划"分居"的细节,就忙得不可开交,所以大部分的刺痛被剔除了。他们设计好每一个行动,每一件肮脏的业务项目,跟真的一样。起初,现实的幻觉是如此强烈,乔治娅不得不提醒自己这不过是假装的。然而乔治娅很快就向幻觉屈服了,因为意识到这样做,好奇的人看到的表面会更具说服力。

"再见,亲爱的。你自己保重。"奈杰尔在分别的那天早上说道。在他们热烈地亲吻后,奈杰尔就被出租车带走了。除了强迫自己坐到椅子上,乔治娅觉得似乎没有其他方法能抵制站在窗前目送他绝尘而去的诱惑,但这是绝对不可以的,乔治娅甚至不许自己怀疑这次分居对她的伤害有多大;她还有戏要演,有角色要扮。此外,谁能保证没有人正看着呢?

奈杰尔在小屋里发出了几封申诉信。即便是现在,她也不能改变主意吧?她离开他的决定肯定不是不可改变吧?想想他们曾经是多么幸福啊!

乔治娅又写了回来,不,结束了,他们在生活中合不来,这太明显了,乔治娅错误地认为自己可以安顿下来,过奈杰尔想要的那种家庭生活。有一段时间一切正常,但是,乔治娅生来就是不安分的,她想再次出去旅行,她决定过自己的生活。

还有商业信函。关于小屋、家具的处置,乔治娅的衣服和财产的转寄。奈杰尔要保留小屋,乔治娅住在伦敦的公寓里。有时,乔治娅对所有这些细节感到极度不耐烦。这就像精心布置一个场景,而这出戏却永远不会开场。但是乔治娅知道,这是必要的。可以想象,他们的信件可能会被截获。无论如何,他们保留了所有收到的信件,以供"英国国旗"调查——就像他们现在逐步考虑到的那样,在允许乔治娅进入"英国国旗"内部之前,对方肯定会调查的。

接下来,就是艾莉森残忍地称之为"官方讣告"的东西。在八卦专栏中提供线索,涉及的内容越来越广泛,直到确认无误。最后,来一篇《每日邮报》一位特写作者的访谈,将于下一期早晨转载,标题耸人听闻,叫《著名女探险家的家庭生活》。

然后,也是最折磨人的,在经历了所有震惊、同情、愤怒、好奇和狡猾的暗示之后,在奈杰尔的熟人和她自己的熟人的善意干涉之后,艾莉森有些津津有味地对乔治娅说:"你第一次作为一个草场寡妇出现。这是一件棘手的事情。你如此猥琐地喜欢你的前夫,真可惜。你必须接受心理指导。"

乔治娅自然应该接受心理指导。在过去的两周里,也就是在奈杰尔第一次暗示分居和离开的这段时间里,乔治娅在艾莉森的控制之下。艾莉森会打来电话,佯装不知道,问奈杰尔什么时候回来。艾莉森会带乔治娅出去吃晚饭或者花一下午的时间逛街购物,然后在不经意间,出乎意料地提及奈杰尔。乔治娅很快学会混杂着尴尬和克制的心情,得体地回答这些问题。乔治娅预料到有可怕的事务要困扰她,她必须把台词背得滚瓜烂熟,像女演员在彩排时那样,大肆渲染易怒和专注的情绪。

"彻底和耐心。"约翰·斯特雷奇威爵士曾经说过。的确，这些在我们的工作中至关重要。嗯，他们做得已经够彻底了，约翰爵士两周前就亲自去过两次公寓，这就是对彻底的一个解释。如果有人爱包打听，就会发现一个事实，作为奈杰尔的叔叔和监护人，约翰爵士一直在试图弥合奈杰尔和乔治娅之间的裂痕。似乎已经万事俱备了。乔治娅在获得重要信息之前不得与约翰爵士联系，而是通过她记忆的密码联系。她给自己下的指示很简单：与"英国国旗"同谋者接触，找出饰盒的主人。

这个指示在当时听起来很简单。但是，一周又一周过去了，大选日期越来越近，乔治娅的耐心受到了严峻考验。奈杰尔，绿色山坡上粉刷过的小屋，她还未修剪完的树篱，一切都像是前世的回忆。它们都渐行渐远，远到距离无法测量。乔治娅常常因为丧失信念而灰心丧气，真想放弃这场白费力气的追逐，然后回家。这份工作自然是让人泄气的。起初，人们有某种兴趣，甚至是兴奋，在一轮又一轮的聚会、音乐会、社交活动中扮演一个重新获得自由的女人，并继续下去。但是，兴奋很快变成了舌尖上的痛苦，尽管她暗示同情法西斯，对下一届政府的所作所为表示担忧，人们听了以后，似乎都充耳不闻或漠不关心，而她在任何地方都没有遇到一张与饰盒里那个女人五官相似的脸。

最后，当乔治娅沿着一条死胡同走下去，几乎被这噩梦般的恐惧感逼到绝望的时候，情况开始变得明朗起来。彼得·布雷斯韦特和艾莉森·格罗夫在四月初的一个晚上来到了公寓。错不了，彼得的心情很好，他刷刷地眨着眼睛，眼神里有冒险的快乐，他的活力会感染你，让你想翻筋斗,想跑出去推倒一辆巴士,想把你最私密的秘密告诉他。

彼得反方向坐在一张直背椅子上,双臂交叉放在椅背上,说:"我们闲逛的时间已经够长了。我很快就要去打板球,我该走了。我们要开始进攻,撞他们一下。"

"撞谁?"乔治娅有些困惑地问。

"彼得是在隐喻,"艾莉森说道,"关键是,彼得终于在塔梅福德县俱乐部里找到了事发的房间,他相信下周四会有一些有趣的事情。我们要撞大门了。"

"我们?可肯定——"

"你必须在那儿,乔治娅,"彼得认真地说,"留意集会上的面孔,你还没有明白吗?那里有一些人可能不是俱乐部的常客。"

"可是这会让我彻底暴露的。从此之后,'英国国旗'不会让我在方圆一英里之内出现。我又不是没靠近过,可还是——"

"你不会有事的。听我说,我们要这么做……"

之前那个星期四晚上,年轻的彼得喝得有点醉醺醺的,塔梅福德县俱乐部的常客也不是第一次看到。此外,他们在很大程度上是能够维持良好的涵养和风度的,除了大屠杀,对发生在他们中间的任何事情都漠不关心。让一个职业板球运动员进来本来就已经够糟糕的了,当然,彼得并不是一个普通的职业选手,但是,当他来到这里的时候,起码应该规矩些。如果老阿尔瓦雷斯意识到妻子和年轻板球运动员之间发生了什么的话,也许会出现一个可怕的丑闻。不过,由于礼貌得体的利益和自身的消化能力,常客们愿意对很多事情装作没看见。

然而，今天晚上，彼得使出浑身解数，阿尔瓦雷斯夫人仍没有露面，这是真的；如果她露面可能会更好，因为彼得变得十分任性，在他那组人里，似乎没有人能控制得了他。

这组人由乔治娅、艾莉森·格罗夫和她的表弟鲁道夫·卡文迪什组成——鲁道夫·卡文迪什是一位非常受人尊敬的年轻保守党议员。三缺一，乔治娅一部分是出于策略，另一部分是由于单纯的顽皮，邀请鲁道夫打桥牌。鲁道夫很高兴有机会见到这位知名板球运动员，但是，他现在开始后悔了。因为这位著名的板球运动员从桌子上靠过来，用略微呆滞的眼睛盯着他，用共鸣的音调说道："卡文迪什。你是卡文迪什，不是吗？是的，我想是的；我对人的长相过目不忘。嗯，卡文迪什，我要告诉你点儿事。是关于这个俱乐部的，不是表面上看起来的样子。你根本无法相信。哦，是的，他们是的。别反驳我，卡文迪什。这里的刺针是邪恶的。请原谅我，我得说。这里的邪恶是黏的，很明显是的。"

鲁道夫有点绝望地扫了乔治娅一眼，说道："咦，这对我来说是个新闻。"

"我敢说，卡文迪什，如果大家都知道的话，你会发现很多事情对你来说都是新闻。请允许我继续。我不介意人们有点小紧张和兴奋，我要说的是，自己活，也让别人活，但我讨厌，我非常讨厌这个偷偷摸摸的生意。如果我想赌博，我的钱跟任何人一样。你赞同吗？"

"哦，当然是了，老兄。"

"不要打断我，卡文迪什。一个人所共知的事实就是，这个机构里开设轮盘赌——"

"冷静点，彼得。冷静点！"艾莉森厉声喝道。

"啊哈，你嫉妒了。"彼得向艾莉森晃了晃手指，"我的好朋友，阿尔瓦雷斯夫人，一个迷人的女人，她告诉我说，无可非议——无可非议。"

"告诉你什么？"鲁道夫轻率地问道。

"来吧，来吧，来吧，来吧，卡文迪什。你控制住自己。你可能是个'英国国旗'——只有乔治娅相信我的话，可你是一个糟透了的听众。阿尔瓦雷斯夫人告诉我，他们在这里玩轮盘赌。也许你认为我的好朋友阿尔瓦雷斯夫人是个骗子？"

"不，哦，不，可是——"

"没错，卡文迪什，你一针见血。他也许不是一幅油画，但是他把油画挂在这儿了。"彼得拍了拍额头，对尴尬的鲁道夫诌媚地笑着，"正如你要说的，为什么让汤姆、迪克和哈里在这里玩轮盘赌，却不让我玩？这根本就是势利。好吧，我要给他们看看。我不是特别喜欢玩轮盘赌，但是我不能容忍势利。我要牺牲自己，"彼得用一些冠冕堂皇的话总结道，"为了体育民主的利益。"

彼得在开始他的表演之前，一直在等，等到大多数进餐的食客都在喝咖啡和白兰地的阶段。现在，来来去去的侍者更少了。彼得把突袭时间定在没有人听得见的时段里。不过，乔治娅在担心，唯恐他做得过火，把他们的投球搞得一塌糊涂。虽然彼得是一个非常出色的演员，但扮演醉酒的角色容易过火；这让乔治娅意识到，彼得有鲁莽的潜质，这可能会导致他在其他方面演得也同样过火。如果乔治娅是一个板球迷的话，就会知道，作为一名击球手，由于倾向于"试一试"，以至于彼得的精湛技术美中不足。彼得那反复无常的气质，将他的板球天赋提升到天才的高度，也导致了严重失误的出现。乔治娅内心的忧虑，加上彼得大吵大闹造成的真正的尴尬，当采取下一步行动的时刻到来时，给了她一种恰到好处的慌乱、羞辱和应激性的气氛。

彼得说："我现在就去。"他摇摇晃晃地站了起来。鲁道夫·卡文迪什抓住他的外套，试图把他拉回座位上，但手被彼得拨拉开了。

"别管我，否则我要揍你！"彼得喊道，那样子很危险。现在房间里的每个人都在盯着他们看。

乔治娅向另外两人做了一个道歉的手势。"不，把他交给我吧。我想我能对付他。"她低声说，然后抓住彼得的胳膊，搀着他走出房间。乔治娅大声地说："来吧，我也要去看热闹。"

"好姑娘。"

甚至当他们在外面空无一人的大厅里，彼得也没有一丝一毫的松懈。他带着愚蠢的热诚斜视着乔治娅，说道："里面有很多双目圆睁的、一本正经的人。我不喜欢。现在就跟我来，我知道路。"

他们上楼去了。彼得敲了敲标有"经理"的门。阿尔瓦雷斯夫人半开门，彼得从她身边挤了过去，乔治娅往后一靠靠在了彼得的手臂上。

"我非常抱歉，"乔治娅说道，动作慌乱，"我没办法，布雷斯韦特先生有点喝高了。彼得，看在上帝的分上，走吧，别再让人讨厌了。我肯定阿尔瓦雷斯夫人很忙。"

"见我就不忙，是不是，小可爱？"彼得靠在护墙板上，双手放在背后，亲切地朝阿尔瓦雷斯夫人咧嘴笑着，"我想玩轮盘赌。"

那个女人的眼睛里闪现出恐惧的神色，一个嘴角垂了下来，颤抖着。阿尔瓦雷斯夫人冲向彼得，试图把彼得从墙上拉开，狂热地摇着彼得，彼得却一动不动。阿尔瓦雷斯夫人坐在办公桌前，把颤抖的手藏在桌子下面："不，彼得。求你了。你不能。"

"我想玩轮盘赌。我想玩轮盘赌。我想玩轮盘赌。"

"他们今晚不玩了。彼得，亲爱的，我恳求你走开。斯特雷奇威夫人，你能不能——"

乔治娅注意到那个女人的手在桌子底下摸索着。之后，两个人又吵了一阵，彼得说："如果你按那个小按钮，我就按这个小按钮。"

彼得转动一个旋钮，他身后的一部分线脚向一边推去，嵌板滑到一边。只不过它其实并不是一个嵌板，而是一扇滑动门，六英寸厚，带隔音的。乔治娅站在他身边，想把彼得拖走。彼得却拉着乔治娅走进了一间小前厅。那里什么都没有，只有家具。彼得悄悄地打开了远处的一扇门。

乔治娅事先根本不确定，也没有预料到会看到什么。也许是一张长桌子，到处都是文件，人们团团围坐着，甚至还有武器。而事实上，确实有一张长桌子，当然，人们是围坐着，然而却没有文件。她原本感到一阵病态的不安，然后失望地发现，这不过是一张轮盘赌桌而已。玩家们的脸转向了他们所在的方向，表情困惑、愤怒，当他们进来的时候，玩家们吓了一跳。象牙球在旋转，越来越慢，绕着旋转的徽章旋转着，发出的咔嗒声让他们的沉默显得更加明显。

直到球停了，才有人说话，是老阿尔瓦雷斯。他把乌龟似的头从肩上的格子披肩上探了出来，说："这么闯进来是什么意思？"

这是乔治娅第一次听老阿尔瓦雷斯说话。他的声音颤抖，带有沙沙的杂音，但不知什么原因却占主导地位，他的话带有某种特定含义的威胁，就好像一个死人用一种死的语言发出了一种求助。而乔治娅感觉到彼得在她身边因失望而变得软弱无力，却已经达到了巅峰状态。彼得摇摇晃晃地指着老阿尔瓦雷斯，对这群人总体评价道："啊，淘气，淘气！一个非法赌博的地狱？啧啧，啧啧！好吧，如果你让我玩的话，我会答应你不去报警。"

"把这家伙赶出去，"老阿尔瓦雷斯对站在身边的赌台管理员说道，"也许你们中的一些绅士可以帮下忙。"

"喂，我说，"彼得委屈地喊道，"什么主意？我和其他人一样有权利玩，我有很多钱。该死的势利，仅此而已。不是吗，乔治娅？"彼得的脸上、眼神里露出一种模糊狡诈的神色，"当然，如果你想变坏，警察可能会有兴趣。"

"这是一个私人聚会，他们是我的朋友。现在，先生，你是自己出去呢，还是我们不得不用武力驱逐你？"

看着轮盘赌玩家的头部转动，从老阿尔瓦雷斯到彼得，就像网球比赛中的观众一样，乔治娅突然想起了什么。她希望自己的脸上没有流露出任何内心变化的痕迹，为了掩饰内心的兴奋，乔治娅向老阿尔瓦雷斯走了过去，平静地说道："我对此感到非常遗憾。请原谅布雷斯韦特先生，他恐怕是喝醉了，他太年轻了。我试图阻止他，但他却

74

坚持要来这里。"

"请不要道歉，夫人。应该是我道歉，因为我看起来比较冷漠。但你要知道我的客人们——"他那含糊不清的苍老声音像丝绸一样沙沙作响，渐渐弱化成一种礼貌的姿态。

"来吧，彼得，"乔治娅说道，"我敢肯定，老阿尔瓦雷斯改天晚上会让你玩的。"

"我今晚就想玩，玩那个可爱的小球。嗖嗖，嗖嗖，咔嚓咔嚓。"乔治娅知道，彼得是想不惜一切代价保住自己的立足点。既然已经到了这里，必须看他们玩轮盘赌，确认比赛不是盲目的。这是他最后的希望。乔治娅怎么可以告诉他不再需要它了？

老阿尔瓦雷斯示意那个赌台管理员，也就是现在站在彼得身边的一位军人模样的灰胡子绅士离开。"等一下，"老阿尔瓦雷斯说道，"布雷斯韦特先生，我可以问一下你是怎么发现我们这个无害的小秘密的？"

"这是一个公开的秘密，老家伙。每个人都知道这里玩轮盘赌。"

"我说得不太清楚。"老阿尔瓦雷斯的声音仍然像丝绸一般柔滑而礼貌，但背后有一种刺耳的弦外之音，像粗糙的手指摩擦丝绸的声音，"我得问问你是怎么找到这里的路的。"

乔治娅立刻发现这是个陷阱。彼得只有通过阿尔瓦雷斯夫人，才能知道滑动门的秘密，但是，如果彼得太过轻易地承认这一点的话，他对阿尔瓦雷斯夫人迷恋之情的真诚与否马上就会变得可疑起来。乔治娅看都不敢看彼得一眼。彼得的陶醉是如此令人信服，真是令人难以相信他神志不清。

过了一会儿,乔治娅听到彼得的声音顿了顿,说道:"哦,见鬼,我不能告诉你。我的意思是,这只是偶然的。我前几天在无意中摆弄那块嵌板,碰巧灵机一动摸到那件快乐的老东西。"

乔治娅的心松了一口气。彼得采取了正确的路线。他的声音里有犹豫不决、尴尬和难以令人信服的真诚,并完美结合。

"我妻子没有任何机会——"

"你到底是什么意思,先生?"彼得大声喊道,"我告诉你,我偶然发现了旋钮。有一天我碰巧在她的房间里,等她进来,你是说我在说谎吗?"

"求你了,布雷斯韦特先生。"老阿尔瓦雷斯的手画了一个不以为然的手势,拉长的羊皮纸般的脸上绽放出了笑容,这笑容让乔治娅感到特别的毛骨悚然,"相信我,我们欣赏你的骑士精神。如果我可以这么说的话,你应该有更好的事业。"

彼得握紧拳头:"我来这里是为了玩轮盘赌,不是为了被人用油腔滑调的恭维话侮辱的。乔治娅,我们最好离开。"

"哦,不,我坚持要你留下。也许你会接受我的邀请,为我无意中的失礼道歉。我相信我的客人会被迷住的——"

人群中出现骚动,大家纷纷表示同意。彼得保持着略带醉意的庄重神态,同意留下了。人们为他们两人在桌前腾出了座位,乔治娅发现自己坐在哈格里夫斯·斯蒂尔教授旁边。在场的人中,除了斯蒂尔教授外,还有金融家利明先生,他们是她之前来俱乐部时见过的。

乔治娅现在有更多的闲暇去观察他们。那位留着白胡子的人被介绍为拉姆森将军。有一个中年男子，面容忧郁，眼袋沉重，是俄罗斯贵族奥洛夫王子。有一个施瓦茨先生，粉白色的皮肤，又紧又高的衣领，可能长到肥胖的脖子上了。在这些男人旁边，有三位女士在玩。其中两人被乔治娅列为"集市开球员"，暂时不谈了。第三位，梅菲尔德小姐，是一位更年轻、更引人注目的女性。那亚麻色的头发和素面朝天的脸庞，使她在人群中显得格格不入。乔治娅认为她是一个健壮活泼的女孩，但当轮子重新开始转动以后，赌徒的狂热却出现在那对勿忘我般的蓝眼睛里。

事实上，就乔治娅感觉到的证据而言，肯定会承认，这群人整体看起来和他们假装的一模一样——富有、无聊、多多少少是受人尊敬的人，但女士和财富是他们的一种软肋。他们全神贯注于游戏，他们在游戏中的刻板行为，放置筹码或草草记下一个计算结果，疲惫的紧张从未突破他们彬彬有礼的扑克脸，所有这些都表明，他们是老练的赌徒。乔治娅对此感到气馁，直到她想起，如果她的直觉和彼得的信息是正确的，这些人确实是赌徒，他们以往所下的赌注比他们今晚摆在桌子上的还要高。更令人沮丧的是，事实上，在这九张脸中，没有一张能让人想起饰盒里那个女人那迷人、难忘的五官特征。嗯，那张照片为什么会在那里呢？乔治娅沮丧地问自己。如果那个饰盒真的属于一个阴谋的领导者，他不太可能把跟他有联系的人的照片放进去。

乔治娅盯着梅菲尔德小姐手腕上的珠宝手表。那里也藏着一张带有 E.B. 的徽章吗？下一刻，一个声音在她身边喃喃地说，令人难以置信:"约翰·斯特雷奇威对这一切怎么看?"

这句话令人震惊,就像在凌晨的几个小时,伦敦一所黑暗的房子里突然响起了刺耳的电话铃声。此刻,乔治娅想自首的愿望比以往任何时候都要强烈。似乎过了几分钟,其实只过了一秒钟,她才明白斯蒂尔教授的意思,回答说:"我真的不知道。毫无疑问,依据法规,他会反对的。"

"我希望你不是藏在我们中间的一个警察特务。"这位科学家突然顽皮地对她一笑。

乔治娅也笑了:"哦,我不会告发你的。事实上,我现在不会经常见到约翰爵士。"

"你真的和你丈夫分开了吗?这不仅仅是一个宣传噱头吧?"教授顽皮的笑容使这句话听起来几乎没有冒犯之意。

乔治娅以同样的方式回答道:"我认为哈格里夫斯·斯蒂尔教授不是宣传活动合适的收费人。"

"女士,作为媒体的另一个受害者,我向你表示最谦卑的歉意。"

斯蒂尔教授是一个多么神秘的人啊!乔治娅想。他可能也是约翰爵士的助手吗?还是纯属偶然,他的问题才如此接近主题?

那天晚上并没有发生其他事情。乔治娅以彼得运气不好为由,说服他不要继续玩下去。彼得和乔治娅一起走了,惟妙惟肖地模仿了一个基本上体面的年轻小伙子,曾经妨碍了别人,现在已经清醒过来,感觉有点惭愧,彼得在车里一言不发。当他们三个人摆脱了鲁道夫后,彼得在艾莉森的公寓里戴上了睡帽,沮丧地说:"好吧,在那里,实际上,看起来我们好像一直被牵着鼻子走。"

"为什么这么悲观？"

"他们只是在玩轮盘赌。一扇公平的三柱门。想想我跟那位夫人在一起所经受的那一切。不再看起来像找到跳蚤之王的猴子了，乔治娅。"

"也没白干，"乔治娅慢吞吞地说，"你注意到了吗？我们进去的时候他们都把头转向了门，我一开始根本没想到。"

"嗯，他们已经得到了预警。那位夫人按了桌子下面的门铃，门铃的意思可能是一些粗野的家伙会闯进来。"

"可是你难道看不出来吗？从她按铃到我们进入，这中间过去了几分钟。如果那是一场真正的轮盘赌，按铃的唯一目的应该是警告他们隐藏游戏的证据。可是他们没有隐藏任何东西，他们想让我们相信轮盘一直在转，他们一直在赌。但是他们犯了一个错误，我们进去的时候，他们抬起头来看我们了。如果他们是真正的赌徒，会聚精会神地游戏，不会注意门开了。那个球还在转动，记得吧？要么是阿尔瓦雷斯夫人的铃与赌场相连，在这种情况下，如果轮盘赌是真实的，他们应该隐藏证据才对；要么是阿尔瓦雷斯夫人的铃与赌场并不相连，在这种情况下，如果他们是真正的轮盘赌赌徒，我们进来，他们绝对不会抬起头去看。因此，不管你怎么看，这个游戏都是假的。"

彼得拍了拍膝盖，露出热情的神色："天哪，你成功了！"说着，他拉着乔治娅的两只手，在房间里跳起舞来。

第六章

顽皮的科学家

第二天，乔治娅的双手沉重地垂着，她内心充满疑惑，又有一种期待高潮出现却落空的感觉。彼得将把昨晚赌场上的人的信息转告给约翰爵士，过往可能会被调查，他们的行动会受到监视。但是，整桩事肯定是一个骗局吗？乔治娅觉得，她那以被打断的轮盘赌为基础建立起来的论点是多么不堪一击。像利明先生和斯蒂尔教授这样具有国际声誉的人，竟然会卷入一场耸人听闻的、见不得人的、完全假想的阴谋，这本身就令人难以置信。嗯，也许这不是假设性质的。约翰爵士并不喜欢危言耸听。彼得和艾莉森一定有证据，证明塔梅福德县俱乐部并不像表面看上去的那样，她自己的直觉肯定也是对老阿尔瓦雷斯不利的。艾莉森昨晚也告诉他们，施瓦茨是一家纳粹报纸的外国记者，大家都知道，这些在英国的纳粹记者不会同时只做一件事。然而，乔治娅在自己的任务上并没有取得进一步进展。的确，如果那些貌似可敬的赌徒是"英国国旗"成员的话，她应该比以往任何时候都更难在这项运动中站稳脚跟。现在想象一下，彼得的行为可能很难完全骗得了他们。

在四月的一个温煦的日子里，乔治娅漫步在海德公园，四周绽放着郁金香花，还有刚刚抽芽的嫩枝，孩子们翻越栏杆，在草地上东奔西突，跑来跑去，欢快地笑着叫着，但乔治娅却感到孤独和绝望。她所知道的一切，阻断了她与欢乐的联系。乔治娅就像一个预言家，能看到厄运即将来临，却注定要保持沉默，因为知情而心情沉重，感到窒息。

突然，乔治娅的白日梦被身后的狗叫声打断了。原来，她之前不经意从草地上捡起的一根棍子，把一条凯利蓝梗犬迷住了。乔治娅正准备把棍子扔掉，这时狗的主人迈着大步追上了她。她定睛一看，竟然是梅菲尔德小姐，对方穿着低跟鞋、粗花呢短裙和淡蓝色运动衫，与在塔梅福德县俱乐部的样子相比，此时看起来更像是在家里。梅菲尔德对乔治娅说："吉普真聪明，还能找到你。"

"哦，你在找我吗？"

"不，倒不是在专门找你。不过这是个巧合，不是吗？"梅菲尔德小姐天真地红了脸，也许因为面对乔治娅这样的名人，找不到比陈词滥调更好的说辞,所以有点生自己的气吧。

"你不住在伦敦,是吗?"乔治娅问道。

"你怎么知道的?嗯,事实上,我不住在伦敦。我是说,在伦敦住的时候不多。我父亲是个驯马师,在伯克希尔工作。"她匆匆忙忙地把一切都说了出来,听起来不太愧疚,不是很挑衅。乔治娅说在向你敞开的山丘前骑马一定很有趣。

"哦,还不错。可是我已经厌倦了,尽管我讨厌只嚼吸管什么都不做的男人。我想你在想我昨晚在那个糟透了的地方干什么吧?"

"我认为是在玩轮盘赌。"乔治娅冷淡地说。

梅菲尔德小姐拉着乔治娅坐到座位上,说:"对你来说一切都很好。我的意思是,你可以去探索,你已经做了很多事情,你现在像空气一样自由。你一定理解渴望冒险的感觉,不论是为了哪种刺激。现在的世界是如此单调、沉闷,不是吗?"她张开双臂,那热情洋溢、宏大壮丽的样子,看起来俨然是一位北欧女神:"我也想做点什么。但是我爸爸虽然亲切友好,却老套得可怕。他真的很想让我白天骑马,晚上在家看一本好书。"

"我想他不会赞成轮盘赌吧?"

"哦,天哪,不会!他会把它付之一炬的。我正要说呢!你听我说,你不会告诉任何人的,是吗?如果传到他的耳朵里,那我要付出的代价可就大了。"

"亲爱的,我为什么要告诉别人呢?我自己也在玩嘛。尽管,在我看来,"乔治娅小心翼翼地选词用字,来掩饰自己内心的蔑视,"这是一种相当——颓废的刺激形式。我觉得你可以做得更好。你常玩儿吗？"

正如乔治娅所希望的那样，她的话刺痛了梅菲尔德小姐。对方把亚麻色的头发一甩，动作很粗鲁，闷闷不乐地说道："是刺激。"

"刺激？有很多有钱的外国佬在那间暖房里，看愚蠢的小球旋转？上帝保佑我们！"

"也许这里面的冒险比你想象的要多。"梅菲尔德小姐咬着嘴唇很快补充道，"我的意思是，当你没有多少钱的时候，对于输赢，你都会感到非常兴奋。然而无论如何，外国佬不是这样的，也不是所有外国佬都是这样的。"

乔治娅扬起眉毛，对话停顿了一会儿。也许这里面的冒险比你想象的要多。是梅菲尔德小姐的想法太天真了？还是她跟看上去一样，的确就是狂热分子？乔治娅可以理解"英国国旗"阴谋对这种女孩的吸引力。在这样的女孩看来，这与其说是阴谋，不如说是革命运动。对于任何革命运动来说，狂热都是必需的，也是危险的。她可能成为另一个薄弱环节。

乔治娅巧妙地把话题转向了纳粹德国，假装对在那里看到的东西很是钦佩。乔治娅得到的回应是女孩的眼睛里闪着光芒，呼吸急促。

"是的，"梅菲尔德小姐说道，"太棒了！我从来没有去过那里，但我能想象那里的一切——青春的精神、自信和英雄崇拜。有时候我希望我们在英国也可以拥有类似的东西，当然不是法西斯主义，而是符合我们民族性格的东西。摆脱所有这些衰弱得步履蹒跚的老政客和政治煽动者。"

"我完全同意。我们对民主进行了公平的审判，它让我们大家都大失所望。我敢说，这是一个伟大的理想，但在现代世界，我们必须做现实主义者。允许最优秀的人统治世界——从长远来看，其他人也会因此而更加快乐。就连柏拉图都这样说过。"

乔治娅已经习惯于抛出这种诱饵，结果徒劳无功，所以当梅菲尔德小姐咬钩时，乔治娅几乎失去了平衡。

"我说，你不是'英国国旗'的成员，对吗？"

"'英国国旗'？不是，'英国国旗'是什么？"

梅菲尔德小姐给她讲了"英国国旗"组织。当然，这个组织的危害，约翰爵士已经向乔治娅描述过，但梅菲尔德小姐讲的时候，是那么天真，那么热情。乔治娅很难相信她了解该组织所使用的邪恶功能。然而，当梅菲尔德小姐请她和他们一起留在伯克希尔，参加"英国国旗"的一个会议时，乔治娅欣然接受了。这个看起来腼腆、唐突、热情的女孩身上有更多可待挖掘的东西……

第二天，四月树下的对话从乔治娅的脑海中消失了，因为情况突然发生了戏剧性的转变。当她坐着吃早饭的时候，电话铃响了。是彼得打来的，请乔治娅到他寄宿的地方去一趟。乔治娅狼吞虎咽地喝下咖啡，乘出租车去了圣约翰伍德。

彼得正在公寓的大厅里等她，他的皮肤晒得黝黑，常常喜笑颜开的脸上现在流露出焦虑的神态。看到乔治娅，彼得低声说："阿尔瓦雷斯夫人来了，她正歇斯底里着。虽然我已经让她安静下来一点了，但我现在马上得去洛兹，10点钟要培训一些男孩。你能帮我继续一会儿吗？我联系不上艾莉森。"

他们上楼去了彼得的房间。看到阿尔瓦雷斯夫人，乔治娅知道彼得没有夸大其词。她现在确实处于崩溃的状态，那高贵的风度消失了，也没有化妆，脸看上去灰白而下垂，像整晚都坐在拥挤的火车车厢里的女人一样闷闷不乐。她双眼凹陷，在一种恐惧的狂热中闪闪发光。

"很抱歉，阿尔瓦雷斯夫人。你感觉不舒服吗？你想让我们给你找个医生吗？"

"我不要回去，"她咕哝着说，"我不要回去，别让他们把我带回去。"

"当然不会，"乔治娅安慰她说，"你在这里很安全。"

"你不知道他们，"那死气沉沉的、梦游般的声音接着说，"他昨天把我锁在房间里……我不敢睡觉，最后终于困得挺不住了……醒来时，我感觉不舒服，就把床单捆在一起，爬出窗外。你不懂……他吓着我了。"

阿尔瓦雷斯夫人的头从一边转到另一边，眼睛畏畏缩缩的，好像被日光伤了似的。她像一个可怜虫，又像个断了肢的娃娃，瘫倒在椅子上。但是，怜悯不该是乔治娅现在应该浪费的情感。乔治娅让阿尔瓦雷斯夫人把彼得倒出来的白兰地喝完。

乔治娅跪在阿尔瓦雷斯夫人旁边，双手都搓红了："来吧，亲爱的。把一切都告诉我们。我们不知道真相，就不能帮助你——"

"阿尔瓦雷斯夫人说，她丈夫非常生气，因为她让我们参加了轮盘赌游戏。"彼得意味深长地瞥了乔治娅一眼，说道，"当然，这不是她的错。我告诉她,我会去跟老阿尔瓦雷斯解释的。"

但阿尔瓦雷斯夫人只是单调地重复道:"我不要回去,我不要回去……"

乔治娅连忙抓住她的手。乔治娅的活力在某种程度上传递给了对方。阿尔瓦雷斯夫人努力地挺直了背,哭着问道:"我不能留在这里,他能猜到我来了。外面那是他的车吗?"

"外面没有车,"乔治娅说,"别紧张,亲爱的,你丈夫不会伤害你的。他肯定不会因为你在轮盘赌上的小轻率就伤害你吧?你确定他不是在嫉妒你和彼得吗?"

"不,不是那样。他总是让我随心所欲。他是个老头。"

"嗯,那一定是别的原因了。"乔治娅凝视着阿尔瓦雷斯夫人心烦意乱的眼睛。这和宗教法庭一样糟糕,但必须完成,"这事不是比轮盘赌更重要吗?是发生在轮盘赌场上的其他事情吗?这不过是一场游戏,他为什么要大惊小怪?"

"还有别的事吗?我不明白……他告诉过我,他们玩的时候,谁也不许进去。我告诉过你不要进去,彼得。你为什么偏要进去?我试图阻止过彼得进去,是不是?"阿尔瓦雷斯夫人时不时地发抖,活像一匹被苍蝇戏弄的马。

彼得站在窗边,双手在上衣口袋里紧紧地攥着。彼得知道乔治娅一定很无感,但让他作为一名观众旁观手术的过程,他却受不了,他对阿尔瓦雷斯夫人说:"我得走了,午饭时回来,在这期间,乔治娅会照顾你的。你不会有事的。"

乔治娅以为会有一场吵闹，但阿尔瓦雷斯夫人却似乎陷入了冷漠之中。彼得做了一个动作，这个动作乔治娅永远也不会忘记。彼得向阿尔瓦雷斯夫人走过去，轻轻地吻了吻她的额头。作为一个情人，彼得做得欠火候；作为一个叛徒犹大，他做得过了火，而彼得既不是情人也不是叛徒犹大，尽管他不得不看起来既像情人又像叛徒犹大。

彼得离开后，乔治娅再次努力让阿尔瓦雷斯夫人背叛同伙。乔治娅以神经质的畏缩和残酷的机智，运用了各种手段：女性惯用的武器含沙射影、甜蜜的诡计、同情、微妙的虚张声势。结果，她没有取得任何进展，这让她不得不相信，要么是阿尔瓦雷斯夫人对塔梅福德县俱乐部的幕后真相一无所知，要么是病得太重，或者吓得不敢说出来。

乔治娅决定发动最后一次攻击："你为什么说你害怕睡着呢？"

但是，阿尔瓦雷斯夫人还没来得及回答，下面就传来了争吵声、上楼梯的脚步声。女房东慌乱地把头探了进来："对不起，对不起。我告诉过他们布雷斯韦特先生不在。"房东被推开了，两个男人走了进来，一个是老阿尔瓦雷斯，另一个是轮盘赌桌上的赌台管理员，今天穿着司机的制服。

阿尔瓦雷斯夫人在他们面前缩了回去，发出一声小小的、动物似的叫声。老阿尔瓦雷斯没有理会乔治娅，只是俯下身子，关切地抚摸着妻子的头发。他的妻子则紧闭双眼，仿佛这爱抚是折磨的前奏。

老阿尔瓦雷斯用那苍老的、薄得像纸一样的声音说道："亲爱的，你把我吓了一跳。我们不知道你去了哪里。幸运的是，我在你的书里找到了布雷斯韦特先生的地址。现在你必须回家上床休息了，你身体不好。我们会叫医生来的。"

乔治娅曾经见过一只猫和一只老鼠玩耍：老鼠跑进一个墙角，猫用爪子轻轻一按就把老鼠抓了出来。老鼠又一次跑回那个墙角避难，把自己身体放平扎进墙角尖声叫着，那声音就像用铅笔在石板上写字一样。猫一次又一次地把老鼠抓出来。阿尔瓦雷斯夫人蜷缩在椅子上，就像那只老鼠一样，试图让自己变小，装死。面对丈夫耐心的恳求，她除了被丈夫触碰时发出刺耳而绝望的低泣外，什么也不说。

乔治娅再也受不了了，她说："请稍等，老阿尔瓦雷斯。你太太来到这里时处于歇斯底里的状态，我担心你的出现会让情况恶化。她说她昨天一整天都被锁在房间里，她说你因为轮盘赌的事对她大发雷霆。我不想干涉，但她显然是病了，我想我们应该马上去请医生。如果你把她留在这里，我向你保证她会得到很好的照顾。"

"我很确定，夫人。但是我不想给你和布雷斯韦特先生添这样的麻烦。请允许我私下和你谈谈。"然后，老阿尔瓦雷斯把乔治娅带到门外，那张消瘦的长脸突然变成了一张忧郁的笑脸，他说："我把实际情况告诉你，你就明白了。我妻子患有一种受迫害的病，有反复发作的妄想，这次是我不好，我确实说得太严厉了，引得她发作了一次。在这种时候，必须把她关起来，需要专家的医疗护理。如果你跟我们一起陪她回家，和她的医生谈谈，这样才能放心的话，请你这样做吧。我意识到这对你来说一定很痛苦。"

乔治娅一生中曾经做过许多艰难的决定，但这次最难。她不信任老阿尔瓦雷斯的优雅礼貌，所以本能地想让他的妻子摆脱他的控制。

然而，如果她现在阻挡他的话，自己必然会招致怀疑。一方面，虽然乔治娅不能确定老阿尔瓦雷斯的解释是不是真的，但对于阿尔瓦雷斯夫人来说，这很有可能会让她陷入危险之中。另一方面，有可能会让乔治娅接触阴谋中心的机会被毁了。一瞬间，乔治娅就把二者权衡了一下，然后说道："当然，老阿尔瓦雷斯，她必须和你一起回家。如果可以的话，我也去。这倒不是一个我安心不安心的问题，但我认为对她来说，这可能是一点小小的安慰。"

坐车回塔梅福德是乔治娅的难忘之行。乔治娅后来发现，那天早上到达彼得的房间之前，阿尔瓦雷斯夫人就已经陷入绝境。此时的阿尔瓦雷斯夫人正躺在床上昏迷不醒。乔治娅和她的医生威尔逊医生谈了话。之后，乔治娅回到伦敦，在公共电话亭给约翰爵士打了电话，请他调查威尔逊医生的资历。约翰爵士的亲信会密切关注塔梅福德县俱乐部。这就是她所能做的全部了……

一两周后，彼得告诉她阿尔瓦雷斯夫人死了，他一边在房间里焦躁不安地踱步，一边说道："这是一场肮脏的游戏，我不喜欢。我生怕他们会这么做，但我却一点儿也帮不上她。"

"你是说他们把她杀了吗？但肯定——"

"当然是。哦，威尔逊医生确实开了一张证明，毫无疑问。他们做事讲究风格，不惜一切代价。威尔逊医生可能是他们中的一员。"

"她是怎么死的？"

"一种莫名其妙的疾病。艾莉森询问过那位伤心至极的鳏夫。可怜的人，她确实让我不舒服，甚至是厌恶，但我更想收拾那个老恶魔，老阿尔瓦雷斯。"

"但如果这是一种疾病，你肯定不是在暗示——"

"哦，一切都是光明正大的，安排得井井有条。他们甚至请了一位专家。他们有时会吓我一跳，这些与我们作对的家伙——他们做什么都轻而易举，只要动动手指即可。不用用老式的钝器兴师动众，只需小剂量的纯粹微生物即可。"

"彼得，你这是在想入非非。"

"没有想象的成分。他们只是从戴兜帽的人的书里取了一页。当卡古拉德阴谋被揭露以后，法国警方发现了一个装满细菌培养物的实验室。其中一个名叫卡古拉德的人承认，这些武器是准备用来对付国内运动中出现的叛徒的。如果可以的话，请笑一笑。难怪可怜的阿尔瓦雷斯夫人那天晚上不敢睡觉，她是害怕血管里被注射一针肮脏的微生物。可以用'迫害妄想'来解释她可能会提出的所有指控。我告诉你，你在'英国国旗'里要小心。"

乔治娅想，如果这是真的，说到底，阿尔瓦雷斯夫人一定也参与了这场运动。他们肯定不会仅仅因为泄露了轮盘赌的秘密就杀了她，在这种情况下，他们可能会怀疑她告诉彼得或我一些关于这场运动的事。看来我们应该注意自己的脚下了。然而，几周过去了，彼得的提醒和建议对乔治娅来说似乎越来越荒诞不经。直到两个月后，乔治娅终于成功地进入了"英国国旗"委员会，这才意识到彼得离目标有多近。那一幕，表面上很无辜，实际上如此可憎，深深地铭刻在她的记忆中。

那是六月的一个炎热的夜晚。斯蒂尔教授在汉普斯特德的家里举行晚宴。教授有些秃顶，两边各有一簇头发，使他的长相跟匹克威克[①]先生有点像。斯蒂尔教授从一个客人转到另一个客人面前，秃顶在烛光下闪闪发光。他时而像普卡犬一样兴高采烈，充满了顽皮的欢乐；时而用尖锐的、近乎轻蔑的逻辑驳斥一些论点；时而回到一个出神的时刻，只有他那双不安的、灵活的手还像是活着，会变个小魔术，大脑沉浸在自己的一些令人厌恶的猜测里，除此之外，斯蒂尔教授身体的其他器官似乎都已经死亡。

乔治娅着迷地看着他。谈话时，斯蒂尔教授的才智在这群人中占绝对的主导地位，人们几乎可以从身体上感受到它，就好像那是对写鬼故事的人来说比较珍贵的一种不可抗拒的自然力，可以撞开锁着的门，就像拨拉一缕稻草一样，把壮汉推到一边。就连斯蒂尔教授的顽皮也有点像狮子的爪子。然而，这种超群的智力并没有给人留下相应的性格印象。斯蒂尔教授性格中没有能让人抓住的重点以证明"这才是真正的男人"，只有一系列的情绪，就如同一个元素。从某种程度上说，斯蒂尔教授是个难以定形的人，他如此熟练地改变形状，以至于你根本无法把他限定为任何一种形状。

乔治娅认为，每个人的道德都是性格力量和环境力量之间的妥协。如果没有确定这个比例的毅力，你就会成为天才或疯子，而对于天才和疯子来说，道德是无意义的。天才只是一个拥有特殊机会的专业疯子。因此，斯蒂尔教授肯定是英格兰最危险的人之一，是一个有巨大

[①] 匹克威克（Pickwick），英国作家狄更斯作品《匹克威克外传》的主人公。

动力但没有责任感的元素体。

看到一些女人在嘲笑这位教授，乔治娅觉得很好玩。斯蒂尔教授允许女人们以比喻的方式，抚摸他的鬃毛，欣赏他的牙齿，甚至稍微取笑他，但如果女人们的胆子太大了，他会懒洋洋地一挥爪子，准确无误地把她们打倒。事后，毫无疑问，女人们会向熟人炫耀伤疤。在这位科学家惊世骇俗的反驳中，含有无数广为流传的故事，其中大部分都是受害者自己传出去的。有一个人因为被斯蒂尔教授杀了威风，竟获得了某种同样的名声。

晚餐过后，斯蒂尔教授邀请了他们中的一些人来参观自己的实验室。在这里，在罐子和显微镜中间，斯蒂尔教授完全判若两人。乔治娅现在明白了，为什么他的同事有时会称他为"假内行"或"一个小江湖骗子"。他喜欢表演。一进实验室，就好像披上了一件古代炼金术士的怪异斗篷，他突然变得沉默寡言、粗鲁无礼、有条不紊，但还是会用某种风格化的浮夸和眼神的专注与观众拉开一段距离，操纵着仪器。大家可能一直透过那些厚厚的玻璃罐看着他，就像是一个魔术师在变魔术，这种印象被他的助手进一步强化了。这位助手又矮又胖，刚毛似的胡子根根直立，好像一个被教授通过无线传输自动控制的机器人，在实验室里单调地走来走去，一声不吭地为每一次的新演示准备材料。

一位女士对这场演出有点厌倦，她轻佻地问道："你什么时候告诉我们，你把那些可怜的豚鼠养在哪里啊，斯蒂尔教授？"

"夫人，从科学的角度来看，你和豚鼠同样适合做科学研究的材料。

不同的是，养你要花更多的钱。"

这个女人冷笑了一声，她曾因沉迷奢侈品迫使丈夫公开拒绝偿还她的债务。斯蒂尔教授得意扬扬地一笑，嘴奇怪地扭曲了一下，就像一个业余喜剧演员的噱头博得了满堂彩似的。几分钟后，他正在演示一个电动机的时候，有位男客人颇自以为是地问道："你为什么不使用津克森模型呢？我应该想到——"

"因为这个更好。"斯蒂尔教授心不在焉地回答，头都没抬一下。

当完成了乔治娅心中默念的"固定套路"后，斯蒂尔教授出人意料地抓住了乔治娅的胳膊，带她参观了一番，对跟在后面的其他客人毫不在意，即便他们也跟着转了一圈，或是返回客厅。

"我敢说,你已经看到了旅行所产生的一些影响,斯特雷奇威夫人。来仔细看看吧。"他噘起嘴，调整了一个功能强大的显微镜，"那是霍乱弧菌。活跃的小家伙，不是吗？偷偷地看一眼。"

乔治娅看到了一些看起来像黑虫子的东西在翻滚和激烈地扭动，像疯狂的桌面背景一样改变着图案。

"这是一些结核杆菌。相当迟钝。我们大多数人都携带它们……腺杆菌……伯氏疏螺旋体，是导致非洲斑疹伤寒病的寄生虫……接下来是三种不同的疟疾寄生虫——间日疟原虫、恶性疟原虫、热带疟原虫……炭疽杆菌——长相很普通的小野兽，不是吗？……这就是睡眠病锥虫……如果你来到这个显微镜前，我想我们有——是的，我们有舌蝇的头，它会传播非洲的昏睡病。"

当斯蒂尔教授说完，乔治娅感到有点不舒服："我想你已经习惯了这些肮脏的细菌。换作我,我一晚上都睡不着,就怕它们逃走。"

斯蒂尔教授的眼睛在闪烁。用"闪烁"来形容他那闪着荧光的、几乎有点疯狂的眼神,也许并不恰当。斯蒂尔教授拍了拍乔治娅的肩膀,说:"别担心。如果你是一个好姑娘的话,我不会让寄生虫出去追你的。"

跟在后面的两位客人开心地笑了起来。斯蒂尔教授今晚状态良好,但乔治娅的血液变得冰冷。她知道他的话是一种威胁。乔治娅看过太多由这些卑鄙的微生物造成的恐怖,看到过太多"英国国旗"和斯蒂尔教授的行为,所以才能够面对威胁,应付自如。阿尔瓦雷斯夫人也许就是在这个平淡无奇的卫生实验室被杀的。自己现在是该运动的成员,在两个毫无察觉的证人面前,受到了警告,用看似无辜的语言发出的警告,就像藏在圣诞饼干里的炸弹。

正是这一幕以及其他一切,让乔治娅在几个月后,当"英国国旗"想推出的头目落在她手里的时候,她才能毫不愧疚地对待那个人,就像对待斯蒂尔教授这里传播疾病的虱子。

第七章

"英国国旗"

斯蒂尔教授实验室里的那一幕，标志着乔治娅与"英国国旗"的关系进入了一个新阶段，这一新阶段开始于五月中旬，也就是乔治娅第一次拜访艾丽丝·梅菲尔德的家。一年后，回顾整个事件，乔治娅才看清了这次访问的真实视角。

这使她想起了当还是个女孩的时候，有一次，她坐着朋友的游艇去了外赫布里底群岛。巴拉岛像一个阴沉的黑色楔子，升起在地平线上。游艇接近小岛，越来越近，直到乔治娅觉得自己肯定会撞上那些荒凉的峭壁了，然后，好像就在一瞬间，出现开启的声音，起初是悬崖上一条窄窄的、斜斜的裂缝，然后是一条通航的海峡，他们滑进了岛的中心——城堡湾。基什穆尔城堡像玩具一样坐落在它的小岩石上，孤零零地卧在海湾最远的地方。

乔治娅现在的情况也是这样。在阴谋的外墙上使劲开车，最后她似乎只能徒劳地与他们来个鱼死网破，才突然发现了一个轻松的、神奇的开场。

在周五下午去伯克郡的路上，乔治娅总结了从艾莉森和其他人那里得到的关于梅菲尔德马厩的信息。乔治·梅菲尔德是一名骑兵军官，也是当时著名的业余骑手，现在为奇尔顿·坎特洛勋爵训练马匹。奇尔顿——被亲切地昵称为"辣椒"，数百万人直接从他的慈善事业获利，或间接地从他的马匹身上获利，他的马匹没有辜负支持者。他们都知道，他是一个百万富翁，刚刚人到中年，但已经成为全国的传奇人物，一个令人激动的人物，如同18世纪的伟大贵族辉格。实际上，乔治娅曾经半开玩笑地向艾莉森暗示，"辣椒"是一个理想人选，会被"英国国旗"选为独裁者，但艾莉森却回答说："哦，不。别在那棵橡胶树上吠叫，我的宝贝。'辣椒'没事的。他是个极好的小伙子，你就等着见他吧。"

然而，在这次访问中，乔治娅却没有见到"辣椒"。他在国外，艾丽丝·梅菲尔德在车站接她时告诉她了。一提到"辣椒"的名字，艾丽丝有些痴迷，但眼里又闪现出防御性的神情。乔治娅想：这是奇尔顿·坎特洛轻松征服的又一个人，可能也没那么容易，因为艾丽丝是个骄傲的多刺生物，肯定是一个难以控制的人。

五分钟的车程把她们带到了梅菲尔德马场。长长的、规划凌乱的红砖房子，白色的尖桩篱笆，后面的马场——丘陵巨大的山脊与夕阳的阴影连成一片，在它的映衬下，一切看起来像油漆一样清新。空气中充满了各种各样的声音：马匹低沉的踩脚声和咔嗒声、水桶的叮当声、院子里和围场里嗡嗡的声音。在她们上方，一架追击机像野鹅一样，经过她们的头顶，向远处位于丘陵地带山肩的小型机场飞去。"我们现在有三个机场，半径在大约二十英里，"艾丽丝说，"阿特伯恩、哈特格罗夫和特伯里。"

"飞机不会惊扰你的马儿吗？"

"哦，马儿已经习惯了飞机。"

"我们也已经习惯了飞机，我想，习惯了空气是死亡元素这一观念。"

"你不是和平主义者，是吗？"艾丽丝尖锐地问道。

"天哪，不。不过我不喜欢在没有机会反击的情况下任人宰割。"

"我想加入民航卫队，可爸爸不让我加入。爸爸认为开飞机不是女人干的。"

"那么，你应该让他读一下梅特林克的《蜜蜂的生活》，尤其是婚礼飞行那一章。"

"爸爸读过书吗？我应该笑一下。他只打开过一本《形式之书》。"

"那是什么，亲爱的？"她们身后有个声音说，"你好，我们在这里看到谁了？"

"斯特雷奇威夫人。让我来给你们介绍一下。我父亲。斯特雷奇威夫人是我们周末的一位客人,爸爸,也许你忘了。"

"很高兴,"梅菲尔德先生低声吼着,使劲把乔治娅的胳膊上下摇着,"我的小女儿说了很多关于你的事。她喜欢上你了,你知道的。我有点聋,所以你得对我大声说话。上了岁数啦,你知道的。你为什么没带你丈夫来?"

"爸爸!你知道,我告诉过你的——"

"她这个年纪不该这么做。"

乔治娅失控地瞥了梅菲尔德先生一眼,但他已经不再谈她了。他用手杖指着一位老妇人,对方正提着两桶水沿着小巷走过来。当老妇人赶上他们时,他冲老妇人吼道:"你不应该这样做,埃尔德夫人,你受过伤。你的风湿病怎么样了?"

"还不错,先生。我没什么可抱怨的。只是我们在冬天遇到这么多下雨天。"

"你继续吧!你还能再干五十年。等你到了我这个年纪就明白了。这不是天气的问题,是上了岁数啦,就是这样。我打心底里这么觉得。这个骗子的手推车在这个角落里。祝你好运。"

乔治娅被这位身材魁梧的老人吸引住了,梅菲尔德先生头戴平顶帽子,身穿硬衬衫、黄色马甲、窄尾方格外套和马裤。梅菲尔德先生是一个有性格的人,但也很容易看出,艾丽丝的性格是如何被他扭曲的。乔治娅很快发现,艾丽丝有四个兄弟,作为唯一的女儿,她时而被父亲宠爱,时而被严厉地压制。父亲希望她成为亡妻的复制品,一个"有女人味的女人"。正如艾丽丝痛苦表达的那样,在这个男性社会长大的艾丽丝，在崇拜她兄弟、羡慕他们的自由的同时，既没有得到当假小子的许可，也没有得到身为女性的安宁。

第二天早上，这个印象在乔治娅的脑海里牢牢地固定下来。一大早，在那间白色的小卧室里醒来，乔治娅披上一条围巾，走到窗前。西边开阔的丘陵地几乎与阳光平行，明亮而清晰，好像每一根草叶都清晰可见。群山急剧上升，两边都是巨大的缓坡，好似大西洋的巨浪一般，衬得这里的房子、马厩和村庄都很小，在海浪的波谷间非常安静。不久，在乔治娅右侧的山脊上，出现了一匹马和一个骑手。一匹栗色的马骄傲地拱起脖子，骑手在山顶勒住了马，那姿势就像一尊雕像。在阳光照耀下，骑手乱蓬蓬的亚麻色头发就像燃烧的灌木和孤寂高地上的灯塔。然而，尽管艾丽丝成就了这幅辉煌的图画，但她的肩膀正沮丧地下垂，有一种期待解脱却永远不会到来的神情。艾丽丝在马背上一动不动，向南眺望，在乔治娅看来，是一个"神圣的不满"形象。

还有一个哨兵也摆着跟她一样的姿势。乔治娅想起了亚诺尔德农场的那个鬼魂，她突然想到这里还是一个扼吭之地：一幢房子设置在皇家空军的三个机场的中间。一个画面突然闪进乔治娅的脑海：一架架飞机向议会两院大厦俯冲，上下翻转，在议会内部，一个最后通牒正在发出。辞职，或者——

乔治娅恼怒地把这个画面从脑海中抹去。那是黑暗中最糟糕的战斗——你开始产生幻想，想象着四面楚歌，四面受敌。上面的那个女孩猛地一拉缰绳，那匹马像鱼雷一样迅速而平稳地向前冲去，人马一体沿着山脊疾驰，很快就沿着小路，向昏昏欲睡的耀眼村庄冲去。

"你把根特的好消息带给埃克斯了吗?"五分钟以后,乔治娅从卧室的窗口向外喊道。

艾丽丝抬起头看着她,双颊绯红,洁白的牙齿在微笑中闪闪发光:"我骑得很愉快。你看到我在上面了吗?"

是的,乔治娅想,艾丽丝看起来像黎明一样无辜。我必须停止想象。然而她却和老阿尔瓦雷斯一伙一起出现在那间房间里,她不可能是偶然出现在那里的。

当晚的会议上,乔治娅被引入了"英国国旗",虽然奇怪得很,却也跟艾丽丝一样的无辜。梅菲尔德先生出席了会议,尽管事先抱怨"艾丽丝的愚蠢行为",乔治娅也听到了他的抱怨。梅菲尔德先生的两个儿子脸色红润,体格健壮。有一两个邻近的农民,外表迟钝,内心有点胆怯。几个"县"里的年轻人,爱玩爱闹,不懂礼貌。一个牧师,马童负责人,是个弯腰驼背、长着罗圈腿,嘴里嚼着口香糖的男人。除了乔治娅以外,还有两位客人——一个地主和他的妻子。还有几位皇家空军军官,头发光滑,不招摇,在说东道西。

会议开幕,由艾丽丝的哥哥罗伯特主持,他为这个场合特意穿上了长袍,得到了"巴内雷酋长"的头衔。仪式上有一种古怪的、假模假式的、相当肮脏的神秘主义倾向,很容易给人一种宗教或者颓废思想的印象。乔治娅的主要感受是那种尴尬的恐惧——一种恐惧类似于在降神会上唯恐通灵的人不灵验,或看着一个可怜的老演员在巡回歌舞杂耍表演中试图重现昔日辉煌时期的演技。接纳乔治娅为会员是仪式的一部分,会议就此结束。

"你相信贵族的原则、统治和上等人的政府吗?"有人问她。

"你相信真正的贵族世袭家族吗?"

"你相信高级种姓的特权和责任吗?"

等等诸如此类的问题。

乔治娅尽量绷着脸,并被正式任命为"英国国旗"的成员。乔治娅很感兴趣地注意到,自己没有收到奈杰尔在饰盒里发现的那种徽章。约翰爵士说这些徽章只在真正的阴谋者中间流通,他显然是对的。乔治娅觉得眼前的一切似乎都不真实。突然,她的心头涌上了一阵乡愁,她想把这个荒谬仪式的一切都告诉奈杰尔,听到他的爆笑声……

仪式结束后,举行了圆桌会议。乔治娅发现,这个故弄玄虚的会议名称只意味着围坐在桌子旁表达种种不满:对政府、仆人问题和"沉重的税收负担",对社会党、远足者的罪恶、投机建筑商和商人,还有关于现代艺术的堕落、空荡荡的教堂、足球普尔、化学啤酒、节育等其他话题。这一切都非常乏味而可笑,同时,人们可以看到"英国国旗"为真正的阴谋家提供了极好的浑水摸鱼的机会。

然而,第二天早上,艾丽丝在早餐前带乔治娅去骑马,在丘陵地的高处,俯瞰着周日宁静的田野和村庄,乔治娅终于知道了对她秘而不宣了这么长时间的秘密。她们勒住马欣赏风景,艾丽丝突然问乔治娅对"英国国旗"的会议有什么看法。

"你想让我说客套话呢还是实话实说?"乔治娅知道自己的机会来了。

"我讨厌人们说客套话。"

"那好吧。我觉得这是一个可笑的骗局。那个想法本身不是骗局，我要是这么想，我就不会加入了。但是，总是说啊说，牢骚满腹，有心无力。他们为什么不做点什么，而别这么不停地抱怨。贵族们为他们的小冤屈愚蠢地发牢骚，他们是没有胆量吧？你的兄弟们看起来好像有胆量，但他们只是喊喊喳喳，跟其他几位克罗地亚咖啡馆的阴谋家一样。真可怜，我们在抱怨民主摧毁帝国的方式，告诉彼此，我们生来就是为了治国平天下，这以及其他的一切是多么美妙，然后只是一屁股坐下就万事大吉！上帝保佑我不要受那种自以为正直、只是光说不练的人的影响。"

艾丽丝被激怒了，因为乔治娅的意指，也轻蔑地提到了她的兄弟，她愤怒地说："我们并不像你想得那么没用，不是我们所有人都没用，罗伯特和丹尼斯，还有我都不是没用的，我们正在帮着完成任务。"

"真的吗？给《纽约时报》写信，或者是什么？"

艾丽丝鼻孔发白，但她控制住了自己的声音："如果我告诉你，不到一年的时间，我们就会打败英国的民主党人，确立一个真正的领导人，一个真正的领导班子，你会怎么说？"

"我得说你在做梦。不过这是一个愉快的梦。"

"你会加入吗？我们的'内务委员会'相信你会是无价之宝。"

"当然，如果我认为你有成功的机会，我会加入的。我不会参加那些希望渺茫的探险，你是知道的。这位领导人到底是谁？"

"就算我知道，应该也不会被允许告诉你。在这场运动中，只有六个人知道他的名字。"

"那是在骗人,不是吗?你怎么知道他是不是真的有用处?"

"他已经做好了全盘计划,我们也只能说到这里。这个组织简直太神奇了,只有伟人才能做到。"

这是真的吗?乔治娅问自己。一场运动背后的匿名天才?也许艾丽丝在拖自己:毕竟不太可能一开始就放心大胆地给陌生人提供这么重要的信息。然而,乔治娅可以发誓女孩说的是实话,或者至少她相信是真的,的确,未来独裁者的身份只有运动的领导人知道。如果这是真的,那么它符合约翰爵士告诉自己的关于阴谋的全部信息。这最大限度地减少了此类阴谋暴露所带来的最大危险——告密者带来的危险。然而,从另一方面来说,它使独裁者更容易受到攻击,因为只要能查出这个叛徒是谁,只须用一块石头就可以杀死组织的天才和头目。

乔治娅小心翼翼地保持着怀疑态度,但还是表现出对艾丽丝的热情好像印象越来越深刻了。从艾丽丝的叙述中很快就可以看出,这场运动正如约翰爵士所怀疑的那样,分为多个防水单元,以便防止泄漏,尽量减少损害。英国被分成六个区,每个区都有各自的组织者;反过来,每个地区都由大量各自独立的社区组成,各分区的成员大多不认识其他团队的成员,不了解其他团队的具体任务。乔治娅认为,艾丽丝的工作是保持伯克郡的团体与伦敦的一些"内务委员会"之间的联系。为了这个目的,毋庸置疑,艾丽丝当时是应该出现在老阿尔瓦雷斯的俱乐部的。

"你说'内务委员会'认为我可以帮上忙？是他们让你接近我的吗？还是你自己的主意？我原来以为他们会对我心存怀疑，换句话说，说到底，我的确嫁给了警察。"

"天哪，如果没有人告诉我，我是不会接近你的。我们的运动不鼓励成员轻率行事。你已经被彻底调查过了。"

直到整桩事件结束，乔治娅才知道这场调查进行得是多么彻底。这个笑话的精髓在于它是由约翰爵士亲自发起的。乔治娅第一次去塔梅福德县俱乐部一个月后，约翰爵士把自己手下一名来自政治部门的检查员叫到了一边，他有充分理由相信这个手下是秘密组织的成员。于是，他向这个手下透露一些自己最近听到的关于奈杰尔·斯特雷奇威夫人相当奇怪的报告，说她拒绝见约翰爵士或为自己做解释，并要求检查员尽可能言行得体地调查这些谣言。调查员立即向当地的"英国国旗"组织者做了报告，收到继续调查的命令，并将他可能获得的任何信息转达给"英国国旗"，而继续调查的命令恰好与约翰爵士所下的命令一样。这就达到了约翰爵士的目的，既让乔治娅与他划清界限，同时又让"英国国旗"对乔治娅感兴趣。乔治娅的公寓被搜查过，在那里，调查者发现了奈杰尔的信，证明这对夫妇之间的决裂是定局。不久，乔治娅刻意表现出来的亲法西斯倾向，也传到了"英国国旗"的耳朵里。

乔治娅与艾丽丝的第一次对话完成了剩下的部分。这里有一位有名望、有影响力的女人，显然是一个不知道做什么好的女人，对现在的生存状态不满，对民主党人统治大失所望，她正是"英国国旗"可以利用的人。但是，该运动的领导人，拥有无限的金钱作后盾，并受到无限权力前景的诱惑，尽管他们因此很自信，但还没有取得人们的信任。他们调查得非常深入细致，而这一深入细致的调查将把乔治娅带到灾难的边缘。

第八章

样书

那年夏天带来了长时间的热浪。

彼得面对快投球大显身手，挥动球拍，频频得分，简直就像《圣经·列王纪》中那位寡妇油罐里的香油一样源源不断。在阿斯科特、惠林翰姆的舞会和花园派对中，艾莉森兴高采烈地做着自己的事情。在成千上万个办公室、工厂、贫民窟街道，工人们热得难受，眼巴巴地期待着短暂的八月假期。在所有这些正常场景的背后和内部，约翰爵士的间谍与阴谋家之间的秘密战争还在继续进行，就像看不见的红细胞和白细胞在血液里战斗一样。这是一场对任何一方都没有规则或仁慈的战争。甚至包括那些参战的人，除了参谋部以外，他们对这场战斗都一无所知，只知道自己所在的区域。的确，从某种意义上说，战斗才刚刚开始：目前，只有运用策略，通过操控前哨之间的小冲突来占据有利形势。然而，乔治娅孤军奋战，自己感觉像一个战士，坚守着一条贯穿整个英国的战线，什么都不知道，只有传闻告诉她，她的同志们进展顺利。

看报时，乔治娅费力地搜集着"英国国旗"进攻的模糊迹象。一种不安的气氛逐渐在这个国家被巧妙地营造出来。证券交易所里，证券无缘无故地波动，就像暴风雨前躁动不安的空气。某些反动报纸，没有经过慎重考虑，开始对议会政府采取新的怀疑态度。某些知名人士在俱乐部里、在学校演讲日或奠基日发表演讲，恳求与极权势力进行更紧密的合作。在英国沉睡的时候，怀疑和不和的种子被种下了，就像寓言中播种的稗子一样。还有其他事件，太神秘的失踪，不明原因的自杀，这场地下战争的伤亡人数在增加。从字里行间的阅读中，乔治娅能看出"英国国旗"在制造危机气氛方面的技巧，正在试图一点一点地摧毁英国人对民主制度的信心。

乔治娅作为该组织伦敦小组的成员，她的任务是在熟人中间争取运动的追随者，这是一项耗费她全部心力的任务，因为在大多数情况下，会导致礼貌的疏远或明确的敌意。但是，知道"英国国旗"以此考验她时，乔治娅毫不犹豫地经受了考验。乔治娅被告知，对任何一个给她出示"英国国旗"徽章的人，都要毫不迟疑地服从。徽章跟乔治娅在饰盒里发现的那个一模一样。但迄今为止，还没有人向她出示过"英国国旗"徽章，乔治娅开始对自己能否进一步深入到运动中丧失信心。

必须在公共场合戴上这种可恶的面具，一边担惊受怕地秘密地为一方工作，一边还要表现得忠诚地为另一方工作，这开始让乔治娅神经紧张起来。因此，当乔治娅收到一封信，再次被邀请到梅菲尔德家做客时，她很高兴，就像一个筋疲力尽的战士被派到较安静的战线一样高兴，至少，人们可能会认为那样更安静……

艾丽丝的眼睛里闪现出一种新的光芒，举止间有一种压抑的兴奋。当她告诉乔治娅，奇尔顿·坎特洛勋爵也会参加家庭聚会时，乔治娅明白这就是艾丽丝兴奋的原因。乔治娅听了也很兴奋，她开始对这个有钱的花花公子有了一些想法，去核实一下会很有趣。

"辣椒"直到第二天才出现，而一到达梅菲尔德家，乔治娅就遭遇了一起意外事件，让她对"辣椒"的所有想法都消失了。"你最好来跟我爸爸打个招呼，我也不知道他去哪儿了？"艾丽丝说。最后她们终于在书房里找到了梅菲尔德先生，与家里其他房间比起来，这个房间就跟他的一匹马一样小。

梅菲尔德先生把平顶帽子放在旁边的桌子上，手里拿着一支铅笔，正在全神贯注地读着一本平装版的图书，一开始并没有听到她们进来。

"你好，爸爸。我……"

"什么鬼东西？你闯进来是什么意思——哦，请原谅，斯特雷奇威夫人，我没看见你。你好吗？今天热得要命。"

老人站了起来，匆匆地把书塞到了一沓文件的下面，动作惊人的灵巧。乔治娅想起上次来这里，梅菲尔德先生使劲摇她的手的时候，艾丽丝说过："爸爸读过书吗？我应该笑一下，他只打开过一本《形式之书》。"而这本书，她瞥了一眼，看起来绝对是宝贵的参考资料。这会是一本普通的样书吗？这让事情变得更奇怪了。因为，假如梅菲尔德先生一本书都没读过的话，我们有理由认为他不可能写出一本书来。

乔治娅当时没有对此发表评论，但是后来，当艾丽丝帮她打开行李的时候，她轻声说道："我竟不知道你父亲是个作家。"

"作家？可是他肯定不是作家！你怎么会以为——"

"我还以为他刚才在看一份样书。"

艾丽丝停顿了片刻，然后回答说："哦，那个呀，不是的，那是一家出版商给他寄的书，询问他对书的看法。我想出版商是想给书做个广告吧。他们时不时地给他寄类似的书来，如在他所住的街上赛车，追忆往事等。他几乎从来不看。不过，据我所知，我猜这本书一定是他的一位好朋友写的。"

从表面上看，这听起来很有道理。乔治娅很熟悉这种做法，有些出版商习惯于在图书出版之前把书寄给知名人士，征求他们的意见，从而争取一些免费的推广宣传。出版商通常寄送的是完成的副本，而不是装订好的样书，这是真的，但也不是一成不变的。另一方面，梅菲尔德老先生为什么要在她们进来以后把书赶紧收起来，是不想让她们看见吗？肯定不会是出于对文学的坚定蔑视，为被人发现以书为伴而深感羞耻吧？

乔治娅换衣服准备赴宴时，这件奇怪的意外之事让她感到困扰。她没有很快理解，原因是从未想过老梅菲尔德会与阴谋有关。艾丽丝和她的兄弟们与阴谋是有关系的，但他们的父亲和他心爱的马、古雅的怪癖、单轨思维，似乎与"英国国旗"的狼子野心和阴谋诡计都相去甚远。然而，那本样书很奇怪，不符合他的性格，对于任何不符合性格的事物，乔治娅的眼睛都会明察秋毫，洞若观火。乔治娅正在脸颊上涂胭脂时，她突然意识到这也许就是一直在寻找的线索——这些样书就是主要同谋之间的沟通方式，令人拍案叫绝!

主谋可能料到相互间的通信会被约翰爵士的手下截获偷看。至少，通过邮局寄最重要的信件是十分危险的，即便是用密码也是如此。如今，没有什么密码不能被破译。但是，如果由声誉良好的出版商寄出样书，请求收件人表达自己对书的观点，谁又会想到去截取这样一本书呢?即便警方识破了这一伎俩，在一本十万字的书里面，有足够的字码组合，足以难住经验最丰富的密码员。出版商本人可能是无可置疑的，只需要一名"英国国旗"的成员在他的办公室里，就能拿到一本样书并寄出去，以预先安排好的方式表示重要的单词或字母。

这个想法刚在乔治娅脑海中闪现，就引起了反应。我真是个傻瓜!无论一个国家有多大、出版商有多少，绝对不会有谁能在一个特定的时间出版足够多不同主题的书籍，来保证这种方法顺利实施。此外，如果我没有那么神经兮兮，一惊一乍的，怀疑一切人和一切事，我肯定会承认"英国国旗"领导人还不需要这种精心设计的把戏:说到底，没有什么阻挡他们直接见面嘛。

不，整个想法太棒了。然而，乔治娅却被一种渴望所驱使，要去证明这是真的，就像一个从噩梦中醒来的孩子被驱使去侦查那个梦中装满不可告人东西的衣橱，就是想确认一下。她不知怎么就是决心要好好看看梅菲尔德先生的样书。

第二天，就在午饭前，奇尔顿·坎特洛勋爵来了。整个上午，一种不安和期待的感觉笼罩着家庭聚会，乔治娅感到气氛既平淡又紧张，就像一场热带飓风来临之前，空气充满了刺激的气息。客人们漫无目的地走动，兴致勃勃地、时断时续交谈着，然后莫名其妙地沉寂了下来，仿佛连飘荡的微风都很少了，那是暴风雨的前兆在房子里盘旋。

艾丽丝心不在焉，在谈话的中间停下来凝视前面，好像那里有一双看不见的眼睛。她可以听到父亲在外面因为一些鸡毛蒜皮的不当行为咒骂马童的声音。那个著名的美女瑞辛顿夫人，艾莉森给她起了绰号"永远敞开的门"，正在每一面可用的镜子前紧张地打扮自己。乔治娅想，哪怕奇尔顿·坎特洛是一个百万富翁，是上帝赐予思春女人的礼物，也不应该带来这么异常的气氛干扰，实在太荒谬了！

然后，当他们都在L形客厅里喝鸡尾酒时，从窗户向外望去，开阔的丘陵地像翅膀一样将周围长长的影子折叠起来，在正午的阳光下安然睡去。这时，奇尔顿·坎特洛出现了。他四十多岁，但看起来比实际年龄年轻：有着风信子般的卷曲头发，挺直的鼻子，希腊雕像般小巧而结实的嘴巴。乔治娅不得不承认，奇尔顿的容貌有种超凡脱俗的美，他看上去像那种永远不会老去的人，那双深邃、大胆的眼睛里没有一丝傲慢或放荡的痕迹，而是饶有兴趣地环视着宾客。"你好，'辣椒'！"人们都纷纷向他打招呼。一阵骚动过后，房间里静了下来，仿佛发生了火山爆发，空气被净化了，改变了那里的每一种关系。

艾丽丝把奇尔顿带到乔治娅身边。乔治娅惊讶地发现他的步态缺乏协调性，不像头和肩膀看上去那样优雅，却带来了一种隐隐约约的舒适感。奇尔顿走路有点笨拙，身体前倾，双臂僵硬地摆在面前，像头熊；矛盾的是，奇尔顿身体上的缺陷让乔治娅觉得更真实，更家常，更讨人喜欢。两人握手时，奇尔顿看着乔治娅，目光里既有羞涩又有挑战性，似乎在问："嗯，你觉得我怎么样？"有那么一会儿，乔治娅感觉到了奇尔顿强大的人格魅力，把他俩和房间里的其他人隔离开来。

"这很好，"奇尔顿说，"我一直想见你。我听说过很多关于你的事。"对此，没有任何居高临下或传统谬误的迹象。他那孩子气但自信的微笑，在他俩之间制造了一种氛围，就像他俩是老朋友，正在一个满是陌生人的房间里见面。

"是的，"乔治娅冲动地然而巧妙地说道，"我们都喜欢冒险。总之，有那么多的共同点。"

乔治娅意识到自己旁边有人做了一个微小但令人窒息的动作。是艾丽丝不习惯看到自己的偶像受到如此亲昵的对待，也许她因忌妒而痛苦，因为从这两个人的话中，她看到他们第一次接触就抓到了对方的特征，就像第一次击剑时钢制剑杆因轻击、碰撞而震动。

"冒险？"奇尔顿说，"我以为你已经退役了。你在计划下一次探险旅行吗？"

"嗯,不。现在在英国就已很激动人心,不是吗?不知为什么,我觉得我们正处于重大事件的边缘。这一次,待在家里的人将看到乐趣。"乔治娅坦率地凝视着奇尔顿的脸,找不出一丝不安。为什么会有不安呢?奇尔顿的五官与饰盒里的女人也看不出相像之处。如果她希望强行解决这个问题,那么肯定已经失败了。

奇尔顿哈哈大笑:"你听起来好像要发起一场革命或者别的什么。是的,我认为你会成为一个优秀的圣女贞德。"

"好吧,如果我成了女英雄,你得资助我。现在光有声音是不够的。但是,说真的,面对这么紧张的国际局势,不久肯定会有什么被打破,你不觉得吗?现在你对德国的感觉怎么样?我都好几年没去过那里了。"

"德国人很害怕,就像我们英国人一样。只是德国人用大声喊叫来掩饰。可你说这次待在家里的人将看到乐趣,这是什么意思?"

乔治娅默默地指着窗外,一架轰炸机缓缓起飞了。

"这不是我对乐趣的概念。"奇尔顿说道,但说得很敷衍,他正全神贯注地追随着轰炸机的路线。乔治娅看到他眼里此时散发出了光芒,有了一种不合逻辑的猜想:在爆炸、蘑菇烟雾中,房屋坍塌成为一片瓦砾,奇尔顿却会在这样毁灭的景象中享受一种野蛮的、孩子气的快乐。

"我很喜欢,"艾丽丝说道,"我知道这听起来很糟糕,但想想力量感吧,在那里,像神一样在空中战斗。我是说,轰炸有点邪恶,但是……"

"艾丽丝是个嗜血的孩子，"奇尔顿说道，"一个有品位的浪漫主义者嗜起血来，这才是真正的恐怖。她应该成为一名医院护士，这是最好的疗愈。"

艾丽丝的脸红了，她愤怒地瞥了乔治娅一眼，好像说这些轻率伤人话的人是她而不是奇尔顿。乔治娅也有点震惊：奇尔顿显然是一个有教养和具有敏感性的人，不可能没有意识到那些话会对这个女孩造成什么样的伤害。他能这样嘲弄蔑视她，证明他天性的残忍，至少也能证明他本性中没有责任感。嗯，他现在是一位百万富翁，一个人以往没有以这样或那样的方式伤害很多人的话，他也不会积累那么多的钱。

"你对她是不是有点苛刻啊？"艾丽丝走开以后，乔治娅说道。

奇尔顿好奇地打量着乔治娅，仿佛在决定什么样的回答会让她最开心似的："有时候我必须这样。如果我与她保持一臂之遥，她最终会更幸福。你不这么认为吗？"

"当这样的女孩坠入爱河时，会在挫折中茁壮成长，会让自己相信这表明你会有一些回应。无动于衷是对她唯一的选择。"

"但如果我不是无动于衷呢？"

乔治娅耸了耸肩："那就没什么可说的了。"

直到后来，乔治娅才意识到，以前从未见过面的两个人之间，这样谈话有多么奇怪。如果世上有一见钟情的爱，也许也会有一见成恨的情，让人一瞬间产生同样的密切关系。然而，乔治娅没有理由憎恨奇尔顿，事实上，乔治娅发现奇尔顿迷人而富有同情心。现在她已经见到了他，意识到他是多么令人钦佩，完全有资格担任"英国国旗"阴谋的领导人。乔治娅已经面对过奇尔顿的智慧、魅力和人格力量所散发的光芒：她现在已经掌握了第一手资料，明白了他让同胞们赞叹不已的是什么。但乔治娅却没有丝毫理由怀疑奇尔顿与阴谋家有关联。乔治娅出其不意的战术没有奏效，在他们的第一次谈话中没有取得任何进展。此外，乔治娅想，如果看到老梅菲尔德阅读的样书其实是"英国国旗"领导人相互沟通的媒介，那么，奇尔顿必须被排除在外。如果他想在这里发号施令的话，不会引起怀疑，他只需要制定一些用在通信中的代码，就会很自然地跟他的驯马师们保持联系。是的，他竟然采用样书这种间接的方法，真令人难以置信。

不过，见不到那本书，只在脑海里翻来覆去地想都没有用。那天晚上，当客人们都上床休息了，屋子里很安静的时候，乔治娅蹑手蹑脚地走出房间，找到了梅菲尔德先生的书房。乔治娅事先已经有心理准备，准备花些时间寻找书的藏身之处，不料书就在那张桌子上，在梅菲尔德先生昨天早上塞的文件下面。乔治娅回到了自己房间，上了床，再次轻轻地打开手电筒，然后开始研究样书。《五十年的赛马生涯》。常见出版商的插页："在伊森的赞助下，斯韦恩有限公司将于九月五日出版。"

她迅速地翻页。如果梅菲尔德先生无所顾忌到把这本书明放在桌子上，那他甚至可能已在相关的书页上做了标记。但运气不好，文本似乎没有任何虚假之处。一个小时过去了,乔治娅开始绝望。不管怎样，把这本书寄给梅菲尔德先生的人一定同时传达了一些密码。然而，如果目的是避免怀疑，以防包裹落入坏人手里，就可能不敢把密码放在同一个信封里。附信？哦，见鬼！乔治娅喃喃地说："出版商通常寄样书时会附一封信。我原来怎么就没想到呢？这样的信通常有一个参考号，这意味着梅菲尔德先生的注意力可以被吸引到那一页。毫无疑问，现在那封信已经被销毁了。梅菲尔德先生可以放心地把这本样书放在一边；现在，对梅菲尔德先生来说，这本样书就像一枚拆除了雷管的炸弹一样无害。乔治娅从床上爬起来，正要把书放回原处，也就是梅菲尔德先生的书房时，出版商的字条从书里掉了下来。她弯下腰来捡，突然间，字条在她眼里显得异常突出。九月五日。出版商很少在出版日期前这么早就准备好样书的，这可能是她在寻找的线索吗？

乔治娅对着手电筒的光拿着书翻到第五页，一个词一个词地读，仔细地检查。没有，那里什么都没有。再试试九月吧。一年中的第九个月。她翻到第九页，第九十页，第九十九页，但这是徒劳的。不过，她有一种感觉，一定是快猜中了。将月数乘以日期，五乘九等于四十五。果然，在第四十五页找到了。在某些字母下面有轻微的凹痕，可能是用金属在纸上按压而形成的。肉眼看不见，但乔治娅敏感的指尖能感觉到。乔治娅把字母拼出来，就好像在拼他们的残暴罪行，在自己的头脑中成形。

"维尔德曼危险，安排一起紧急事故。"

够了。乔治娅又蹑手蹑脚地走了出来，把样书放在原来的地方，然后悄悄地回到卧室。幸运的是她闯入了，否则可能不会有人能够解释得了这句话的意思。"维尔德曼"是一名皇家空军军官的昵称，她第一次来这里参加"英国国旗"的会议，维尔德曼就在场。维尔德曼是一个方脸的蓝眼睛小伙子，看起来有点像詹姆斯·卡格尼。显然在某种程度上，对"英国国旗"同谋者来说，他已经成了危险的人：也许，就像不幸的阿尔瓦雷斯夫人一样，他只是轻率了一点；或者他是约翰爵士的一个间谍，找到了进入"英国国旗"运动的途径，但是后来却暴露了。无论如何，"英国国旗"上层已经命令梅菲尔德一家去安排一次事故。毫无疑问，梅菲尔德一家与机场有联系。他们收买一个机械师，真是太容易了。"安排一起紧急事故。"迄今为止，还没有发生什么。艾丽丝昨晚提到了维尔德曼的名字。哦，天哪！她说过"维尔德曼将于明天下午在哈特格罗夫机场举办特技飞行表演"。那里将有一场大型的航空比赛，所有参加家庭聚会的人都会驱车前去观看。

几个小时后，天空渐渐亮了，鸟儿第一次热烈的合唱开始了，乔治娅撑着身子坐在床上，思考着，按时间计划着。乔治娅又一次成了生死的仲裁者。相对来说，给年轻的维尔德曼预警即将发生什么，这应该不难，但是，如果这么做了，一旦"意外"得以避免，自己马上就会受到怀疑。乔治娅一开始就表现出对样书的好奇，"英国国旗"会推断她读过样书并给了维尔德曼预警。从那一刻起，她自己的生命就会一文不值。这一点乔治娅倒是不太在意，而让她感到绝望的是，已经得到了触及"英国国旗"核心秘密的最后机会，在如此接近的时候，却要无法挽回地失去机会。这是年轻飞行员的生命与数百万英国人的生命孰轻孰重的问题。要是奈杰尔在这里就好了，或者约翰爵士在这里也好，能给她出出主意！乔治娅感到责任压在身上，沉重得像令人窒息的噩梦。

最后,当黎明的微光照在窗玻璃上时,乔治娅开始看到光明。乔治娅知道自己必须做什么。整桩事,在一瞬间豁然开朗了,性质变了,必须冒一次险。如果失败了,如果推断出了错,她会成为一个杀人犯。就这样吧。

凭借久经沙场老将的宿命论和沉着冷静,她做出了一个决定,并且知道这个决定不可更改。乔治娅在床上翻了个身,睡着了。

第九章

尼布甲尼撒王

哈特格罗夫机场位于开阔丘陵地的高原上,绵延数英亩[①]的草皮,经过铺设和整平,从远处看就像高尔夫球场的球道。驻扎在哈特格罗夫机场的追击机,由于着陆速度非常快,所以需要一个平稳的跑道,以确保安全。这个星期天的下午,云层在头顶上滚滚而过,巨大的阴影在广袤的丘陵上滚动,其间的阳光照耀着砖红色的机库、官兵们整洁的住房和飞行场边缘的道路。道路上现在停满了汽车,汽车的搪瓷

[①] 英亩(acre),英美制面积单位。1英亩约等于0.004047平方千米。下同。

和铬反射着阳光。

在球场的南边，观众们坐得整整齐齐的，正在观看比赛。观众的说话声与一架银色飞机发动机的嗡嗡声交织在一起。飞机停在场地中央，螺旋桨转动着，随时准备编队飞行。机修工和军官们穿着蓝色制服或白色工作服四处闲逛，给整个场景增添了欢乐气氛。乔治娅想，似乎只有自己注意到了在他们的对面，在机场的另一边，那小得像玩具似的机动救护车和消防车。

乔治娅不能透露所知道的一切，她必须集中所有精力扮演一个来观看空中表演的女人，因为他们在观察她：她可以肯定。今天早上已经证明了这一点。无论如何，乔治娅都不敢从家里打电话到机场，那太冒险了。但是，当乔治娅吃完早饭出去时，罗伯特·梅菲尔德来到她的身边，主动提出要帮乔治娅把拿着的信寄出去，可以省去她进村的麻烦。但乔治娅却说："哦，不用了，谢谢。我想走走。"罗伯特低头看着乔治娅，表情既困惑又固执，然后他说："好吧，我们都去。"所以如果她去邮局打电话，罗伯特也会在场。乔治娅现在意识到，这可能导致一个结果，而且如果不是她原来想的那样，她就会杀死一个无辜的人。

此时，一个扩音器低沉地在地上嗡嗡作响。引擎发出了一阵持续的噪声，并越来越响。银色的飞机向前跳跃，飞过草地，不易察觉地起飞升空，像放飞的鸽子似的做了一次巨大的攀升。到达预设的高度以后，机群在天空中嬉戏玩耍，一起行动，就像某种鸟似的，依靠本能指引着每一次下潜、转身和俯冲。

乔治娅看着飞机,被迷住了,暂时忘却了恐惧,突然,她感觉到一只手放在了自己的肘部,是艾丽丝。艾丽丝问道:"你上次见过维尔德曼,是吗?"她正看着那位年轻军官闪闪发光的蓝眼睛,和他懒洋洋地谈了几分钟。乔治娅注意到了维尔德曼手腕的微薄力量,想象着当他的飞机像凯瑟琳车轮式焰火一样在耳畔旋转的时候,双手徒劳地拉着一些卡住的控制装置。她现在只需要说一句话就能救人一命。其他人、奇尔顿、梅菲尔德一家人、瑞辛顿夫人都跟乔治娅有一段距离,乔治娅几乎可以认为——他们似乎都一致同意要给维尔德曼这个最后的机会。乔治娅看到奇尔顿好奇而慎重地审视自己。乔治娅竭尽全力地保持着常规表情,保持着轻描淡写的正常谈吐,但她知道自己再也受不了了。就在这个时候,当她的双手不由自主地向维尔德曼做出恳求的姿势时,一声巨大的、越来越响的嘎吱声从天而降。

银色的机群仍然保持着队形,已经开始了一次强力俯冲。机群从高高的云层中呼啸而下,越来越低,速度比坠落还要快,仿佛上天的某个神灵,因为机群肆无忌惮的运动而发怒了,它把机群攥在拳头里,像扔一把闪闪发光的鹅卵石一样扔在地上。然后,机群就像流星一样飞落在田地里。当人们的眼睛已经看到机群深入地球的心脏时,机群却突然转向,咆哮着以曲线向上飞去。

"太棒了!"乔治娅惊呼道。但这时,维尔德曼从她身旁离开了,正漫步走向机库外的一块混凝土地上,那里停着一架孤零零的黄色飞机。

"他真是个好小伙子。"乔治娅对艾丽丝说。

艾丽丝的眼睛避开了她的目光,附和道:"哦,是的。他是个好小伙子。"乔治娅注意到奇尔顿在观察着她们两个,带着一种谨慎、想入非非、略带优越的神态,一副一个男人看着两个女人随时可能爆发激烈争吵的样子。乔治娅的脑海里闪过一个念头,那就是由于样书一事,无论如何也不能判定"辣椒"没有嫌疑。艾丽丝有一次告诉她,只有"英国国旗"六区的组织者才知道其领导人是谁。这可能是真的。"辣椒"享受着一种孩子演戏的乐趣,那虚张声势的样子就像传奇故事中的年轻国王那样,带着自己的随从,微服私访,出来厮混。乔治娅想,下令杀掉维尔德曼,然后下来观察刽子手的反应,这会使"辣椒"很满足。

"好了,他来了,"奇尔顿对她说,"祝他好运。"

黄色的飞机从地上飘了起来。

"我希望他平安无事。"乔治娅抬起头直视着奇尔顿的脸,严肃地说道。

"他怎么会出事?"

"嗯,特技给机器造成了极大的压力,不是吗?"

"哦,好吧,你知道,他们会事先检查每一寸机器。"

人群喘着粗气。你可以听到涡轮发动机的轰鸣声。维尔德曼在离地面几英尺[①]高的地方驾驶着飞机,下压着一个机翼,就像一只折断翅膀的鸟儿试图躲开枪口。不一会儿,飞机挺直了身子,几乎用尾巴站了起来。飞机就像在与一个看不见的玩伴在上面翻滚嬉戏似的:打

[①] 英尺(foot),英制计算长度的单位。1英尺等于 0.3048 米。下同。

滑、侧滑、摇摆、翻筋斗。这是乔治娅见过的世界上最精彩、最疯狂的飞行表演。如果有什么事情要发生，那一定是很快就会发生。维尔德曼无忧无虑的滑稽表演所承受的可怕压力取决于他的机器能否找到任何薄弱点。乔治娅能感觉到自己体内的这些压力，离心地将她撕裂。

"上帝！"有人喊道，"他能让风筝说话！"原来是慵懒无聊的美人瑞辛顿夫人轻轻地叫了一声。

这时，年轻的维尔德曼开始高速旋转。乔治娅望了奇尔顿一眼，却发现他正目不转睛地凝视着的不是飞机，而是自己。乔治娅懒得破译他的话，她现在确切地知道这是什么意思了。乔治娅最后一次努力控制着声音，在随意的语气中加入了一丝忧虑，评论道："他肯定是出类拔萃的，不是吗？"

年轻的维尔德曼当然是出类拔萃的。他的飞机在旋转下降，像一片枯黄的叶子无助而无声地落在最远的安全边际。但乔治娅的心在歌唱，她的折磨结束了！维尔德曼安全了，除了自己的胆大妄为之外，他从来没有遇到过危险。乔治娅曾经要求"英国国旗"兑现恐吓，把这个杰出飞行员的生命押在要"英国国旗"摊牌上，然后她在决战中胜利了。当维尔德曼关掉引擎，把飞机从旋转中拉出来的时候，乔治娅甚至听到了雷鸣般的掌声。

展览结束后，乔治娅乘坐奇尔顿的车返回，在路上，她回忆起在维尔德曼升空之前，罗伯特和艾丽丝兄妹脸上的表情最为紧张，还有当场上的其他人都盯着迂回前进的飞机如醉如痴的时候，奇尔顿看着她的样子。昨天晚上乔治娅得出了结论，样书这件事从头至尾一定就是一个迷惑人的计策,针对的对象并不是维尔德曼,而是自己。这样引起了她的注意,一开始也有点太露骨了。如果那是来自"英国国旗"的真实信息,梅菲尔德先生决不会就那么随随便便地把它放在书桌上。一个这么邪恶的计划,线索也不会如此简单,或者说这个计划也不会就这样赫然陈列出来。"英国国旗"还在怀疑她。梅菲尔德一家已经安排好,如果她真是一个间谍,就应该打听一下样书并发现它的秘密。他们当时像猞猁一样看着她,看她是否向维尔德曼传达了警告,甚至维尔德曼本人都有可能知情。嗯,她经受住了考验,没有任何迹象表明她读过样书中的信息,或者她读过之后,希望阻挠他们的计划。"英国国旗"再也不会怀疑她是否忠诚了。

所以,乔治娅在那天晚上的晚餐上非常活跃,她有一种炽热的、难以置信的兴奋感,就像一个猎人偶然发现了某个传说中的动物的足迹。但是,这既不是因为上述原因,也不是因为没有把一个人送上死路而感到的宽慰。

周末聚会散场后,乔治娅回到伦敦寻求艾莉森的帮助,她详细地叙述了在梅菲尔德家期间发生的事件。

艾莉森听完,说道:"发生的事似乎让你不太舒服,好吧,我会把它传给约翰爵士。可怜的人,他还是很担心,我看不出这对他会有多大帮助。"

"你不担心吗?你一定是热糊涂了,亲爱的。"

"虐待女学生!你为什么这么自命不凡?"

"'辣椒'让我下个月住在他家。"

"你不让草长在你脚下,是吗?那怎么办?"

"就这。我想'辣椒'是我们要找的人。"

艾莉森的蓝眼睛睁得大大的:"哦,不!这太过分了!你没法让我相信——为什么?'辣椒'已经拥有了一切,有钱有权有势,非常受欢迎,这样的人永远不会冒险,就为——"

"那个年轻小伙子维尔德曼表演特技时,'辣椒'的眼神像是卑微的仆人在屏气凝神地静听。"乔治娅固执地说。

"他可能是爱上你了。"

"哦,天哪,不!'辣椒'倒是更容易摔倒,而不是倾倒,你知道的。'辣椒'当时看着我,是想看我会有什么反应。那种事儿,我从来就没有弄错过。也就是说'辣椒'知道样书的事儿,也知道让我露出真面目的计划。这意味着他本人也参与了'英国国旗'运动。但是'辣椒'在任何事情中都不会扮演二把手,而且他具备约翰爵士和奈杰尔所说的成为运动领袖的所有限定条件。"

"你在做梦。'辣椒'本质上只是个花花公子。"

"是的。这就是他如此成功和危险的原因。"乔治娅说得非常认真,"也许生活对他来说只是一场游戏,但他喜欢由自己来制定规则,他也有钱去制定规则。现在听我说,你可以在这里帮我,我想做个小测试。不论成功还是失败,这绝对不能证明什么,但它可能会给我另一个可能性。这是你必须做的……"

瑞尔夫人的派对很有名。瑞尔夫人是二十年代"聪明的年轻人"之一,和内阁部长约翰·瑞尔有着十五年的幸福婚姻。瑞尔夫人最喜欢邀请一些互相有敌意的客人来，挑动他们互相攻击，自己在一旁观战。瑞尔夫人还喜欢让最自命不凡的人受到艰苦的考验，的确，她有办法让他们差不多也会喜欢起热闹场面来。

当晚，晚餐结束后，瑞尔夫人用最有活力的语调宣布："我们来角色扮演尼布甲尼撒王。约翰，你选一边，我选另一边。"

一位上了年纪的绅士，一位公务员部门的永久负责人，不安地动了动："尼布甲尼撒王？那是什么，瑞尔夫人？我希望你不会指望我吃草吧？"

"我相信干草减肥法对你很有好处，亲爱的。但是我们这次会放过你。尼布甲尼撒王是一种打哑谜猜字游戏。当我还是个傻傻的小女孩时，我们都玩得很疯狂。"

"打哑谜猜字游戏？哦，可是，真的，瑞尔夫人——"

"现在，不要再对这件事大惊小怪了，"瑞尔夫人坚定地说道，"除了天生的演员，没人能在白厅得到你的职位。此外，你会没事的，你什么都不用说。这是一场不能说话的猜谜游戏。这正是我想要的无声服务。"

托马斯·帕克爵士被这种不祥的恭维所压制，只好和瑞尔夫人他们一起走了出去。

"好吧，"他们在外面时，瑞尔夫人冷酷地说，"这个词会是亚伯。我们将以该隐和亚伯的场景结束。A 怎么样？亚甲？阿耳特弥斯？押沙龙？这一切都有点老套了。"

"圣亚他那修。"奇尔顿建议道。

"我的老弟，你对圣亚他那修了解多少？"

"没什么。但我可以想象，很容易。帕克可以扮演亚他那修，口述他的信条，而我们三个——"

"不，我不认为这符合历史。此外，主教可能会反对。"

"那么，阿尔基比阿德斯私生活中的一幕，会让人大吃一惊。"

"对我来说，这听起来相当有伤风化。柏拉图式的爱是一回事，苏格拉底式的爱是另一回事。尽管如此，艺术不应该有国界。我们会解决的。亚伯。B 怎么样？"

"勃朗宁[①]，"托马斯爵士出人意料地大声说道，"这是一出非常精彩的戏。到底叫什么来着？温波尔街的勃朗宁，就这样好了。"

"巴雷特，亲爱的，巴雷特。是的，就这样。我，"瑞尔夫人熟练地补充道，"将扮演巴雷特先生的角色。"

在常见的油腔滑调的争吵过后，剩下的词就被处理掉了。第一幕用大音量播放，克莱姆、瑞尔夫人那边离开为第二幕做准备。他们的领导人打开了属于剧院的橱柜，她说："伊丽莎白·巴雷特一定戴着某种假发，也许这样就行了。"她拿出一个非同寻常之物，一个精致的卷发，在托马斯爵士头上试了试。"不，亲爱的。你穿什么也不像一个病歪歪的女诗人。"瑞尔夫人在其中两个女人头上一一试过，然

[①] 伊丽莎白·巴雷特·勃朗宁（Elizabeth Barrett Browning, 1806-1861），英国女诗人，罗伯特·勃朗宁之妻，婚后移居意大利，支持佛罗萨独立运动，代表作有《孩子们的哭声》、爱情诗《葡萄牙十四行诗集》。

后在奇尔顿头上试了试："啊,这还好些,你就是伊丽莎白·巴雷特,现在穿上这件蕾丝吧。快去吧,别忘了涂点粉。温波尔街的金丝雀不会被晒得黑黑的。托马斯爵士,你来扮演罗伯特·勃朗宁,你必须温文尔雅,但充满激情。记住,成功是你的中间名。"

"我一直认为勃朗宁有点缺德。"托马斯爵士回答。

"我不会打扰你展示这个角色的细微差别。现在让我们来看看你接下来的故事……"

那天在场的人都一直对巴雷特·勃朗宁那一幕念念不忘,这是瑞尔夫人最大的胜利。在如尸体般苍白但是可爱的伊丽莎白,以及托马斯爵士异常卑鄙的勃朗宁的配合下,瑞尔夫人演活了巴雷特,她冷嘲热讽,撒野闹事,冷落怠慢,显示出父权专制的极端本质。就连给女主人带口信的女佣也被瑞尔夫人迷住了,她在客厅偷窥,显然把传口信的事儿给忘了。

女佣不仅忘了传口信,还透过微微打开的门看了一会儿,然后溜走了。等她摘下帽子和围裙,从房子里走出来,重新以乔治娅的形象出现在人们面前。乔治娅很欣赏瑞尔夫人的表演,但她不是来看瑞尔夫人的,而是来看奇尔顿的。奇尔顿戴了一个黑色的中分假发,长长的齐肩鬈发。乔治娅惊奇地发现奇尔顿的脸变成了饰盒里女人的脸,就是凯斯顿少校声称归他所有的那个饰盒,不会看错的。终于连起来了。可以想象的是,某个未知的 X 可能是这个饰盒的真正主人,这个人可能偶然捡到了那个早期达盖尔银版照片,用它来掩藏"英国国旗"徽章。但是,考虑到乔治娅对奇尔顿的了解,这一定会被认为是太巧合了。

在出租车里，乔治娅兴高采烈的，不过也有点担心。问题是——瑞尔夫人和托马斯爵士在没有引起奇尔顿怀疑的情况下把假发带走了？让他戴上假发有什么困难吗？艾莉森明天会告诉她的。是艾莉森向她的朋友瑞尔夫人建议实施将奇尔顿与饰盒连接起来的计划。艾莉森知道，瑞尔夫人表面看起来像橡树一样坚定，各种古怪，心血来潮，常常有冒险行为，但是其实，她却总是愿意接受艾莉森的建议，而不去深入探究是什么原因。托马斯爵士是众多秘密的宝库，所以，可以信任他，即使是最微不足道的东西也不会被他泄露出去。瑞尔夫人私下让他提议将伊丽莎白·巴雷特作为尼布甲尼撒王的一幕，因为艾莉森认为整个事情这样出现会更自然，也不太可能让奇尔顿产生戒备心理。

的确如此，但如果出席瑞尔家派对的瑞辛顿夫人没有表现出不合时宜的热情，一切都会顺利进行下去。瑞尔夫人已经安排好了，奇尔顿在她丈夫的书房里换衣服，书房里没有镜子。这里没有任何东西可以让奇尔顿看到，他的扮相与祖母——饰盒里的女人长得很像。奇尔顿全神贯注于他所扮演的角色伊丽莎白·巴雷特，直到那一幕结束，瑞辛顿夫人从观众席中冲到他跟前，抓住他的胳膊，尖叫道："哦，'辣椒'，你看起来绝对神圣！来看看你自己吧。这是一场淘汰赛。"说着，她便把他带到一面镜子前。

奇尔顿看了一会儿那歪歪斜斜的、风情万种的头与垂下来的鬓发，还有镜子里那张如此陌生却又如此熟悉的脸，然后他转过身去，若有所思地掠过瑞辛顿夫人的头顶,对坐在那里的客人微笑着说:"是的,效果相当惊人,不是吗?"接着,他迈着那笨重的、像熊一样的步子走出房间,找到了瑞尔夫人,问道:"你介意我用一下你的电话吗?我有件事,出来之前忘了向我的秘书交代。"

"当然。你知道电话在哪里。下一场戏没有你,是吗?"

这位仍然戴着假发、穿着维多利亚式花边的百万富翁走进大厅。他拨了一个号码,平静地说道:"是你吗,大卫?我是坎特洛。你能查一下今晚 9 点 15 分至 9 点 30 分之间奈杰尔·斯特雷奇威夫人在哪里吗?还有她丈夫……是的,我知道。请不要打断我。加上 B20 和 B23。是的,我希望他们马上开始。再见。"

奇尔顿回到书房,摘下假发,盯着看了几秒钟,然后,脸上露出了一种很少有人见过的表情,他鼻孔张大,呼吸声嘶嘶作响,同时,他把手指深深地插进乌黑的丝质头发上,开始拉头发。奇尔顿只是不停地拉着,仿佛想延长对某个握在手里的黑发女人的折磨。他继续不停地拉,直到最后把那缕头发连根拔起。然后他的嘴又舒展开来,拿起一把梳子,开始仔细地梳理假发上被拔秃的那一片头发。

"只有那两个人看到了,"奇尔顿咕哝道,"除非凯斯顿在撒谎。我真傻。尽管如此,我们还是要格外小心。该死的,这么小心翼翼,让我恶心。不过,不会持续太久了。"

奇尔顿走进隔壁房间,对瑞尔夫人还有她那边的其他人露出愉快而自信的迷人微笑,而他们刚刚从打哑谜猜字游戏的第三幕上下来。

第十章

最受欢迎的男人

到目前为止,乔治娅还未能完全掌握"英国国旗"的用意。曾经有几次,阿尔瓦雷斯夫人的风流韵事,在哈格里夫斯·斯蒂尔教授实验室里那可怕的一幕,都让她感觉到脖子后面有股凉飕飕的气息。然而,就连这些围绕着整桩大事的纯粹戏剧性事件,也给人一种不真实的感觉;而与此同时,与她一起工作的"英国国旗"普通士兵的业余性,叫卖小贩保守的、情绪化的看法,可怜的理想主义或者仅仅是不满的态度,这些都阻碍乔治娅以一贯的严肃态度看待局势。像许多高智商的人一样,乔治娅容易低估愚蠢巨大的潜在能力。英国成千上万的男人和女人，跟她一样，过去十年给了他们大量实实在在的经验教训，仍然在说"这种事不会在这里发生"。只有少数真正坚定的、没有道德原则的人还会利用这种愚蠢和冷漠。包括乔治娅，虽然看到了已经开始发生，却全都不敢相信自己的眼睛——让她这个阶层的人动摇长期以来在他们眼中形成的安全等级，这太困难了。乔治娅说："有人听说工程师们是聪明反被聪明误。"当整个事件结束时，乔治娅对奈杰尔说："我从未意识到完美的防御机制可能会背叛一个国家。"

然而，乔治娅终于被两件事惊醒了，这两件事发生在瑞尔夫人家聚会后不久。第一件事是如此微不足道，以至于她自己当时几乎没有注意到它的重要性。第二件事可能是自二战以来最大的轰动性新闻。

在瑞尔夫人家举办聚会的那天夜里，乔治娅在离公寓几百码远的地方下了出租车，悄悄溜进了公寓，上床睡觉。那天晚上，乔治娅早早就把女仆打发走了，可她还没睡够半小时，外面的门铃就响了，她穿上晨衣去开门。只见一个警察站在外面，这是一个身材高大、面容清新的年轻人，他把头盔夹在胳膊底下，彬彬有礼地说："对不起，打扰你了，夫人。我刚才看见一个小伙子急急忙忙地在街上跑着，好像是从这个街区出来的，所以我想最好应该确保他没有闯入谁家。你听到什么可疑的动静了吗？"

乔治娅想：看来小公立学校和亨顿警察学院在培养年轻人的举止上成效卓著。她眯起眼睛挡住光，把手背放在额头上，说："没有。我什么都没听到。我头痛，所以一直在床上，但是，我想，如果他在哪个房间里的话，我都会听到的。"

警察礼貌地询问她是不是晚上一直在家。

"是的,"她说,"但你凭什么认为这家伙就是罪犯呢?还有,难道你不能逮捕故意游荡的人吗?"

"他不是在闲逛,大人,远远不是。他从我身边一闪而过,像是在裸奔的人,不过我想我还是认出了他。如果他正是我猜的那个人,我们可以随时逮捕他,他是我们的常客之一。"警察朝她咧嘴一笑,"我看你的女仆什么都没听到吧?"

"她今晚出去了。"

"你不介意我四处看看吧?只是为了确定一下。"

警察庄重地在公寓里走来走去,甚至还窥探了卧室。最后,警察离开了,嘴里说着打扰了,非常抱歉,表达了希望她的头痛能很快痊愈的祝望。乔治娅注意到他制服上的号码,记录了下来。今晚,绝对不能让"英国国旗"知道她出过家门,这非常重要。毫无疑问,这是一个巧合,竟然有人正好询问她今晚的一举一动。不过,如果年轻的警察和可疑的人是假冒的话,她很快就能发现。

第二天早上,当女仆多丽丝端茶进来时,她显然特别忐忑不安,可是,当发现乔治娅并没有被谋杀在床时,她显得有点儿失望。昨天晚上,警察进了这栋楼的每一套公寓,看看是否有什么东西被盗。多丽丝大声哀叹,她总是错过好玩的事情:"有什么东西被偷了吗?"

"嗯,不像你说的那样被偷。但他差一点就抓到窃贼了,跑了一两个。一定是在他们开始偷盗之前就被惊动了。"

乔治娅想,这又是一种恐惧。如果那彬彬有礼的小警察真是一名化了装的"英国国旗"特务,他绝对不会费事再去把所有公寓调查个遍:这对他来说太危险了,而且,可能有人认出他不是职业警察,会议论纷纷。等一下,尽管如此,他不会冒这个险吗?为了找出公寓里昨晚看见我出去或进来的人?我说没出去,他不会相信。

"你认识这个警察吗,多丽丝?"

"哦,是的,我认识。他是个好孩子,也真的非常优秀。住在2号的那个米莉,说起来让人笑话,她自作多情,当警察昨晚进去的时候,她还企图和他约会,虽然她已经试了好几个月了,这只狡猾的猫——但与我们的罗伯特先生毫无关系。"

所以,米莉可以为这位年轻的警察做证。就是这样。他可能是一个过分热心的警官,但不是假警官。乔治娅把他从脑海里清除掉了。

如果不是那天上午晚些时候,乔治娅在大厅里偶然遇到了1号住户廷斯利太太,两人谈论起昨晚的探访,可能永远也不会想起这件事。乔治娅提到这位警察似乎调查得特别锲而不舍,并问廷斯利太太听到上面的公寓里有什么动静吗(乔治娅的公寓在廷斯利太太的楼上)?她9点以后看到或听到过有人进出吗?

"我当然说没有,"廷斯利太太有些激动地说,"我一直在说,除了你本人,你的公寓里没有别人,你会来向我借点阿司匹林,然后上床睡觉。这些年轻的警察都成威胁了,他们为了晋升,什么事儿都做得出来。"

谢天谢地,我们的公寓里没有夜班搬运工,乔治娅想,我出来进去都尽可能地静悄悄的。

那天晚上6点钟，乔治娅在一个朋友家给约翰爵士打了个电话。虽然对要与他沟通所不得不采取的防御措施感到有点不耐烦，但她还是不折不扣地按照他的指示做了。当他们说出暗语，听出了对方以后，乔治娅说道："实验成功了。"

"很好。干得好。你现在必须紧紧地跟着他，这在很大程度上取决于你。找出他的计划安排，你知道的。"

"我希望你不要让警察靠近我。"乔治娅向约翰爵士简要地叙述了昨天晚上的来访情况，并告诉了他那个警察的号码。

"我会调查的。不要相信任何你不确定的人。好吧，祝你好运。"

就这些，但这已经足够了。尽管乔治娅经常生活在无法无天的地方，却发现很难让自己的思想适应这里的理念，在英国，穿蓝色制服的警察可能会掩护敌人。女仆米莉认出那个警察是经常巡逻的警察。现在乔治娅几乎可以确定，为了查明乔治娅那天晚上是否离开过家，那个警察编造了一个窃贼逃跑的故事。这对"英国国旗"来说很快就能办到。令乔治娅感到不安的是，这件事已经动用了全部法律手段。她有了一个画面感，那就是"英国国旗"把触角伸到了她原以为最安全的所有地方。约翰爵士一开始就已经警告过她，说这场运动在警察、军队和行政部门都有一定的立足点，只不过需要那位彬彬有礼的年轻警员直接到她家出现在她面前。从现在起，乔治娅可真不知道谁是朋友，谁是敌人了。

嗯，她有她的工作。她必须紧紧跟着奇尔顿，"找出他的计划安排"。以约翰爵士那干净利落的、商业化的语调，听起来这个计划安排并不比夏季游轮计划更重要。然而，那些计划的历史和现在同等重要。假设她昨天晚上的不在场证明没能让"英国国旗"相信，她还有什么机会呢？机会大概和蒸汽锤下的故障一样多。乔治娅只有依靠非凡的乐观气质，经历过千难万险获得的自信，才能避免在接下来的几天里陷入绝望。

就在周六早上，一则重大新闻报道的爆料，就像地震海啸淹没了海狸坝一样淹没了她个人的忧虑和活动。面对这个巨大的反击，她设下把奇尔顿和那个饰盒里的女人联系在一起的圈套，似乎是一个微不足道的、无关紧要的事情，影响不会比参孙①的肌肉一绷就绷断的一缕亚麻更大。那天早上，乔治娅打开报纸，报纸的头条就好像打了她的眼。新闻界肯定是已经放开手脚了。

"百万富翁计划千禧年！"一家报纸尖叫道。

"坎特洛的解药！"另一家报纸大声唱和道。

"奇尔顿的挑战！"第三家报纸插嘴说。

乔治娅又给自己倒了一杯咖啡，点了一支烟，快速浏览起各种不同的描述版本来。所有版本都归结到这一点：昨晚这位百万富翁宴请了许多著名的实业家、银行家还有科学家。显然，他是事先向新闻界提供了自己的演讲内容，因为所有报纸都一字不差地刊登了。演讲中提出了一个在大不列颠废除失业制度的计划。

简言之，将在全英建立一个合作企业网络，将失业者分配其中。

---

① 参孙（Samson），帮助以色列征战腓力斯丁人的一个士师。

有手艺的重操旧业；目前还没有学会一门手艺的，可以提供无须专门训练的工作。在尽可能的情况下，每个合作社都应该自给自足，但是必须提供必要的商品，这种商品是任何一个合作社都无法制造出来的，在一个交换系统里与其他合作社生产的商品进行易货。该计划的规模非常大。整个社区可能会被迁移到条件最好的地方。另一方面，必然会涉及废弃地区人口的减少问题。奇尔顿用感人的话为演讲作结，说："沙漠将像玫瑰一样绽放。""地下有煤有铁，海里有鱼。"奇尔顿宣称："失业者不想要工作，这是恶毒的胡说八道。你所需要的全部无非是一个计划罢了，通过这个计划，鱼可以到矿工手里，煤炭可以到渔民手里。"

奇尔顿指出，这个合作计划不会损害国家的正常贸易，因为通过计划的实施，失业者将转化为一个巨大的、自给自足的单位，靠交换自己生产的商品生活，直到随着时间的推移，在世界经济条件允许的情况下，他们被重新吸收到大不列颠正常的生产生活中来。该计划不仅适用于体力劳动者，而且适用于失业的建筑师、工程师、医生、教师、职员——所有人都能在合作社区中找到一席之地。

奇尔顿强调，通过这种方式，所有被遗弃的农业用地都可以重新开垦，从而有助于减少一旦战争爆发，发生饥馑的危险。此外，每一个合作社都要拥有抵御空袭的深防空洞，并可以派遣"国防工人"前往大城镇建造这样的防空洞。这两点，尤其是后者，在新闻报道中受到了高度重视，因为涉及近些年来公众越来越难驾驭的很多问题。

在该计划正式启动之前，将得到贷款的补贴，坎特洛勋爵本人准备投入一百万英镑。预留一定比例的合作商品，用以启动国外市场，所产生的利润将会逐步增加。现在乔治娅开始明白，这笔贷款应该是一笔政府贷款，但是，如果政府不愿意采纳该计划，奇尔顿主动提出由他个人来实施。他已经得到了一些有影响力的人士的支持，他们今晚都在场。奇尔顿总结说，这不是乌托邦式的计划，也不是极其愚蠢的慈善事业，而是一个由专家制定、由头脑冷静的商人认同的方案。重症需要猛药治。不应该允许个人利益或偏见重于我们两百万同胞被判死刑的可怕事实。

乔治娅转向社论。社论在很大程度上是谨慎的，态度并不明朗。一个由如此重磅权威支持的计划，是不可以用略带色彩的社论就打发掉的。同时，很明显，奇尔顿的演讲没有及时提交给报纸，让他们的专家们在报纸付印前进行彻底检查。因此，在这一天开始的时候，他的计划就给公众舆论留下了深刻印象：这个话题比任何一个专家批评都领先一步。而乔治娅知道，一日之晨会创造奇迹。奇尔顿对火候把握得恰到好处，让乔治娅不得不钦佩。政治家天赋往往就是一个掌握完美时机的问题。乔治娅意识到约翰爵士和自己，以及其他所有人都面临着挑战，而这是她以往从未意识到的。乔治娅的沉思被艾莉森的到来打断了，她看起来像一只被不合时宜的大风吹得凌乱的蝴蝶。

"好吧，现在盖子已经揭开了，亲爱的，"她说，"我相信连约翰爵士都不知道这会公开。"

"你认为奇尔顿对此有诚意吗？这不可能只是一个巨大的恶作剧。他的支持者——"

"支持这项计划的人主要是'英国国旗'的高层，你可以把你的裤子赌上，我的姑娘。这一计划在对公众舆论产生影响的同时，只需要有足够的连续性，能够持续几周站得住脚即可。平民百姓不会给专家的判决判两次死刑。如果现任政府拒绝考虑这一计划，会暴露出它的全部弱点。平民百姓也不会为此烦恼，他们会对自己说，'就在我看来三个最重要的问题莫过于——失业者、战时的食物、空袭时的真正安全保障，而现在终于有人就此提出了建设性的建议。和往常一样，政府拒绝了。该死的政府！为什么我们不能让奇尔顿来管理这个国家呢？'"

"是的，这是真的。奇尔顿确实有精湛的战术技巧。阅读奇尔顿的演讲，我发现，对议会政府的一种幻灭和不满情绪甚至都涌上了我的心头。奇尔顿注射怀疑主义疫苗的方式很有技巧，议会把一切都搞得一团糟，奇尔顿对议会有一种幽默的、不耐烦的蔑视态度。"

"相信我，如果说以前还有疑问的话，那现在已经没有了。奇尔顿是今日英国最受欢迎的人。你无法想象这在英国新闻界引起的轰动。在我来的路上，一直被紧盯着报纸看的人撞来撞去。如果'英国国旗'真的要发动政变，现在让他们的独裁者被大众接受不会有太大困难。"

"是的，一方面，在两百万失业者中，奇尔顿将得到其中大部分人的支持；另一方面，也没有什么纳粹式的内容会引起他们的怀疑，并没有谈到劳改营等诸如此类的内容。"

"那是奇尔顿的天才表现。奇尔顿是一头改变了斑点的豹子。看起来不像法西斯主义，听起来不像法西斯主义，闻起来不像法西斯主义，但是……"艾莉森耸了耸肩。

"奇怪的是，在我刚开始证实他就是'英国国旗'幕后领导人的时候，他就这样公开露面了。"

"亲爱的，别自吹自擂了。不管是不是恶作剧，奇尔顿早就制订了这个计划。你对他来说只是一个好女人或者是一个讨厌的小麻烦。这取决于他发现了多少问题。该死的瑞辛顿夫人，还有她的镜子！"

"这让我感觉像米老鼠试图骑鲸鱼。"

"连鲸鱼都有弱点。现在你的工作就是发现它。"艾莉森把漂亮的双腿交叉起来，接着说，"是的，'辣椒'让政客们进退两难。现任政府不敢忽视他的计划，因为他威胁说，如果政府忽视他的计划，他就会亲自去实施，这就把政府摆在一个尴尬的位置上。反对党不能把它当作打击政府的棍子，因为虽然它有某种社会主义的味道，但它是由一群资本家提出的。奇尔顿把每艘船上的风都剥夺了。"

乔治娅走到窗前，心不在焉地盯着对面的房子，夏天已经过去一个月了，广场上的树木都不直不挺了，也没有了光泽。这是一个熟悉的场景，但今天的平凡场景并不能使她感到宽慰。乔治娅想到了奈杰尔，他现在和一个朋友一起住在牛津。曾经她和他一起住在这里，一直很快乐，但现在她觉得自己像一个虚幻现实的阴影，甚至像被过去的幸福放逐的人。一阵无法忍受的渴望让她颤抖，她转过身去。

她想，继续当小丑，继续演戏，但不可能永远持续下去。要么被他们发现，然后用哈格里夫斯·斯蒂尔的肮脏杆菌完成剩下的工作；要么打败他们，自己重新做回一个普通人。要是能和奈杰尔一起做这件事该有多好啊！

第十一章

高尔夫球场

乔治娅第一次见到奇尔顿·阿什维尔官邸是在八月的一个晚上。

她乘火车到达米德兰兹，在正线车站，她遇到了一位司机。那人特别殷勤地把她塞进一辆劳斯莱斯，风驰电掣般地穿过坎特洛勋爵一部分财富所衍生的矿区。这些是在过去的二十年里，在新煤田里涌现出来的模范村庄，一批批红砖房子呈新月形排列在一起，花园里鲜花盛开。除了戴着锡头盔，肩上背着金属罐，下了白班骑着自行车回家的黑黝黝的矿工，还有到处都是燃烧的炉渣堆在空气中形成的难以形容的强烈味道，这里没有什么能让人想起地下的一切。

开了八英里后，汽车掉头驶过庄园的大门，沿着一条山毛榉林荫道呼啸而上，山毛榉像风琴管一样光滑而有金属感，直插夜空。偶尔会有一只野鸡被接近的汽车吓到，尖叫着迅速逃离。兔子懒洋洋地、跌跌撞撞地穿过前面的车道。然后车行道转弯了，树木和蕨类植物的屏障稍稍消失了，乔治娅看到了奇尔顿·阿什维尔官邸的西面，夕阳下，所有的窗户都像猫眼石一样闪闪发光。灰色的帕拉迪奥风格正面看起来无比平静，它的优雅有一种空灵的气质，仿佛这幢房子的创造者仍在思想的梦境，可能一碰就会消失在稀薄的空气中。天鹅完美地拱起脖子，以梦幻般的动作掠过湖面。带石头栏杆的露台，整齐的花园里弥漫着人类已经远离的空气，就像一个只剩下历史的地方。你无法想象这幢房子还能以别的什么为背景，或是那片开放的绿地上还能冒出别的房子。

是的，乔治娅想，奇尔顿·阿什维尔官邸声称有什么，也的确就有什么。但我千万不要让自己被这一切蒙蔽。不能让他用这幢豪华古宅里的东西蒙骗我。走在宽宽浅浅的台阶上，乔治娅已经为这座房子的魔力差不多倾倒了，她强迫自己记住，在这里，在英国的心脏地带，正在制订毁灭英国的计划。

乔治娅被带进了一间天花板很高、像家一样舒适的房间，那里聚集着许多人。她一出现，奇尔顿的眼睛就亮了。他身穿法兰绒裤子，头发蓬乱，看上去比以往任何时候都更孩子气。他弓着背，迈着像熊一样的步伐大步穿过房间，握住她的双手，过了会儿，说："很高兴见到你。你到了这里，一路上都很安全吧？你想要一些茶吗？"

"不，谢谢。我喝过了。我真的认为你的房子很完美。"乔治娅环顾一下四周，有点困惑于这些相互矛盾的感觉。她注意到，大多数男人都穿着法兰绒裤，就问道，"你们都在跳莫里斯舞吗？"

奇尔顿仰起头，哈哈大笑起来："莫里斯跳舞！你的思想是多么迂回复杂啊！永远不会满足于一目了然的事情。我们一直在打板球啊。"

一个熟悉的声音说："对乔治娅来说，什么都是一样的，她不懂得差异。"

"彼得！我根本不知道你会在这里。他们把你从乡下赶出来了吗？"

"我们今天没有比赛。所以坎特洛勋爵让我为他的球队效力，对一个当地的矿井。他们是恐怖分子，你的矿工。啊，我去过的地方到处都是隆隆声。"彼得说这话的时候，把诺丁汉的鼻音带进了自己的声音。

"我们在这里不使用兴奋剂，"奇尔顿咧开嘴笑着说，"彼得，当你必须在一块诚实的草地上比赛的时候，你要堂堂正正地出现。"

乔治娅苦涩地想，这个友好的玩笑也太英式了，正如奇尔顿·阿什维尔官邸的整体氛围，尽管它的主人是百万富翁，却造就了集田园和舒适于一体的自相矛盾的英国风格。晚餐的时候，他们也在谈论奇尔顿的失业计划，而乔治娅演着戏说，也许奇尔顿最近的德国和意大利之行有助于他制订这个计划。奇尔顿热情地回答说，因为英国精神是与众不同的，所以他希望英国永远不要模仿欧洲大陆，必须自始至终创造自己的模式。

乔治娅研究他那双磁性的、棕色的、有金色斑点的眼睛，发现这双眼睛很容易从嬉戏转换到老虎暴怒般的专心致志，现在她倾向于认为奇尔顿是认真的。他对自己的信仰是如此信任，以致此时此刻，对于自己所说的话的真实性，他绝对不会怀疑。在很大程度上，奇尔顿是一个自欺欺人的人，而独裁者就是由这些材料制成的。乔治娅问自己，一个人只有在失去自信的时候才容易受到攻击，可奇尔顿的弱点在哪里？

今天晚上，乔治娅比以往任何时候都更加深切地意识到奇尔顿是多么无懈可击。在客人中间，至少有两个女人的美貌值得国王用赎金赎回，一个是瑞辛顿夫人，她金发碧眼，具有贵族气质；另一个是梅因沃林夫人，在烛光照耀的房间里，她美丽动人，像红宝石或焖烧煤一样闪闪发光。很明显，奇尔顿只要抬起一根手指，这两个美人就会跟着他去任何地方。然而，他对她们的态度却是关爱的、调侃的、滑稽可笑的，既没有清教徒的拘谨，也没有放荡者的攻击性；看着她们微妙或毫不掩饰地努力吸引他的注意力，乔治娅暗自发笑，心想，哦，天哪，难道她们不知道吗？她们可能像他刚刚走出教室的小妹妹。

晚饭后，当人们开始跟着留声机的音乐跳舞时，乔治娅更惊讶了。因为奇尔顿先找到了她，任那两位美人在一旁咬大拇指。奇尔顿的舞跳得堪称完美，他全神贯注于舞步，惯常笨拙的步态彻底消失了。乔治娅觉得自己现在不仅仅是在狮子窝，而且就在狮爪里，这给了她一种蛮勇和略微惊讶的感觉。但说到底，奇尔顿只是个男人而已，他的手指在她的背上，让她感觉很温暖，所以乔治娅对自己说：振作起来吧，我的姑娘！

一曲终了，奇尔顿把乔治娅带到露台上。公园在他们面前伸展开来，醇和的轮廓似乎在搅动宇宙睡眠的节奏。在下面，湖面闪闪发光，漂浮着的天鹅就像被月光淹没了的幽灵。音乐在他们身后再次响起。

"你为什么那样看着我？"乔治娅问道，转身去直视他的眼睛。

"我是怎么看着你的？"

"就好像我是你们老师用粉笔写在黑板上的一种新等式。"

"也许你就是，乔治娅。我不太清楚如何给你归类。"

"你总是要给人归类吗？"

"当他们可能给我造成危险时，是的。"

乔治娅的声音很酷，很有兴趣，丝毫没有泄露他的话带给她怎样的震撼："我怎么会给你造成危险？"

"如果连你都不知道，那就没人能知道了。"

一阵寂静降临，直到被芦苇间一只雌苏格兰雷鸟慌乱的嘎嘎叫声打破了。奇尔顿断然拒绝向她施压，但他的沉默中有一种难对付的东西，这让她感觉到他神秘的力量在周围盘旋，与房子和洒满月光的庄园的魅力交融在一起。

"鉴于我们以前只见过一次，这次谈话就非常奇怪了。"乔治娅最后说道。

"我们都不是普通人。"奇尔顿若无其事地回答道，"你觉得我们应该谈天气吗？"

"这是一个安全的话题,尤其是当你和一个危险的人在一起时。"乔治娅强调了这个词。两个人可以玩一个隐词游戏。

"我不是为了安全而比赛。据说你也不是。"

"对于一个探险家来说,今天没有太大的风险,只有灰尘和疲劳。我从来都不大在意这些。"

"旅行。哦,是的,"奇尔顿把双手交叉在脖子后面,彬彬有礼地说,"可我们是在谈论旅行吗?"

乔治娅没有回答,她的沉默对他来说就像一道冰障。他声音里的感情更强烈了:"我相信你不知道你是一个多么令人兴奋的生物。你让这个世界上的主战队员和激进分子看起来像默片电影特写。像你这样的女人可以——"

奇尔顿中断了话头,把手放在乔治娅的胳膊肘下,把她带回屋里。不,乔治娅想,这太荒谬了,荒谬至极。然而,也许这就是问题所在,只有这样我才能做到。一定是我内心的抵抗吸引了他:他已经习惯了女人蜷缩在他脚下,他感觉到了这一抵抗,他对其真正原因的怀疑有多大?他说我危险,是对男人而言,还是对未来的独裁者而言?

那天晚上,乔治娅再也没有机会与彼得单独交谈。不过,第二天早上,奇尔顿正在和他的秘书、同事和经纪人开会,彼得邀请乔治娅和他一起打钟面式高尔夫球。

"我不会打钟面式高尔夫球。"乔治娅说道。

"没关系。我打得像大师一样,你会感到惊讶的。"

草坪位于齐腰高的山毛榉树篱之间。远处矗立着一座微型大理石神庙，是某个十八世纪姓坎特洛的人建造的，他喜欢从一个经典的视角欣赏全景，现在废弃了，让位于蜘蛛和高尔夫球杆了。

"一个谈话的好地方，"彼得高兴地说，"你可以看到任何一个走近的人，即使他在很远的地方。如果人们开始射击的话，总是可以藏身于大理石边角料的后面。哦，艾莉森告诉我，你已经开始玩大鱼了。"

"你感到惊讶吗？"

"在经历过去几个月遇到的那些事后，就算我听说坎特洛是乔装打扮的僧人，我都不会大吃一惊。"彼得说着，不小心把球打到了山丘的草皮上，一直打到了洞口。

乔治娅紧随其后，但显然收效甚微，她抱怨道："我希望草地上没有这些可怕的小鼓包，这不公平。"

"事实上，钟面式高尔夫通常是在水平面上进行的，而不是一种像这样的高尔夫球穴区锦标赛。我想坎特洛是想加大难度，他自以为是个游戏玩家。一个园丁告诉我，这是勋爵不久前亲自提出的。我不明白他怎么会有时间为失业者做计划，组织革命，为英国培养独裁者。"

"彼得，别停下来玩，说话要小心。有个人在东厅窗户外用望远镜看着我们。"

"望远镜？他以为我们是什么？两只长尾山雀？"

"彼得，唇读是存在的。如果你再诽谤我们的男主人，就待在房间里。"

他们打剩下的洞。这位年轻的板球运动员已经习惯了被举着望远镜的人盯着，他不停地把球打到木桩上，纤细的手腕灵巧地、懒洋洋地转动着。

"这是一种非常不平衡的钟面，不是吗？"乔治娅说。在这个游戏中，他们玩的带编号的小光碟并没有像往常一样形成一个圆圈，而是不规则地点缀在草坪上。

"坎特洛是一个非常不平衡的人。"彼得回答。

在他们结束了比赛，乔治娅拒绝再打一场后，他们走到大理石凉亭里坐了下来。两个眼神茫然的女像柱支撑着门。你可以看到奇尔顿·阿什维尔官邸及其起伏的庄园土地在下面陈列开来，在炎热的夏天变得灼热。他们的左边，一群被画成木制玩具的鹿，一动不动，聚集在阴影笼罩的橡树丛中。

"坎特洛好像看上你了。"彼得说道。

"我不太清楚他是因为有点怀疑我，还是出于自然的兴趣。希望是后者，因为这可能会非常有用。"

"别这样，乔治娅，"彼得异常紧张地喊道，"你千万别让事情发展到这种地步。这对我来说并不重要，我只是个能用力打板球的人，但你不一样，你真的很有价值。"

"亲爱的彼得，你在说什么——"

"我无法忘记阿尔瓦雷斯夫人。"彼得在凉亭干燥的、蜥蜴般冰冷的空气中颤抖，"把她引上花园小径已经够糟糕的了。嗯，我想是她自找的，她是个愚蠢、贪婪、惊恐不安的女人。可以说，我是特勤局剧中的年轻英雄，为了祖国冒着比死还要大的风险。好吧，放手吧，但我杀了那个女人，我应该对老阿尔瓦雷斯和'英国国旗'对她做的任何肮脏的事负责。是的，我知道，这一切都是为了一个好的理由。但是一个好的理由并不能把一个肮脏的轨迹洗白。听起来很傻，但我觉得我必须以某种方式为阿尔瓦雷斯夫人的死赎罪。"

"我真的理解，彼得，"乔治娅轻轻地说，"但是，当你与任何像'英国国旗'这样没有道德原则的大组织战斗时，你无法遵守规则，你必须咬紧牙关，跳进淤泥里。"

"我想这是有限度的，我不想看到你为坎特洛而牺牲。要是那样的话，我就直接向他开枪，会省去很多麻烦。"彼得有点意识到自己的想法太幼稚了，冷冷地低声轻笑了起来。乔治娅已经忘了他的性情瞬息万变，令人眼花缭乱，可能会从狂欢欢闹变成极度的忧郁。这是此事最糟糕的地方，你跟朋友们失去了联系，除了敌人的行动，你对一切都麻木不仁、漠不关心，就像一个打游击战的战士。

"在射杀坎特洛之前，我们必须先了解他的计划。"乔治娅说道。

"好吧，他来了，和他那位面色苍白的秘书一起来的。你最好向他索要那些计划。"

他们看着对方，咯咯地笑着，又回到了易碎的、虚幻的美丽世界，这个世界在他们脚下像薄冰一样颤抖。

"很好，大卫，那么你来负责那件事？"奇尔顿说道。秘书转身回到家里，他穿的黑色晨衣和平淡的秃头在这样的森林环境中，是那么的荒谬，那么的不协调。

"你们俩在密谋什么？"

"彼得刚刚把我打得一败涂地，他是钟面式高尔夫球的高手。我会支持他对抗亨利·科顿。"

奇尔顿的脸上出现了一丝暴躁的影子，他凝视了彼得一会儿，像是要看穿对方的心似的，然后提出两人打一场。乔治娅坐在大理石凉亭的窗台上看着他们。他们俩都用几乎不可思议的技巧打球，但是，彼得却漫不经心地击球，似乎并不在乎自己是赢是输。奇尔顿一丝不苟，精神高度集中。这些白色的小球在起伏的草皮上奔跑、下降、盘旋。第一轮比赛结束后，他们打平了，于是决定再打十二洞。乔治娅发现自己非常愿意彼得获胜，就好像重大问题取决于这个结果似的。奇尔顿领先两个洞，但是，彼得突然表现出了非凡的才华，两次一杆进洞，把比分扳了回来，然后彼得开始领先。

奇尔顿奋力猛击，但他的球不是远远地越过了标记，就是只滚到一半的地方。过了一会儿，乔治娅意识到他并不是在努力，或者更确切地说，他故意打不好，以便恶心对手。太不可思议了。这个人已经控制了这么多人的性命，可能在几个月后会控制一个帝国的命运，现在却像一个脾气暴躁的小学生一样，为一个无足轻重的小游戏而闷闷不乐。看来他无法忍受在任何方面失败，他会在压力下精神崩溃、士气垮掉。

这似乎对乔治娅来说意义重大。她再也不会认为奇尔顿和"英国国旗"是无懈可击的，她的作战对象将不再是一个像命运一样巨大而不可抗拒的力量，而只是一个在打高尔夫时发脾气的人。

乔治娅当时没有想到，她的出现会加剧奇尔顿的挫败感。相反，乔治娅在想，奇尔顿的自尊心得有多强，才会在公共场合生闷气。换成一个不那么自信、不那么以自我为中心的人，就会做出一些尝试来掩饰自己的愤怒。

比赛结束后，奇尔顿对乔治娅讽刺而又邪恶地笑了笑，然后一声不吭地走进凉亭。

"他不喜欢输，是吗？"彼得低声说。

"嘘！"

奇尔顿收起推杆，再次出现在两个女像柱之间。有那么一会儿，他那张希腊面孔似乎和女像柱一样冷酷无情，他俯瞰着凉亭下面划分出来的轻击区，微微一笑，嘴唇弯曲，鼻孔张开，双腿分开。那一刻，乔治娅想，他就像一位将军在审视战场。接下来他的表情放松了，幽默地和他们聊了一会儿，然后朝房子走去。

"小妞恢复了镇静。"彼得对奇尔顿渐行渐远的背影点了点头，说，"嘿，乔治娅，你要进入催眠状态了吗？"

乔治娅站在两个女像柱中间，像奇尔顿那样凝视着高尔夫球比赛场地。奇尔顿的脸上为什么会出现那种专横的神秘表情？她凝视着球穴区，渐渐地它的轮廓成形了，变成了熟悉的东西。

"彼得，上来！"乔治娅轻轻地叫道。当彼得走到一座微型寺庙的顶层楼梯上，站到乔治娅旁时，乔治娅问道："什么时候钟不是钟？"

"好吧，你告诉我。"

"当它是一张地图的时候，一张漂亮、凹凸不平的等高线地图。彼得，你要再打一会儿高尔夫球，你需要练习，绕着球场转，打两个球。开始在第一个标记处，把球打到洞里，然后跟着球走。只需要把

151

一只脚放在另一只前面，这样我就能用英尺来测量距离。如果有人从房子里看你的话，他们会认为你只是在闲荡：你的脚会被山毛榉树篱遮住。从木桩走回第一发球台，然后测量它与二号标记之间的距离——把球打在你面前。我来数数：你集中精力自然地走路。我想要每个连续发球台和两个发球台与木桩之间的英尺数，也做一些交叉测量。那会有帮助的，因为我只能粗略地计算角度。"

"好吧，但这是怎么回事？"

"这可能是一个错误的猜想。但我有一个想法，这个绿色代表一张英国地图。山峰和山脊——嗯，你看，难道你看不出那里代表奔宁山脉、科茨沃尔德丘陵和奇尔特恩丘陵吗？如果我是正确的话，也许这个洞的位置和十二个起点会告诉我们一些东西。"

"天哪！但是，你看，你真的认为奇尔顿会制订一个行动计划并把它摆在大家的眼皮底下吗？"

"这听起来是很疯狂。但他这个人的确也有点疯狂。他是那种能从诱惑上帝中得到乐趣的人；他无所顾忌，还有点爱出风头。我们知道，这个球穴区是他亲自规划的。他刚才仔细地观察了一下，就像俯视世界上所有的王国似的。他马上就消了气，又能正确地看待事物了。你能想象一下吗？他会到这里为它陷入沉思，像拿破仑一样，从它——英国地图上汲取灵感吗？而他就是那个要改变它的人。与此同时，当特务急于发现蛛丝马迹的时候，他却凝视着球穴区，一脸如此无辜的表情，从他的计划构思中得到一种顽童般的乐趣。一定要继续干下去，"乔治娅性急地补充道，"这可能只是我的预感又出了问题，不过还是继续干吧！"

她透过凉亭的窗户看着彼得，在纸上画了一张球穴区的草图，根据彼得的步子填写了尺寸。从板球场传来割草机那昆虫似的嗡嗡声，今天下午，彼得将在那里对战当地的天才。从网球场上传来时断时续的、微弱的尖叫声，有一两次，一只孔雀发出了愤怒的尖叫声。这些作为背景声音，与彼得球杆轻击的声音、乔治娅自己的铅笔在纸上沙沙的写字声唱和着……

一小时后，乔治娅锁上门，坐在卧室里，英国地图展现在她面前。首先，她必须确定地图与轻击区中央的洞相对应的点。为什么不是奇尔顿·阿什维尔本身呢？她做了一些粗略的计算，并对自己的分布图进行了比例缩放，直到它与地图相符。她再也无法继续下去了。嗯，这个"英国国旗"非常注重细节，所以也许他们的领导人也非常注意细节。问题是——球穴区的数字徽章代表什么？有十二个数字徽章。等一下，"英国国旗"把这个国家分成了六个部分，每个地区都有一个组织者。假设奇数或偶数的六个徽章代表地区中心呢？她怀疑伯克郡的梅菲尔德马厩就是这样一个地区中心，她知道凯斯顿少校在德文郡的房子下面有一个军火库。乔治娅的呼吸急促起来，她计算着距离，绘制着位置。她已经有了三个已知点，它们分别是奇尔顿·阿什维尔官邸、亚诺尔德农场和梅菲尔德马厩。是的，她分布图中的点与这两个后面的点大致相符，都是偶数。但它们的对应过于粗略，这就是问题所在。第六号落在亚诺尔德农场北面二十到三十英里之间，例如：梅菲尔德点也太靠北了。好像整件事都被抵消掉了。想要对约翰爵士有用的话,她的分布图必须要准确得多才行。

不过,她的第一个参考点可能是错误的。她只是假设轻击区的中心代表奇尔顿·阿什维尔官邸。如果她另外两个参考点在地图上的位置大致正确的话,中央点将进一步向南,向南落到二十到三十英里之间。她激动地咕哝着,几乎没有什么可以打诺丁汉的脸。诺丁汉,英国的中心!是的,为什么不呢?没有什么比这更具象征意义,或者更有可能了,首先,诺丁汉附近有一家大型武器工厂。

现在乔治娅把这三个点都牢牢地固定住了,这样就有可能准确无误地定位其他点。她注意到,偶数排到了乡村地区——诺森伯兰、诺福克、伯克郡、德文郡、卡马森、柴郡。她多少预料到奇数和英国的大城市是一致的,但是它们随机分布,她倾向于不全信。经过仔细考虑之后,她开始改变自己的观点,不认为偶数代表六个地区组织的基地,至少,其中一些肯定是在大城镇。凯斯顿少校的房子当然是个军火库。其余五个为什么一定要一样呢?在过去的两年中,巨额武器储备逐渐备齐,遍布全国的战略要地,当时机成熟时,可以将武器分配给新兴的中心。

乔治娅把平面图锁起来,叹口气坐了下来。她的一半工作现在肯定是已经完成了。尽管她的计算还无法准确地表明"英国国旗"武器库的位置,但能让约翰爵士在发现闹事苗头时,几乎丝毫不差地在这些地区划定警界线。除非武器已经从他们那里分发出去了,否则,叛乱会基本陷入瘫痪。

第十二章

诺丁汉地震

尽管奇尔顿希望乔治娅再多待两天,彼得也希望她能和其他客人一起去看他周三在特伦特桥球场的比赛,乔治娅还是于周二就返回了伦敦。她想确认一下,平面图是否安全地送给了约翰爵士。她相信,提前离开还会增加奇尔顿对她的兴趣,因为他是一个这样的人:他发出了难以推却的邀请,不太能接受被这么坚决拒绝的结果。

因为乔治娅离开了,所以错过了一个在很多方面都很重要的事件——诺丁汉地震了。当时她不在特伦特桥球场,所以她没有看到尽管没有投球也没有刮风,但三柱门的横木却掉了下来。如果她留下来,她可能不会失去一个朋友，但可能会失去深入观察奇尔顿扭曲复杂思想的机会。

周二早上，乔治娅走后，彼得坐在露台上郁郁寡欢，觉得在这里格格不入，有点无聊。他试图把注意力集中在明天的比赛上。但是，特伦特桥球场不是他的幸运地。在准备妥当之前，他决不能与乔·马斯顿那些头脑灵活的出局者断了联系——乔的眼神太好了，了解他的小缺点。如果"英国国旗"成功了的话，就不会再有板球了：他们都会忙着组成四人组，互相喊"嗨，坎特洛"。好，给他应得的，当这台地狱般的可恶机器在英国的心脏滴答作响的时候，奇尔顿可能不会停止板球比赛，但手里拿着球棒和球装疯卖傻，让你失望。

阿尔瓦雷斯夫人也让他失望了。乔治娅在的时候，情况似乎并没有这么糟糕：她给彼得注入了生命，让他感觉自己处于游戏的巅峰，让他觉得这场游戏是值得的。向阿尔瓦雷斯夫人示好似乎是一个很好的游戏，当时是。但现在他只记得自己那满脸通红、愚蠢、恐惧的表情，他二话没说就把她交还给刽子手的样子，心中还窃喜摆脱了她，骗自己说刚刚完成了自己的任务，完成了英格兰期待着的一切，还有诸如此类的自吹自擂。那就继续吧，做点什么吧，为了证明自己在团队中的地位：为什么不围绕着奇尔顿的研究先进行一次窥探活动呢？耶路撒冷！多大的希望啊！

尽管如此，彼得还是站了起来，沿着露台默默地走向书房的落地窗，在夏天，落地窗是被打开的。虽然他断断续续地为约翰爵士工作了足够长的时间，他自己永远也摆脱不了这种感觉：在那些特务剧中，他曾多次亲自出演，在剧中，门上闪烁着红灯，手出现在镶板外，用红墨水标记"秘密"的文件散落在周围，观众把这一切尽收眼底。

当彼得走近书房的窗户时，里面的电话铃响了。他静静站着，凝视着庄园的另一边，认真地听着。他此时应该和其他客人一起打网球，所以奇尔顿不希望有人在这里。不久，彼得听到奇尔顿的秘书大卫·伦顿的声音说道："布莱克汉姆先生打来的。他要派戈尔茨上去，先生。他会在4点15分经过。你想和布莱克汉姆先生讲话吗？"

"不，把地址留给戈尔茨就行了。他想必知道去哪里能找到它吧？"

"完全正确。"

出现了听筒轻轻放在电话座机上的叮铃声。然后，奇尔顿开始给秘书口授一封商业信函。彼得觉得这一切都很光明正大，而且很无聊。看上去那两个人要进行一个耗时很长的会议，所以彼得决定另找时间进入书房。

彼得走到网球场，站在那里看打球的人们。他看到梅因沃林家的女孩正凶猛地挥舞着球拍，与一个看起来懒洋洋的美女在打球。梅因沃林夫人正在寻求边线的一记重击，结果把球击出了球场，打到了灌木丛中。彼得急忙去捡球。

"哦，谢谢你，布雷斯韦特先生！"梅因沃林夫人说，向他投去了一个光彩照人的眼神，"你想必知道去哪里能找到它吧？我想是在那个月桂树丛中。"

彼得把球扔进球场，他感觉脑后有人在偷看。"你想必知道去哪里能找到它。"以前什么时候什么人说过这话？肯定是奇尔顿。把地址留给戈尔茨，他想必知道去哪里找到它吧？现在看来，那肯定有点奇怪。如果这位戈尔茨先生"4点15分经过"——经过哪里？村庄？在小汽车里？在火车里？为什么没人直接把地址告诉他？"知道去哪里能找到它"几乎是在暗示地址被以某种方式隐藏起来了。一个异乎寻常的生意之道。

彼得的沮丧情绪像四月的天空一样放晴了，取而代之的是静脉的刺痛感、浮力感和清醒感，对他来说，这总是预示着重要的一局。他决定密切关注大卫·伦顿。如果戈尔茨有什么可疑的地方，他就不会来这个官邸，因为奇尔顿政策的一部分就是，绝对不给"英国国旗"代理人任何证据证明他参与了这场运动。这个秘书必须在更远的地方把地址"留给戈尔茨"。

彼得一定要让秘书带他去见戈尔茨成为可能，然后他一定要跟着戈尔茨。他收拾好包，放进自己的双座车里，午饭时他宣布将于下午离开奇尔顿·阿什维尔官邸，因为不得不加入他在诺丁汉的团队，为明天的比赛做好准备。

"我可以把你捎到村子里去吗？"他问大卫·伦顿。大卫·伦顿曾经说过他要去阿什维尔车站取包裹。

"不用了，谢谢。我没时间走回来，所以我最好自己开车。"

下午3点刚过，秘书就走了。彼得上了自己的车，与他保持着礼貌的距离，跟了三英里，进了村。当他们到了阿什维尔的第一栋房子，秘书稍微停了停。幸运的是，这是通往诺丁汉的路，彼得想：今天是我的幸运日。正如他差不多也能料到的那样，他的猎物并没有在邮局停下来，而是直接穿过村里长长的街道，在离横跨公路的铁路桥不远的地方，突然右转，向车站开去。

彼得的头脑一下子活跃起来。他本来打算看看大卫·伦顿在哪里停下来，再让他离开，然后自己调查是否有给戈尔茨留言。彼得与生俱来的谦逊本性使他意识不到，在这个热爱板球的乡村，他在任何地方都会被人认出来，绝对不可能冒充戈尔茨。然而，彼得现在意识到了这一点，在和伦顿的车相隔一百码时，他改变了计划。绕了个弧线经过车站入口的尽头，走到桥下右转，朝着货场开去。他能看见在侧线上有一串空煤车，它们会挡住伦顿的视线。彼得悄悄地开过来，下了车，站在一辆运煤卡车的后面，点燃了一根香烟。

小支线车站，车站的名字在石头上很是醒目，被鲜花掩映的石头在午后的阳光里打着瞌睡，睡眠者身上有一股木馏油的味道。

来自对面月台的声音懒洋洋地飘浮在空中："是的，伦顿先生。我把它放在这里，给你准备好了。就是在这张发票上签个名。你能应付得了吗？"

伦顿和一个列车员一起走进候车室。

"我听说你在奇尔顿·阿什维尔官邸和年轻的布雷斯韦特在一起。他是个好球棒。我想乔·马斯顿明天会跟他一起。他永远不会跟乔竞争。他们有点软，这些兔崽子。"

列车员一边说着，一边从候车室走了出来。一分钟以后，大卫·伦顿跟了上来，非常整洁的黑色袖管下夹着一个包裹。接下来，彼得听到伦顿发动汽车引擎的声音，然后看着汽车优雅地沿着山坡向村子驶去。彼得跳进自己的车里，又跟踪起了伦顿。对方没有在任何地方停留，所以彼得可以合理地认为，这条信息一定留在了火车站。

戈尔茨4点15分才会到，这给了彼得不到半个小时的宽限期。彼得把车开进车库，拿出包，向车站走去。据他所知，除了一个人在候车室停留的那一分钟，伦顿没有在任何地方停过。但是，他得搞出什么名堂，才能在候车室留下地址呢？彼得很快就找到了答案。那个列车员，同时也是板球爱好者，已经退回到自己的私室，而彼得在伦顿拿到包裹的那间闷热的、粉刷成白色的房间里有了机会。

不可否认，具有挑衅性的是，房间差不多空空如也：除了长桌和长凳上的灰尘，什么都没有；壁炉里也什么都没有，只有烟头和橘皮。也许伦顿把地址给了列车员，由列车员再传给戈尔茨吧。不，"英国国旗"所有策略的本质是不论什么事，不论什么人，甚至他们自己的间谍也不例外，都不可以泄露奇尔顿。彼得灰心丧气地走到候车室对面的墙。"好吧，我会——"他喊道。

那面白墙就是答案。地址是用铅笔写在墙上的，那里潦草地写下了二十四到三十六个姓名和地址，跟游客留下的不道德的"到此一游"在一起。那些夏季来的游客在这个车站下车，在欧洲蕨类植物和舍伍德森林成群结队的苍蝇中间远足。彼得忍不住嘲笑起自己的尴尬来。自己也可能是在纽卡斯尔寻找一块特定的煤。毫无疑问，伦顿已经通过墙告知戈尔茨确切的地址。自己现在肯定得等戈尔茨了。

彼得把自己的外表掩饰了一下，以此来打发时间，因为他不想在这里被列车员或任何不期而遇的旅行者认出。彼得的包里总是携带一些戏剧用品：每当下雨让比赛泡汤时，他就会用那灵巧的、小小的人物素描逗队员们发笑。他会戴上鼻夹，粘上一缕下垂的胡子，把头发梳得直直地垂在右边的太阳穴上，看起来像一个省级大学的化学教授，或者一个忧郁但相当富裕的杂货商。就这样，他化了装，买了一张去诺丁汉的头等车厢的车票，然后回到候车室。

一列长长的矿车在上行线上叮当作响，敞篷车颠簸着，发出"当啷当啷"的声音，火车驶向边坡时减速，然后没有声音了，但是从铁路对面传来了站长如母鸡般咯咯的叫声。站台边缘下的电线终于发出了呼呼的声音，紧接着远处传来隆隆声。4点15分到了，彼得站了起来，打开包，把一两件东西丢在了地板上。

一个戴着绿色猪肉饼帽子的人走进候车室，看到一个紧张不安、沮丧的身影把一件睡衣塞进一个包里。戴着绿色猪肉饼帽子的男人犹豫了片刻，他没想到这里会有人。他迅速地环顾四周，走到与女士候车室相通的门前，瞥了一眼与门把手平行的墙上写的东西。

"这是男厕所？"他问另一个旅行者，声音里带着一丝喉音。

"男厕所？哦，我明白了。哦，不。在沿着站台的地方。"

那人匆匆出去了。彼得挺直身子，研究墙上戈尔茨的目光曾经停留的地方。是的，有一个名字和一个地址："山姆·西尔弗，伊斯特韦特街420号，诺丁汉。"

彼得走上站台，近距离地上下张望。一个列车员正从火车货车的顶部取一个板条箱。那个戴着猪肉饼帽子的男人正沿着站台大步往回走。

"对不起，"彼得怯生生地说，"这是去诺丁汉的火车吗？"

那人粗鲁地点了点头，回到头等车厢。彼得跟着他进来，尴尬地被他的包绊倒了。"很不方便，这些本地火车，"彼得说，"不，呃，我是说，不便利。"

那人目不转睛地看着他，带着毫不掩饰的鄙视："英国的火车！啊！"然后，他故意用报纸挡住了自己的脸。他生得膀阔腰圆，和彼得差不多高，留着一圈胡茬，剪得很短，但并没有因此减弱普鲁士人给人留下的头上无毛的印象。彼得瞥了他一眼，改变了计划。他原本只打算跟踪戈尔茨，把诺丁汉的地址告诉约翰爵士。但他为什么不就在今天变成戈尔茨呢？今天有时间打戈尔茨，明天打诺特人。他终于找到了想要的机会。

彼得开始了一连串沉闷的尬聊，过了一会儿，戈尔茨就像忽视额头上的汗水一样地忽视彼得了。彼得研究戈尔茨的语调，以及他用手做出突兀的砍劈动作。不管在那头等着戈尔茨的是什么人，想必之前都见过他，尽管这是"英国国旗"的防水隔室组织所不允许的。

幸运的是，彼得以前曾经走过这条线路。他记得，在过了布尔索普站以后，火车会爬上一个陡峭的斜坡，路堤脚下是一片荒野。在他们到达布尔索普前五分钟，彼得站了起来，看着车厢里戈尔茨那边的地图。

彼得转身坐下，被戈尔茨的脚绊倒了。"哦，我说，我非常抱歉。"彼得说着，抱歉地向戈尔茨倾斜。在下一刻，彼得猛地一拳，击中了戈尔茨的要害，把他打昏了过去。彼得用自己手提箱里的绳子把戈尔茨的手脚绑了起来，又迅速拿出一些胶布，把戈尔茨的嘴粘上，他掏空了对方的口袋。然后,当火车减速进入布尔索普时,他把这具毫无知觉的身体推到座位下面。

但愿没人想到这里来,彼得想。很安全,这条线上的头等舱需求量不大。彼得站在窗口,怒目而视,准备驱逐上车的人,但是,站台上却没有乘客。火车又开动了,"咔嗒咔嗒"地绕着一个弯道开了一圈,接近了那个陡峭的布尔索普边坡。彼得把戈尔茨拖了出来,戈尔茨身体现在开始抽动起来,动弹了一点。彼得把门撬开,把戈尔茨的身体掀了出去,身体沿着路堤的陡壁滚落下去,应该会被陡壁所掩盖。好吧,这会照顾他一段时间,他会滚到荒野上,待在那儿,直到我们派人去接他。

彼得站在镜子旁边,剪着胡子,一直剪到和戈尔茨惟妙惟肖为止。配上戈尔茨的肉饼帽,现在就可以派上用场了。彼得开始检查从戈尔茨口袋里拿走的物品。可能收集不到多少信息,但尽管如此,却是极有用的。戈尔茨的手表里已粘贴了"英国国旗"徽章,他的日记里有一条明天的条目"诺丁汉,8点30分",所以戈尔茨明天早上才应该到山姆·西尔弗家。嗯,这就给彼得留出了更多的时间;不幸的是,这也给真正的戈尔茨被发现留下了更多的时间。

在诺丁汉下车后,彼得走进车站酒店的理发店,把头发剪短。然后,他找到了一家规模较小的酒店,登记入住,在那里,彼得成了戈尔茨,并安顿下来,在不受干扰的情况下,他在卧室里检查了戈尔茨的手提箱。手提箱里面有一些工作服,一套黑灰色精纺毛料套装,还有一些蓝图,因为彼得不是工程师,所以一点儿也看不懂。彼得想起自己的汽车还留在阿什维尔的车库里。等戈尔茨回到山坳，他不可能把在火车上袭击自己的那个胡子下垂的人与板球运动员彼得·布雷斯韦特联系在一起。但最好还是不要到处留下悬念。彼得前往他的团队下榻的酒店，给他的密友边门守门员弗兰克·哈斯金斯留言。彼得在路上的一个公共厕所里摘掉了胡子，但他进来以后，弗兰克嘲笑他把发型搞得像一个罪犯。

"弗兰克，我不得不把车停在阿什维尔。你能借一辆车带我去取车吗？请把这一切保密。还有，我今晚不能睡在这里。"

"哦，一位贵妇人？那是你的事。是她让你剪头发的吗？"

弗兰克毫无根据的推断给了彼得另一个想法。他们到达阿什维尔车库以后，彼得把车库老板拉到一边，暗示性地摆弄着一张一英镑的钞票："听着，如果有人来窥探，你可以忘记我的车今天下午留在这里的事实。这个特殊情况涉及一位女士，我不想……"

"没关系，布雷斯韦特先生。你今天下午开车来做了个小检修，十分钟后你又离开了。怎么样？希望你明天比赛得一百分。我本人也是米德尔塞克斯郡的老支持者，明白吗？"

就这样结束了，彼得一边开车回诺丁汉一边想。车库在村子的尽头，现在是 12 点 10 分，没人能注意到我把车放进车库里或把它开出来。

彼得在诺丁汉停了下来，重新化装，回到旅馆。在那里，他写了一篇关于今天事件的简短报告，通过通常的渠道，发给了约翰爵士。彼得还给弗兰克·哈斯金斯写了一张便条，告诉他让警察去伊斯特韦特街 420 号找山姆·西尔弗，紧急。彼得明天上午出去时会把这张字条交给门房，如果自己到 11 点还没有回来的话，让门房把便条送到特伦特桥球场。

这就是彼得所能做的预防措施，剩下的只能靠运气，还有自己的勇气与才智了。他知道自己在冒很大的风险，但他厌倦了与"英国国旗"一直玩儿下去。在板球场上，有时他被迫向一个盯着他、希望把他绊倒的投球手低头，这让他心烦意乱，容易鲁莽与急躁，现在，他也是被这种情绪操控着。这可能会让对手拿下他的三柱门。好吧，让他们来吧，这比到处东游西逛好……

伊斯特韦特街是一条又长又脏的大道，被笼罩在诺丁汉城堡及巨石的阴影下。第二天早上 8 点 30 分之前，彼得站在 420 号门外。"S. 西尔弗，家具经销商"是传奇店铺。彼得像戈尔茨一样迈着军人的大步，一摇一晃地走了进来。一个身材矮小的男人围着一条台面呢围裙，脸上挂着笑，齿缝很大，从一堆乱七八糟的家具后面出现，就像一只兔子从洞里钻出来。彼得向上帝祈祷但愿没有密码或其他什么。他把鞋跟咔嗒一并，说道："西尔弗先生？"

"是我。我能为你做些什么，先生？可能是想找一套漂亮的卧室套房吧？"

"我叫戈尔茨。你在等我吧？"彼得大声说道。接下来的沉默像雾一样扼住了他的喉咙。小个子男人抓着头顶上稀疏的头发狐疑地盯着他看。卧室套房的玩笑是密码吗？他是否必须回答类似"不，我想要两套红木餐柜"之类的话？彼得摆出普鲁士式的傲慢盯着那个人，拿出了戈尔茨的手表。

"现在是8点30分,"彼得说道,"我们必须言归正传。"彼得漫不经心地把手表盖翻开,露出背面的"英国国旗"徽章。这把山姆·西尔弗成功地带入了阵营,他叫彼得跟着他,来到商店的后面,他在前面引路,从梯子下到一个堆满了二手家具的地下室,然后打开了靠墙的一个大衣橱的门,走了进去。这一系列动作一气呵成,速度太快了,彼得几乎没有时间去细细品味这一过程的古怪之处。当地的"英国国旗"是不是在衣柜里开会?他自问,感受到了爱丽丝漫游仙境时全部莫名其妙的兴趣。

这个衣柜很独特:它没有背面。或者更确切地说,它的背面是墙上的一扇门,通向黑暗低矮的通道,彼得跟着西尔弗火炬的光沿着通道向前走。彼得记得诺丁汉地面的下面是蜂窝状的通道,从地下挖出过史前时期手工制作的砂岩。彼得还记得,卡古拉德本来打算把巴黎的地下兔子窝利用起来。现在往回走会是明智的,他现在可以很容易地逃走,他已经了解了家具店的秘密。但是,乐天的勇敢与深沉的宿命论的奇怪混合造就了彼得的性格,引领着他前进。又走了一百码,蹲着行进在低矮的走廊上,很明显一直在走下坡路,他们来到了一个巨大的房间,房间里灯火通明,一定是就地发的电。两个人在一个金属车床上干活,第三个人在房间的另一端。彼得不需要任何科学知识,就能肯定这里装满了炸弹。这个地下室既是军火厂也是军火库。

"戈尔茨先生来了,伙计们。"萨姆·西尔弗说,然后又一次退回到兔子窝,这次比以往任何时候都更像兔子。

工人们放下手上的工作抬起头来。这地方立刻变得静悄悄的,除了房间另一端洞口发电机发出微弱的嗡嗡声，彼得什么也听不见。

一个大块头男人满脸油腻，左眼下方不停地紧张地抽搐。他走到彼得跟前，伸出了一只手："很高兴认识你，戈尔茨先生。我叫图利。自从海恩斯先生生病后，我们这里就陷入了混乱。现在，我们可以重新开始了。"

彼得感到一阵恐惧：戈尔茨被派来监督制造军火。戈尔茨这个角色，他还能继续扮演多久？彼得把脚后跟咔嗒一声一并，对图利的手视而不见，厉声喊道："那么，好。上面是什么？"

"你不必担心。我们离得太远了，不会有任何干扰的危险。"那个人用拇指猛地推了下屋顶，"上面是一片荒地，还有一个废弃的工厂。先生，请这边走。这个切割机被哈利弄坏了，已经弄坏两个件了。它好像已经偏离了方向。"

彼得努力地俯下身去看那台机器，但他并不懂，只好说："这台机器操作不当。我必须回酒店，去拿取些工具来。"

"海恩斯先生的工具箱在这里，先生。你应该用这些工具。"

图利把他带到一张堆满了制图、潦草的公式和仪器的长凳上，彼得沮丧地瞥了它们一眼。他必须出去，因为他的无知随时都会暴露出来。彼得用手做了一个劈砍的手势，勇敢地喊道："啊，这些不好！我们需要一个——你怎么说——连接器？"但愿他们中没有人比我更懂德语，彼得想，因为我一个词也不认识。彼得怒气冲冲地走开了，感到三双眼睛像冰冷的钢铁一样刺痛着他的后背。彼得走到距离通道开口五英尺以外的地方时，山姆·西尔弗再次出现了，在那张兔子似的脸上，他用某种表情告诉彼得，一切都完了。彼得冲向通道，猛地把那个小个子摔到一边，但为时已晚。通道被真正的戈尔茨那虎背熊腰的身体堵住了。

这是一场精彩的战斗，五比一，即便对手是一个知道失败意味着死亡的人。他们跪在彼得身上，用膝盖把他顶进地板里。戈尔茨喘着粗气，弯下腰，残忍地扯掉了彼得的胡子。一阵剧痛使彼得恶心。

"你们明白了，先生们？"戈尔茨说。

"天哪！一个该死的特务！"

然后他们把彼得捆起来，四肢摊开摊在一张工作台上。彼得周围的一张张脸上没有一丝希望。这是要他们的命还是他的命的问题。他们的眼睛显示出恐惧以及恐惧衍生的恶毒，他们会报复，会让别人也心生恐惧，皮肉受苦。

"你是谁？是谁派你来的？如果你把一切都告诉我们，我们会让你好过些。"戈尔茨说道。

"说说你自己吧。"

"哦。"这就像是他自己声音的回声。是的，彼得想，把他的口音正过来了，即使在这种极端的情况下，彼得的心头都有一丝自豪闪过。

图利说："把这个浑蛋的手指放在老虎钳里，他就会开口啦。"

于是，痛苦折磨着彼得，像葡萄藤一样在他的肉上留下了皱纹。过了一会儿，他晕过去了。等到他苏醒过来，他们又开始了。彼得已经失去了时间概念，这世上什么都没有留给他，只剩下了痛苦和他打死也不说的决心。彼得知道痛苦会取得最后胜利。后来，也许是几小时或几分钟后,一阵平静。一些词在彼得的脑子里盲目地奔跑着,在薄雾后面忽前忽后、忽隐忽现。他努力抓住它们,它们会帮助他抵抗得更久一点,他痛苦地把破碎意识里的句子拼凑起来——

因为当我靠近阴暗的海岸时,田野上到处都是阴影,幽灵般的击球手在玩幽灵保龄球。我透过眼泪,看着在无声中鼓掌的东道主……

偷盗者忽前忽后、忽隐忽现,忽前忽后,我的霍恩比和我的巴洛在很久以前!

你现在说话,该死的?

偷盗者忽隐忽现。

一阵剧痛烧遍了他的全身,一切又陷入了黑暗。

玛丽勒本板球俱乐部的旗垂在钟楼上方。阶梯式的白色座椅团团围绕,阳台上方宽大的玻璃窗,塔上的新闻摄影机,一群人在工厂屋顶上观看。他认出这就是洛德板球场。澳大利亚人戴着长长尖尖的束顶帽子,这些身材矮小的古铜色男人全都保持警觉,坚守最后一道防线。他轻轻地拍了拍击球线。他抬头看着记分牌,他的分数是九十八分。投球手正不屈不挠地迈着大步向前跑。球是投得有点短,对于发球来说很好。他挥舞着球棒击球,以令人愉快的方式保持平局。背向内野和正前内野位置的球员待在原地。球打在看台上,融入了人群更大的吼叫声。吼叫声越来越近了,就在他自己的耳朵里。

水溅到彼得的头上。真正的声音又开始了。尽管如此,一种神奇的力量感在他心中涌起。他的头脑突然清醒了，但他知道这种清醒不会持续太久。他有视觉，现在他必须服从视觉的提示："好吧，我会说的。我再也受不了这个了。看在上帝的分上，给我喝杯水，让我站起来。"彼得的声音如此微弱，让他自己都感到惊讶。

他们只得把水送到他的嘴里。彼得摇摇晃晃地站了起来，紧紧地抓着工作台来支撑自己。他在全力以赴，他们知道。他们把他搞得一团糟，惨得够呛。这些人为他让路，一半是出于对自己所作所为的恐惧，一半是出于对他的敬意。彼得在地板上摇摇晃晃，跟跟跄跄。

这是他们的错误。在他们意识到彼得想要干什么之前，在有人可以把手放在他身上之前，彼得像喝醉了似的，步履蹒跚地走着，奔向长凳，彼得进来时，就注意到了装炸弹的人。彼得的左手已经严重变形，所以他现在用右手拿起了一枚炸弹。冲锋队员们在离他几英尺远的地方停了下来，好像被一道看不见的光线拦住了似的。他们开始后退，露出牙齿，态度粗暴地呜咽。他们本能地把自己紧贴在墙上，给彼得让出通往地下通道远处的入口。

可是，彼得不会引爆炸弹。彼得知道，他们不敢攻击他，因为害怕引爆炸弹，但彼得没有足够的力气扛着炸弹通过这段通道。他已经感觉到雾气在回荡。图利说过他们就在这里的深处。彼得希望他说的是真的，他不想伤及无辜的人。

彼得若有所思地把炸弹在手里上下掂量，那么，在板球场上，他会在比赛结束时用球变戏法，然后再扔给新的投球手。这一行动完全是无意识的。彼得只是在决定把炸弹扔到哪里，才能确保整个军需品临时存放处都会被炸掉。

他的做法让那五个人畏缩起来,都紧紧地闭上了眼睛。其中一个颤抖着说道:"来,看这里,伙计,算了吧,我们会让你走的。立刻,我们会的。"

彼得咬紧牙关,离开了长凳的支撑。他会站着接受,而不是像那些虎头蛇尾的人那样,卑躬屈膝地靠着那边的墙。他的临终遗言是独特的,与他的生和死是相称的:"嗯,我一直都很喜欢烟火。"彼得说着,并用准确无误的侧臂移动,这之前曾让许多自信的偷袭者大吃一惊,但现在他猛地把炸弹高高举起,扔到了军火库远处角落里的一堆箱子上……

一名警察正沿着与荒地接壤的道路走着,忽然感觉到脚下的大地在颤抖。那隆隆声就像是来自地下的剧烈、沉重、窒息的咳嗽。这个警察是在矿区长大的,以前听过这种噪音,知道这是怎么回事。可是这下面没有坑道啊。那家废弃的工厂引起了他的注意,它摇摇欲坠、倒塌了,就像页岩一样滑到地面上。"喂,这都是怎么回事?"警察出于习惯说道,他吹响了哨子,开始向荒地跑去。

在特伦特桥球场,第二轮投球才刚刚开始。乔·马斯顿跑上前去投球,但在他到达击球线之前,绿色的草皮颤抖着,三柱门上的横木从两端的小门上掉落下来。乔·马斯顿停了下来,对裁判说:"呃,小伙子,这是一场地震!"

人群中有个爱开玩笑的人大声喊道:"嘿,乔,你胖了!"

人群哄然大笑。对彼得来说,这是最好的告别词。

第十三章

非迫害着陆

因此,在黑暗的通道、无辜的村庄和街角、阴暗的小商店,无论是在高级办公室的玻璃窗后面,还是在乡村豪宅优雅的客厅里,约翰爵士的手下与"英国国旗"之间虽然没有宣战,但都在进行着地下战争。随着秋天的到来,奇尔顿·坎特洛竞选团队的失业计划与欧洲危机和危机谣言交替出现,让英国一直神经紧张。就像瘟疫的最初症状一样,全国各地开始零星散发恶性事件;这里的骚乱,那儿的暗杀未遂或不明原因的破坏,证券交易所突如其来的恐慌,各种迹象和谣言破坏了英国表面平静的生活。公众舆论感到困惑,越来越愤慨。欧洲独裁者继续着他们的胜利之路。走在街上的人想，我们自己的政府，似乎完全失去了勇气；它在国外做出了一次又一次的让步，在国内却迟迟不实施已经激发起公众热情的奇尔顿计划。这种说不清道不明的怨恨被"英国国旗"巧妙地利用了，他们的政策是，让现任政府不断地难堪，彻底抹黑议会政府的原则。

秋天发生的一系列事件使人们很快忘却了八月九日的奇闻，当时大字标题显示"板球对抗赛选手失踪"。这一轰动性的新闻被挤到了一个不重要的版面，仅占栏目的四分之一，内容是整个特伦特桥球场和地面，以及周围的近郊都感受到了地震干扰。几位报纸幽默作家比较了地震和英国板球运动员这两个事件的新闻价值，就公众而言，没人会进一步把这两个事件联系到一起。弗兰克·哈斯金斯收到了彼得的便条，并指示警方到伊斯特韦特街420号，宣誓保守秘密。警察找到了萨姆·西尔弗家的地下室，家具被爆炸冲击波震得奇形怪状，乱七八糟。通过挖掘堵塞的通道，他们发现了足够多的东西，让他们明白在地下室里发生了什么事情。约翰爵士让对外宣称是中情局的一个秘密武器库意外爆炸；私下里，他把彼得那张快乐的脸从脑海中推出去，此后经年，再也不能在洛德家见到那个熟悉的身影了。然后约翰爵士根据从乔治娅那里得到的情报，开始着手制订自己的计划。

而乔治娅本人，尽管约翰爵士没有给她发任何消息，却已经把这两个事件联系在了一起，根据事实进行了推断。所以，当她离开奇尔顿·阿什维尔一周后，奇尔顿打电话给她，邀请她去伯克利吃午饭，乔治娅知道，现在就要面对她最艰难的考验了。奇尔顿很可能怀疑她和彼得之间的关系不仅仅是个人的友谊,尽管他能想到这一点,但肯定没有证据。同时,她必须扮演一个"英国国旗"成员的角色,因此可以非常准确地推测"诺丁汉地震"和彼得失踪背后的隐情。这将是一件棘手的事情。

当乔治娅和奇尔顿进入伯克利餐厅吃饭时,许多人都转过头来看他们,一群侍者谄媚地聚集在他们的桌子周围。事实上,乔治娅甚至感到自己的头都有被他们转动的危险。奇尔顿为她订了一捆华丽的深红色玫瑰,是为了安慰她精心安排的。乔治娅觉得自己像是一位特别受喜爱的姑姑,被一位迷人的学生侄子带出去吃午饭。他和她在一起的快乐看起来几乎是天真无邪的,仿佛对他来说,扮演主人是一种引人入胜的新游戏。

奇尔顿顺从她的意见,乔治娅也禁不住受宠若惊。奇尔顿在中国持有大量股份,并向她询问中国人的"后门",即蒋介石最近修建的通往缅甸边界的道路。因为乔治娅曾在这个国家旅行过,所以奇尔顿觉得她可以给出一个公允的建议。乔治娅全神贯注于这个话题,因此当听到奇尔顿说"说到旅行,彼得去哪里了"时,她被弄了个措手不及。

"彼得?我真希望我知道。我就是不明白。"

"你不认为他是遇到什么麻烦,有了头脑风暴或者什么,然后决定去旅行了?"

"哦,不,那是不可能的。他上周末看起来很正常,除非他疯了,否则绝对不会离开团队,置他们于不顾。此外,报纸上对这件事大肆渲染,现在可能已经找到他了。"

"那么,那是什么?自杀?在我看来,他从来都不是那种人。谋杀?绑架?好主意!绑架彼得并且向玛丽勒本板球俱乐部索要一大笔赎金。澳大利亚需要他。"

奇尔顿立刻意识到,他的轻率行为给她留下了不和谐的音符。"对不起,亲爱的,"奇尔顿接着说,"彼得是如此活力四射,如此诙谐幽默,很难想象他会发生什么严重的事情。我忘了他是你的好朋友。"

乔治娅想:你这个圆滑英俊的魔鬼,你什么都没忘,你就是喜欢在不注射麻醉剂的情况下给人们的感情做手术。乔治娅慢慢地说:"是的,不过,我觉我其实并不是真的了解他。我觉得他不仅仅是板球场上的偶像。我想知道——"

"是吗?"

"这个在诺丁汉爆炸的爱尔兰共和军垃圾场,你不想想彼得怎么会被卷入其中的?"

乔治娅长长的睫毛下那双眼睛若有所思地凝视着奇尔顿,他那双金色斑点的眼睛只表示出惊讶和怀疑。

"然而,为什么——"

"嗯,彼得可能是为警察局工作的。毕竟,最后一次看到他是在诺丁汉。警方表示,尸体无法辨认,但可能只是为了适合他们的立案簿,不承认彼得——"

"哦,来吧,乔治娅,这太富有想象力了。接下来你会说它根本不是一个爱尔兰共和军垃圾场,而是一个德国人的阴谋之类的。"奇尔顿给了她一个最迷人的微笑,"现在,如果说有人给我的印象是过那种双重生活的人，那么非你莫属。"

乔治娅坦率地回头看了他一眼，棕色的眼睛闪闪发光："先生，你为什么挑我的毛病，搞这些可怕的含沙射影？"

"你是一个热爱冒险的女人，人人都知道这一点。你有能力，有方法满足这个条件，而我们却发现你急急忙忙地奔赴枯燥乏味的家庭聚会，和我一起在伯克利吃午餐。这很可疑，背后一定有什么动机。"

"也许在伯克利和你共进午餐是一种冒险呢？"

"我希望我能相信你的意思。"他换了一种声音说道，深深地凝视着她的眼睛。

"对于一个半老徐娘的乡下女人来说，当然是一种冒险。"

"别小看你自己，亲爱的。这不符合你的性格。"

他们就像两个致命的敌人，在漆黑的房间里探索着对方，乔治娅想。她对奇尔顿有一定的警惕，即使在他说话，用语气向她示爱的时候也不例外。即使她愿意，她相信向他屈服并不能解决她的问题；在他关怀备至和兴致勃勃的外表下，是利己主义者的冷漠，她只能与他保持一臂之遥来拥抱他。

乔治娅认为，是时候发起进攻行动了。进攻是最好的防守，消除一切她与他作对的怀疑是绝对必要的，她把脸埋在他送的一束玫瑰花里，说道："我希望我可以知道我能在多大程度上信任你。"

"信任我？亲爱的，这听起来非常严肃。"

"你听说过'英国国旗'吗？"她问道，没有抬头。

奇尔顿的手指摆弄着酒杯的杯柄："'英国国旗'？听起来非常神

秘，这是什么？"

乔治娅从他的声音里可以听出不安，接着她把"英国国旗"描述成无害的神秘主义，就像艾丽丝几个月前向她描述的那样。

奇尔顿也做了同样的评论，就像她当时对艾丽丝评论的那样："亲爱的！搞中世纪主义？你肯定还没开始有点怀旧的胡说八道吧？"

好吧，好吧，乔治娅暗自高兴地想：想想看，我试图将"英国国旗"的领导人皈依他自己的运动。她说道："这样说，这就是胡说八道。而'英国国旗'有点荒谬和古怪，但你不认为它背后的原则是合理的吗？这个原则就是，有些人生来就是要统治其他人的。我过去完全支持民主，但最近的历史并没有以一种非常有利的方式表现出来。看看英国最近做的一些事情是多么糟糕吧。"

"你变成法西斯了吗？"

"你不能用语言来吓唬我。我不喜欢他们所使用的方法，但他们做到了。我们不希望这里出现那种法西斯主义，我们可以创造一个新的贵族阶层类型，一款国产的。我还以为你会赞同呢，你第一次启动奇尔顿计划时的演讲，听起来你对议会政府已经够不耐烦了。还有你本人，"她第一次直视着他，眼睛闪闪发光，"你具备英国伟大统治者的所有品质——"

"嘿，亲爱的。你过奖了。"

"我应该说，除了野心？除了承担责任的勇气。"

"我已经对很多事情负责了。"

"哦，我不是指你的高收入、失业计划、失业率、慈善事业和你的赛马。你就不能想得更大些吗？你会——"她突然停下了话头，好像害怕自己会透露太多的样子。

"小乔治娅，这一切都是为了引向哪里？"奇尔顿的目光充满疑问。他显然很喜欢这个笑话，而乔治娅相信他现在不知道她也在分享这份快乐。但是，他脸上也流露出内心克制的激动，一丝油然而生的、掩饰不住的自豪感。

"引向哪里？"乔治娅谨慎地回答，"你真的可以这么说。引向一位领袖———一位可能成为伟大领袖的人。如果他背后有一个合适的组织的话。"

"但是，如果有这样一个组织，它不会有选择吗？难道它不会选择自己的领导人吗？"

"我对此一无所知。我只知道最优秀的人应该，而且也会登上顶峰。"

奇尔顿愉快地笑了："好吧，祝他好运。我太懒了，我跟不上你和你的声音，圣女贞德斯特雷奇威女士。你不会让我成为你风暴的王储。除非……"

"除非什么？"

他弯腰拿起一朵玫瑰花，抚摸着她那拿着玫瑰花的瘦削的、棕色的手："如果你爱我，我可能会做大事。是的，我可能会给自己一个惊喜。"

"不，奇尔顿。求你了……还不到时候。"

沉默了一会儿。然后奇尔顿说："所以你致力于这项事业，是吗？"他恢复了那愉快的、诙谐的态度。在午餐剩下的时间里，他撩拨她，

178

温柔地和她调情。乔治娅确信，他脑海里的怀疑已经消除了。但是他们之间的立场，似乎已经发展成了一种僵局，这种僵局将持续到接下来的三个月。他们经常在一起，几天过去了，乔治娅很少没收到他送的鲜花和晚餐、剧院或音乐会的邀请。就乔治娅而言，对他保持着冷静的态度，难以捉摸的感情；乔治娅不时暗示"英国国旗"的存在，但是奇尔顿就像她自己一样难以捉摸，拒绝承诺支持或承认有任何共谋。这是他们之间的一场消耗战，那些事件使得她对他的复杂性格有了更深的理解,并使她比以往任何时候都更接近"英国国旗"的秘密，她确信，叛乱的计划一定在奇尔顿的家里。

时间越来越短。乔治娅任务重大，因为情报在很大程度上要依靠她。只有获得叛乱计划，约翰爵士才能直接采取对付奇尔顿的终极行动。这位百万富翁在这个国家的影响力是如此之大，如果约翰爵士采取攻势，例如截获奇尔顿的信件，或者派间谍秘密搜查他在城镇和乡村的房屋——被发现后,自己作为 C 部门负责人的职位将会岌岌可危。此外，约翰爵士不想过早地引爆地雷。"给他们绳子，他们就会上吊"，这是他所在部门的座右铭。但是，乔治娅担心，奇尔顿是那种人：利用你给他的绳子吊死其他不称心的人……

直到十一月的最后一个星期，机会才来了。奇尔顿邀请乔治娅参加一个家庭聚会，然后用他的私人飞机送她去奇尔顿·阿什维尔官邸。那天下午，奇尔顿心情非常好，就像一个意外休了半天假的小学生。他亲自驾驶飞机，时不时地纯粹因为兴高采烈，在空中跟飞机嬉戏，然后转向她，那红红的脸和闪闪发光的眼睛，好像在确认她是否也很享受这种乐趣。乡村的绿色棋盘在他们下面流动和倾斜。奇尔顿向下指了指,把嘴唇贴在地板的通话管上。

"地球上所有的王国,乔治娅。你不觉得被诱惑了吗?或者你还是宁愿拥有太阳和天空?看,我要把它们放在你脚下。"

他把机器翻过来,飞机上下颠倒着飞行,无边无际的天空就在他们的脚下。乔治娅情不自禁地被迷住了,为敌人的示爱所兴奋。他成功了,用最排场的方式。不久之后,他们飞越了一座无序扩展的大城市。奇尔顿飞到低处,这样乔治娅就能看到放大了的蜂巢状街道和房子。城郊有一片开阔的绿地,上面有一些小人在匆匆忙忙地跑来跑去。

"哦,看,他们在踢足球,"乔治娅说,"我好长时间没看足球了。"

"好吧,你现在就可以看一场。我们去看看。"

起初,乔治娅以为奇尔顿打算在操场上空来回飞行,谁知他竟关掉了引擎,开始盘旋向下,乔治娅意识到奇尔顿打算降落在那些小家伙中间,感到一阵恐惧。小人们已经开始仰起头来看他们,就像阳光下开放的白色花朵。

"不,奇尔顿,你千万不要!"乔治娅喊道,"我不是那个意思——这太危险了,你会遇到可怕的麻烦。"

"'她生活在风暴和冲突中。'亲爱的,这是你的又一次冒险。此外,引擎坏了。我想汽油管可能堵了。所以最好在这里而不是在那些屋顶上着陆。"他恶作剧地朝她咧嘴一笑。那么,这就是他打算做完坏事再逃脱惩罚的方式:假装是迫降。他一定疯了,他当然是疯了。

"别炫耀了,奇尔顿,"乔治娅喊道,"这太卑劣了!"

但奇尔顿一点也不在意。这种规模的技巧表演让人喘不上气来。你还不如指责歌舞大王齐格菲炫耀呢！他们现在已经飞得特别低了。运动场上，那些小人有些疯狂地冲向两边，有几个似乎瘫软在飞行跑道上，飞机越来越猛，向他们直冲下来，太可怕了。一个更大的身影冲出去，把其中两个小家伙拉到一边。乔治娅意识到这些是在这里玩耍的孩子，他们随时可能被俯冲下来的飞机成片地砍倒。

当他们停下来，奇尔顿打开飞机舱门时，面对的是一群愤怒的男女，那群人似乎已经准备好用私刑处死他。尽管乔治娅对奇尔顿很生气，但还是忍不住欣赏他凭借厚颜无耻和权威妥善处理了这件事。门很窄，他弯着腰，但还是设法控制了那群人。他跳了下去，和把两个孩子从飞机跑道上拖走的那个人握了握手，为自己的迫降道歉，询问并确认了有没有人受伤，解释了为什么被迫来到这里，邀请两个孩子上了飞机，亲吻了他们，把他们都扶了起来，这一切都发生在几分钟内。然后，他开始着手修理发动机上子虚乌有的故障。当警察照例出现时，奇尔顿已经完成了他的"修复"，他告诉警察："我叫坎特洛，奇尔顿·坎特洛勋爵。"接下来这件事就流于形式了。

名字其实并不重要？乔治娅气愤地想，如果他杀了六个孩子的话，他可能也会买通警察，逍遥法外。

"现在你不会真的生我气了吧？"奇尔顿抓住乔治娅的胳膊说道，"我告诉过你什么都不会发生。"

乔治娅不敢太疏远他，就让他把自己带到边线上，他们看了一会儿一些大个子男孩踢球。乔治娅只是说："你知道，你可能杀了其中的一些人。"

"嗯，我没有。别大惊小怪，亲爱的，飞机不像你。"奇尔顿若无其事地回答。

在那一刻，乔治娅意识到了他不负责任的严重性和可能产生的后果。他的危险性比一个对杀戮和毁灭有绝对渴望的人大得多。这样的人迟早会被自己的欲望背叛或为欲望而疯狂。但是奇尔顿根本不在乎，不管是从这方面还是那方面。他会清除那些阻止他的人，没有怨恨和内疚，就像他差点儿把那些站在飞机跑道上的孩子们清除一样。他已经变态地培育出极度冷漠，这是利己主义者对除了自己以外的人类的极度冷漠。他的心里有一块碎冰。

但它隐藏得多么好啊！当他和乔治娅再次走上飞机，谁会想到，对他来说，这些孩子只不过是嗡嗡作响的苍蝇呢？孩子们从四面八方的田野里跑来。奇尔顿喜气洋洋地向他们挥手，拍打他们的屁股，一分钟内就把他们从跑道上清理干净，这样他就可以在风中扶摇直上。他们一开始就都是英雄的崇拜者。

奇尔顿打开钱包，对他们喊道："我会飞回球场，把这些两张十磅的钞票扔出飞机。谁先碰到，就归谁。不许抓，你们这些小流氓。不要把所有的钱都花在喝酒上！"

孩子们出发了，齐声欢呼起来，声音刺耳，连续不断。奇尔顿盘旋着飞了回来，顺风把钞票扔了出去。乔治娅看到钞票飞走了，一群孩子在下面来回摇摆，像花朵一样，白皙的脸庞朝上仰着。

第十四章

地球仪

乔治娅后来回顾起那绝望的一年里所发生的事，感到向她展示风向的稻草是多么微小。一个未修剪的树篱开启了她对"英国国旗"阴谋的认知；半开的门终于向她揭示了真相，把她带入了一生中最紧张、最危险的一周。在这一周里，"英国国旗"群起而攻之。她是一个亡命者，把脑袋提在裤腰带上，就像一个难民带着刚刚生下来的孩子穿过一个国家，这个国家的人都会伸出充满敌意的双手，这是一个在文明社会的安全问题。约翰爵士后来说过，在这样的困难下，没有哪个活着的女人能取胜。尽管她总是矢口否认，但其实约翰爵士说的可能就是事实。

那是下午晚些时候,当他们降落在起落场时,薄雾开始落在奇尔顿·阿什维尔官邸的橡树和荒疏的蕨类植物上。灰蒙蒙的内陆雾气使这座房子的外表显得缺乏光泽,也玷污了湖水。但奇尔顿的好心情,那种整天表现出来的压抑的兴奋,却似乎丝毫没有减弱。后来,当其他客人到达时,乔治娅才意识到了是什么原因。这是一次小集团的公众集会。银行家利明先生,那干瘪的脸和照例会有的装有消化药片的罐装啤酒;哈格里夫斯·斯蒂尔,那张顽皮的嘴和那双狂热的眼睛;伟大的武器制造商阿尔马因·肯尼迪,看起来像一座时髦教堂里的教会执事,他们都聚齐了。

奇尔顿对乔治娅说道:"你必须好好款待他们,乔治娅。他们是奇尔顿计划的主要支持者,所以小心脚下,注意你那机智的、直言不讳的舌头。记住,你在充当我的女主人。"

乔治娅想:对他们来说,奇尔顿计划是一个多好的掩护啊。她很高兴充当"英国国旗"的女主人,但不得不说,事情可能很快就要有进展了。

周五晚上没有发生任何意外,除了奇尔顿和乔治娅在打桥牌时从利明先生和阿尔马因·肯尼迪夫人那里赢得了一大笔钱。他们似乎本能地理解彼此的玩法。长期的斗智斗勇使他们之间产生了这种共情,所以他们可以通过大胆的出价来引导对方,让对手总是琢磨不透。

第二天早上,奇尔顿和他的合伙人参加了会议。乔治娅本想在门口听的,但是,在光天化日之下,仆人们还在走廊上走来走去,这样做的风险太大了。但巧合的是，会议刚刚结束的时候，她碰巧经过奇尔顿的书房。当奇尔顿的秘书出来，随手关门之前，她注意到奇尔顿站在办公桌旁边，侧对着她，双手放在桌子一角的大地球仪上。他的脸上铭刻着那种梦幻般的、征服者的微笑，三个月前，她也看到他这种微笑，当时他站在大理石凉亭的门口，低头凝视着高尔夫球场。

乔治娅没有在门外停留一下，但奇尔顿的手势和表情却深深地印在了她的脑海里。在白天的零碎时间，她又想起了这一幕：他独自站在房间里手拿地球仪的样子有某种象征意义。但是，不只是象征意义吧？通过联想，乔治娅开始将地球仪与高尔夫球场联系起来。后者包含着一个秘密，也许地球仪上也有一些线索，有关于奇尔顿狼子野心的全部秘密吧？乔治娅沉思地自言自语，说到底，这些计划一定会隐藏在这里的某个地方。它们不会是人们随随便便放在保险箱里的东西，因为像奇尔顿这样的人，他们的保险箱显然是窃贼的目标，这可能会导致新闻曝光或敲诈勒索。那么，为什么只是把手指放在地球仪上，就能让奇尔顿拥有这种罕见的、神秘的、无所不能的表情呢？

她的工作就是掌握那些计划，必须从某个地方开始，肯定很快就开始。乔治娅决定周一晚上试试地球仪，此时，大多数客人都已经离开，受到干扰的危险就会减少。

作为一名探险家，长期的历练使得乔治娅对细节印象深刻，对任何意外事件都有心理准备，同时也教会了她不担心随时可能出现的未知因素打乱所有的预测。现在的未知因素是地球仪本身。她可能打不开；或者她预感地球仪里面藏着这些计划，这一预感很可能是错的。

她不得不承担这么多责任。乔治娅问自己：假设我真的得到了计划，接下来做什么呢？首先，我必须尽可能地记住计划的内容，以防"英国国旗"把计划抢回去。第二，我必须找到最好的方法，把计划传给约翰叔叔。为了记住计划的内容，我可能至少需要四五个小时，这意味着我要等到第二天早上才能离开这里。不管怎样，晚上都很难逃脱，因为汽车锁在车库里，司机睡在车库上面。

那么，我必须在星期二上午光明正大地离开。但是，如果奇尔顿发现计划不见了呢？我绝对不会活着到达伦敦。好吧，我的姑娘，答案是你带着奇尔顿跟你一起走——请求他开着私人飞机带你回去。好言好语地求助，他会为这个小女人做任何事。这至少确保你可以安全抵达伦敦机场。

这个大胆的计划让乔治娅沉思的眼睛闪闪发亮。她立刻去问奇尔顿，他是否会在周二和周五返回伦敦，是否可以带她一起去。是的，他会的，他可以带她一起走。他可以送她去夏威夷群岛的赫斯珀里得斯家，只要她说一句话。到目前为止，一切顺利。但这些只是一个大胆计划的大纲，还有细节要填充。此外，还要制订第二套方案以防不测，她得把离开前的所有时间都用在与其他客人交往上，来躲避奇尔顿的热情。那两天，奇尔顿把一系列魅力全套倾注在她身上，仿佛在无意识中知道发动进攻的时候很快就要到来似的。有时候，他差点儿让她相信这是事实，而她对他的所有怀疑都只是一场看似合理的噩梦。

终于，星期一晚上来了。楼下钟响了，12点30分。乔治娅穿着黑色外套和裙子，从床上爬了起来。她的房间在楼梯平台上，沿着宽阔的楼梯往下走。奇尔顿比平时睡得早，在第二天早起之前要好好睡一觉。现在她在大厅里。她可以想象墙上那些画上，奇尔顿的眼睛在黑暗中带着傲慢的好奇心追随着她的背影。她关上书房的门，把奇尔顿的目光挡在了门外，她自言自语地说："待在外面，少管闲事，我瞪大眼睛的朋友们。"乔治娅拉上了书房的窗帘，把小手电筒放回口袋，打开了奇尔顿桌子上带灯罩的灯，打量起地球仪。

地球仪立在那里，平淡无奇，闪闪发光，对于地球仪表面绘制的那些国家，乔治娅不了解，地球仪能告诉她的也不多，对于近处发生的大事，它也无可奉告。当乔治娅摆弄着地球仪，试图找到一个秘密的铰链、一个弹簧，一种打开这个顽固畜生的办法时，她脑海中浮现出一些关于时事的荒谬而又离谱的短语：向世界展示世界；这个黑暗的地球；环球旅行者在海上都拿着地球仪；球体的立方面积是……

不，这无益。这该死的东西是一个整体，或者它的两个半球就像创造本身一样牢固地焊接在一起。看来她选错了东西。然而，周六上午奇尔顿站在这里，手指抚摸着地球仪的那一幕，让她拒绝改变头脑中的观点。她努力回忆当时所看到他手指的确切位置。这个希望似乎很渺茫，因为地球仪很可能此后被转动过。但她还是坚持了下来，轻轻地按着地球仪光滑的表面，一遍又一遍地按，每次轻轻地移动她的手指，直到最后，在地球仪的大肚子上，传来一声微弱的、不情愿的咔嗒声。同一瞬间，被她右手压着的一部分陷了下去，她发现可以向内滑动，结果露出十英寸的间隙。她激动得有些发抖，把手伸进洞里，摸到了杆和弹簧的机制，然后，更深一层，是纸。一捆捆的纸。找到了！她开始小心翼翼地把纸从地球仪里往外拉。

"她把拇指插进去，拔出一个好东西，说我是个多么坏的姑娘啊。"一个熟悉的声音让她僵住了，"你不想让全景再亮一点吗，乔治娅？读那些东西对你美丽的眼睛是一种考验。"说着，奇尔顿打开了中央照明灯，并用左轮手枪指着她的肚子，快速地说道："不要大声呼救，因为如果你这样做，这把枪就会响，我会解释我以为是一个入室盗贼，所以误杀了你。乔治娅，亲爱的，你这个骗子，小婊子。"

乔治娅很快就恢复了自制力，她并非对此毫无准备。她翻阅了几页从地球仪里拿出的文件，然后抬头看着他，眼睛闪闪发亮，热情洋溢地说："原来是你，奇尔顿，我就知道，我相信你一定是我们的领袖，但我必须证明给自己看。你为什么不告诉我？你本可以信任我的。我厌倦了所有这些故作神秘的做法。就这一点而言，我们中的大多数人都是如此。"

奇尔顿睡眼蒙眬地盯着她。那蓬乱的头发，瘦削的身体，那件深蓝色的丝绸晨衣，使他看上去像二十岁。他说："这是一场很好的表演，但对我来说却是浪费。"

乔治娅睁大了眼睛，声音可怜地颤抖着："奇尔顿，不要，你不觉得我——"

"我知道你是个特务。我们一开始就怀疑你了。然后，有一段时间你让我们对你的怀疑减弱了，我承认，但并非完全消除。这就是我让你待在身边的原因，我想看着你。"

乔治娅知道奇尔顿在撒谎。他不是那种坦白的人，即使现在她在他的权力范围之内，她还是非常吸引他。她需要时间想一想，计划下一步："你犯了一个可怕的错误。我从一开始对'英国国旗'就是全心全意，所以失去了大部分朋友。你不明白吗？我不得不确保它的负责人是合适的人选。我想让你告诉我，可你却不肯。然后，前几天早上，我看到你手拿着这个地球仪，我有一种直觉——"

"直觉！乔治娅，你失态了，你被吓坏了。"奇尔顿愉快地、几乎是遗憾地朝她微笑着。在第一次爆发后，他以这种温柔、调侃的方式控制自己，远比任何威胁都让她害怕。"那个地球仪里有一个小装置，"奇尔顿接着说，"它一打开，我卧室的蜂鸣器就会响，我不像你想的那么简单，亲爱的。我很抱歉，我们之间会有防盗警报器，尽管我越来越喜欢你。"

"那你打算怎么办？把我交给警察？"

"'你那多愁善感的警察的温水'？"奇尔顿引用着，"哦，不，我怕你把自己弄到了更热的水里了。你必须——被处理掉。"

"我明白了。这对你有什么好处？"

奇尔顿耸耸肩："这不是很明显吗？"

乔治娅知道她必须改变策略，再给他编故事是没有用的，她安静地说道："这一点儿都不明显，"乔治娅的声音极其安静，跟奇尔顿的声音很是匹配。"约翰爵士对你了如指掌。我在尼布甲尼撒王派对上认出了你——饰盒里的女人。我们也知道你六个武器库的位置。那个钟面式高尔夫球场是个错误，你应该努力克服你爱炫耀的习惯。"

奇尔顿双膝交叉，把左轮手枪移到左手上，右手点燃了一支香烟，说:"这样更好,现在我们知道了各自的立场,我们可以更舒适。女人真讨厌!这意味着在我们开始之前,我必须转移我的武器库。嗯,这些事情总是可以处理的。"

"是的,我知道,金钱万能。只有一点是你们利己主义者很讨厌的,别忘了,也就是说,这个国家有很多正派的人,他们拒绝收受贿赂,把你的价值观看得一文不值。"

"收受贿赂的人确实已经够多了,亲爱的。此外,还有,贿赂男人的方式不只有金钱,你还可以提供权力、刺激、复仇,或是更好的梦想。我的梦想现在恰恰卖得很好。"

"你的梦想!这是一个肮脏的谵妄,仅此而已。现在,它甚至没有实现的希望。我们的人已经摸清了你的底细,甚至设想了你开始叛乱——少数无辜者和少数狂热者将被杀害,然后你就会崩溃。毫无疑问,其他内心恐惧、心理阴暗的金融家会赶在你之前逃之夭夭,你奇尔顿·坎特洛也会像他们一样。我能想象你,未来的独裁者,在南美洲某个地方腐烂发臭,长得越来越胖,指甲下有污垢,成为一个可怜的人,一个任何怜悯心泛滥的人都会怜悯的对象。为什么你把左轮手枪抓得这么紧?看,你的指关节都变白了。"

"我很想把你带到地窖里,把你打得体无完肤。也许我会的,但是……"

"听听这个纳粹模仿者的话!你就不能更原创一点吗?你只是一个娇生惯养的、恶毒的孩子,被虚荣所吞噬。就像一个韶华已逝的白马王子变得陈腐,一个柔术演员的关节变得僵硬。"

刺痛奇尔顿·坎特洛的，与其说是乔治娅说的话，还不如说是她言语中大量的蔑视成分。几个月来，他一直在向她施展自己的魅力，认为她最后的应答是水到渠成的。所以，她现在表现出的轻蔑、冷漠击中了他唯一没有防备的地方。他不解地盯着她，噘着嘴，像一个闷闷不乐的男孩。有那么一会儿，乔治娅以为他都要哭了。然后他控制住自己，说道："是的，你很聪明，但还不够聪明。你认为'英国国旗'叛乱会失败。你说得很对，我打算失败。你看，"他天真地补充道，"聪明人和天才之间有着天壤之别。聪明人能适应命运，天才却能让命运适应自己。伟人有自己不道德的勇气——他站在道德之上。"

"这些我好像以前都听过。"

"如果你愿意的话，你可以在临死前读一读你怀里抱着的计划，这并不重要，我们称之为 A 计划，但还有 B 计划，你和其他二流窥探者对此一无所知。B 计划比 A 计划简单多了。我可以把它写在一张信纸上，但我更喜欢把它放在我的脑袋里。你有没有想过，为什么不把领导人的名字告诉'英国国旗'的普通成员呢？也许你没想过，你缺乏敏锐性，你有一个琐碎的、二流的头脑，跟你的丈夫——那个被雇佣的锁眼观察者一样。"

"你在表演旷世奇才时表现得如此平庸，太好啦。"她轻轻地笑着说道。

奇尔顿跳了起来，打了她一个嘴巴："正如我所说，还有个 B 计划，我想让你意识到你在与什么作对。让你知道你永远都不可能像预计那样获得真正成功，应该会让你在有生之年的最后一个小时有所安慰。"

起初，乔治娅以为他在虚张声势，然后他就狂妄自大得疯了。然而，在他讲话时，透露了 B 计划和他恶行的深度，她意识到他既不是虚张声势的人，也不是疯子。乔治娅觉察到了钟面式高尔夫球场的真正秘密。它是一种象征，而不是"英国国旗"组织的象征，因为他自己也打算背叛它。他没有料到任何人都能读懂这片绿色草坪的秘密，但这是一个启示——一个无意识的启示，也许是因为他的双重背叛。

正如他所说，B 计划非常简单。奇尔顿打算让叛乱按照 A 计划的方式进行。在发动叛乱一到两周前，从秘密武器库把武器分发给叛乱者。与此同时，他的经纪人在证券交易所制造恐慌，散布谣言：新的人民政府即将让我们卷入一场与轴心国的战争，夺走了小人物的积蓄，使工业社会化。然后，当这个国家的困惑不解、优柔寡断、歇斯底里被调整到适当的程度时，就会爆发叛乱。主要内阁部长会被绑架或暗杀，各省的广播公司和 B.B.C. 电台会被占领，行政部门会陷入混乱，按照"英国国旗"的命令，日报被迫关闭或停止印刷；最后，当政府的神经中枢瘫痪时，在威斯敏斯特上空轰炸机的支持下，"英国国旗"就会给议会发出最后通牒：议会必须移交，否则将被摧毁。

"在这一点上，"奇尔顿带着那种富有感染力的微笑说道，乔治娅现在厌恶他的这种微笑，就像厌恶瘟疫一样，"在这个时候，当'英国国旗'等待设定他们的独裁者时，我要出面干预。我将召开一次'英国国旗'领导人会议，我会对他们直言不讳，告诉他们决不能被最初的成功所误导，认为整个国家都是他们的，我还会建议妥协。我在'英国国旗'内务委员会的关键人物，自然是知晓这一策略的，并拥有多数票。他们将投票选举我担任公共安全卫士。好主意，'第一监护人'，你不觉得吗？英国人喜欢后面有人照看的想法，还不用表现出任何孝道。这一切的核心问题是什么，你明白了吗？我将被公布于众，首先作为调解人，然后作为公共安全委员会的第一监护人。政客们根本无法控制局势，国家处于无政府状态；公众的困惑和我个人的声望会把剩下的形式补齐。街上的人不会知道，当然没有证据证明我是最初叛乱的幕后黑手。'英国国旗'的普通成员爱怎么想就怎么想，他们也不会有证据，这就是为什么我很小心，不把他们领导人的身份泄露给他们的原因。他们中的大多数人都会接受我，无论是作为他们真正的领袖还是作为最好的妥协。少数人会生气，他们会被处理掉的。我应该补充一点，我未来的合伙人在轴心国，他们正以极大的兴趣等待这一系列的事件。在克服一开始出现的反对意见方面，他们预期会出现更多的困难，比我预期的要多，他们承诺要助我一臂之力。"

"我明白了，"乔治娅厌恶地说道，"你和你宝贵的'英国国旗'相当于一种'第五纵队'，首先是给你残暴的朋友一个攻击英国的机会，然后在我们被攻击的时候在背后捅我们一刀。你比我想象的还要卑鄙。"

奇尔顿站起身来，丝绸晨衣沙沙作响，手里紧握着一把左轮手枪。他继续说下去，好像她没有插话似的："我这个职位的另一个优势是，我可以以一个完美的合法形式摆脱我不信任的任何合伙人。我们的同胞不喜欢清洗异己，但是，在紧急状态下，他们愿意把头埋在地下的沙子里，让别人替他们干脏活，但前提是已经用遍所有的法律用具，一名牧师出庭,以及官员签署的一式三份文件。是的,如果有人发怒,我可以用最正确的方式把他处理掉。恐怕比我处置你还要正确。"奇尔顿已经完全恢复了好心情,"哦,天哪,我必须杀了你,我真遗憾。我觉得你会激励我达到更高的境界。"

"等你讲完话,你就可以继续做下去了。或者说,你有没有这个胆量?我想即使是你的肮脏工作也必须由代理人来完成。"

"真是个女英雄!游戏玩到最后一刻!你应该出现在一本书里。我还没有时间安排你的死亡细节。我肯定你想看看 B 计划,我们说半小时,好吗?这会给我留下咨询哈格里夫斯·斯蒂尔的时间。幸运的是他今晚没睡。我不知道他是不是和他的蛆虫在一起。如果不是的话,我相信像他这样一个点子多多的大脑能够想到别的什么,与此同时——"

他用左轮手枪示意着。乔治娅几乎想扑到他身上,因为一颗子弹比斯蒂尔教授的那些细菌病毒要好,但她克制住了,她还有半个小时的时间。现在她还知道了奇尔顿的秘密,知道他是一个双重叛徒,一个背叛国家和"英国国旗"运动本身的叛徒。她必须给自己的情报最后一次生存的机会。乔治娅拿起包和文件,在他面前走出了房间。

左轮手枪紧跟在她身后,她被迫走进奇尔顿·阿什维尔官邸的东翼。东翼现在临时关闭,乔治娅知道如果她大声呼救,也不会有人听到。他们到了顶楼,奇尔顿把她推进了一间小卧室,说:"灯光正常,你可以看文件了。哦,床上没有床单,但也许这也是一个好主意——像你这样危险的姑娘可能会把床单撕开,拧成一根绳子,从窗户跳出去，就像发生火灾时，书中的女主人公做的那样。好吧，再见。你已经经历了你的冒险，不是吗？哦，不过只有一分钟。"

乔治娅感觉到他的手弄乱了她的头发，她有一种强烈的厌恶感，身体僵硬得像石头一样。奇尔顿扯了一下，刚好能伤害到她："不，我认为你没戴发夹，但我得确定一下。你真是个足智多谋的姑娘，不是吗？他们说可以用发夹开锁。现在让我看看你的包。"

奇尔顿没有把目光从她的身上移开,也没有转移左轮手枪的枪口，他把手伸进她的包，把里面的东西放在壁炉架上，然后瞥了一眼那些东西。

"没有骷髅钥匙，没有氰化物药片。"奇尔顿说，对着她欢叫了一声。他不是一个优雅的赢家，"不，乔治娅，你让我失望了。我还以为你是一个能干的特务呢。那么，半小时后见吧。"

第十五章

多雾的早晨

被锁在闷热的小卧室里,乔治娅的第一反应是呼吸点新鲜空气。她打开窗户向外看去。那是一个漆黑多雾的夜晚。墙一通到底,没有防护矮墙,没有排水管,也没有嵌条,没有一丝一毫的逃脱希望和办法。她若有所思地咬着嘴唇,如果最坏的情况发生,她可能会跳出窗外;这总比听天由命、任由哈格里夫斯·斯蒂尔处置要好。也许这就是奇尔顿想要她做的。乔治娅想象着,奇尔顿会等着她跳下来,再给她换上睡衣。对外,他可以解释她一直在梦游,这会帮他省去很多麻烦。

乔治娅费了好大劲儿才把心思从这些无用的推测上移开。她看了看手表,差一刻3点。时光飞逝。到了3点10分。乔治娅鼓励自己说:算了吧,你还有时间,于是,她检查了门锁,这是一个结实的老式门锁。奇尔顿·阿什维尔官邸是为经久耐用而建造的。房间里没有任何可以撬锁的东西,只有一个空的洗脸台、一把小扶手椅、一个橱柜和一张床,床的一头有一堆毯子。

雾蒙蒙的夜风吹进来,乔治娅打了个寒战。她不喜欢关上窗户,窗户开着,她会觉得自己并不是一个绝望的囚犯。乔治娅躺在床上,把毯子盖在身上。她试着去想奈杰尔,想那个德文郡小屋,想现在被冬天清晰地勾勒出线条的美丽风景,但奇尔顿那张微笑的、无情的脸却挡在她和丈夫以及令人欣慰的愿景之间。奇尔顿的话在她脑海里反反复复地回荡,就像一个来得太晚的论据。"一位女英雄",他嘲弄地称她为"女英雄","你已经经历了你的冒险","就像书中发生火灾时的女主人公一样"。

一场火灾!乔治娅的心跳了起来。他无意间给了她一个逃脱的希望。老天爷,他应该得到他说的那该死的火灾!没法撬锁,但她可以把整扇门烧掉啊。乔治娅的手摸到了肿起来的嘴,那是被奇尔顿打过的地方。火是她从小就害怕的东西。就算她失败了,还有窗户总是开着的。

但她怎么才能点火呢?只在门上放一根火柴是不够的。壁炉架上摆放着她包里的东西,其中包括一把指甲锉和一个汽油打火机。谢天谢地,她今天早上把打火机灌满了汽油!她用锉刀捅刚才躺的床垫,把床垫撕开，一把一把地拉出里面的填充料堆在门上。她打开橱柜门，只见架子上摆满了纸。她把纸揉成团放在填充料的下面，拧开打火机，把汽油倒在这个堆上，然后在上面放了一根火柴。

从窗口吹来了气流，火焰燃烧起来。乔治娅小心地照料着岌岌可危的火，加纸，然后加洗手台的抽屉，随着火苗的进一步稳定，她把剩下的床垫堆在上面。不论他们在哪里，奇尔顿和斯蒂尔能听到噼啪声吗？前哨战的火焰舔着门两边的木镶板，开始到更远的战场去冒险。雾和烟刺痛了乔治娅的眼睛，刺痛了她的喉咙。月牙形的火势悄悄地、迅速向她袭来。来得太快了。不，这是在拖延时间，奇尔顿会返回的，在那之前……

乔治娅急忙把文件塞进衣服里，把放在壁炉台上的钱装进口袋；现在，她不能被一个包拖累，门现在变成了一片火焰，几分钟后整个房间都会成为一个熔炉。对她来说，只有两条出路，不是走门就是跳窗。她用毯子紧紧地裹住头和身体，扑向烈焰熊熊的门。嵌板断裂了，但锁仍然牢固。乔治娅被火焰和烟雾折磨得哭了起来，她往后退，摇摇晃晃地回到窗前，吞下了刺鼻的浓雾，然后她拿起扶手椅，又朝门口跑去，使劲用扶手椅撞门。这一次，在一阵火花和巨大的旋转烟雾中，门朝外掉了下去。

乔治娅扔下毯子，沿着楼梯平台，飞速跑下狭窄的楼梯。在楼梯的底部是一扇遮着绿色厚毛毡门帘的门，把房子的这一部分封住了。乔治娅摸了摸把手，转动了一下。奇尔顿从外面把门锁上了。她还在陷阱里，很快头顶上所有的楼梯平台都会着火的。她转身靠在墙上，所有的斗志都被击溃了。她把头埋在手里,手扶在墙上,偶然摸到一个金属框架,向上摸。原来是一个灭火器。用它来灭火,那是杯水车薪。不过,也许她可以用它打破这扇门。她把灭火器从架子上取下来,但是,就在那一瞬间,她听到门那边有脚步声,钥匙转动起来。

"你闻到烟味了吗?"一个声音说道,像是哈格里夫斯·斯蒂尔。

"别告诉我那个小婊子已经……"

这一切发生在一瞬间。乔治娅一直蹲在靠墙的角落里,希望他们能在黑暗中从她身边经过。但是,当跟着斯蒂尔进了门以后,奇尔顿打开了灯。在那一瞬间,乔治娅把灭火器的把手重重地撞在墙上。两个男人吓了一大跳,向她转过身来。这时,她把那股液体全部灌进了奇尔顿的眼睛,然后,当他倒下呻吟、抓着脸时,她又让斯蒂尔也雨露均沾了。

乔治娅从他们跌跌撞撞的身体中间溜了出去,把他们锁在里面,然后轻轻地跑向主楼梯,在经过时关掉了灯。乔治娅先回到她的卧室里,匆匆穿上皮衣,没时间收拾行李了。大卫·伦顿睡在楼上的地板上,仆人们住在房子另一部分的高层里。至于奇尔顿和斯蒂尔,让他们被烧死吧,乔治娅冷冷地想,但应该给其他人发出预警。她脑子里形成了一个计划,计划的要点奇迹般地浮现,就像一幅雾中的风景,轮廓清晰。

乔治娅从前门出来,绕着房子的西厅跑了一圈,然后沿着铺着砾石的车道来到车库,她拉开了大铁钟的锁链。不一会儿,奇尔顿司机的头出现在上面的一扇窗口:"怎么回事?噢,请原谅,斯特雷奇威夫人。"

"快！房子着火了！东厅。我们无法穿过去找消防队，电话出毛病了。把车开出来。"

那人"咔嗒咔嗒"地走下楼梯。乔治娅听到车库门"嘎吱嘎吱"地被推开了。

"我开车送你去好吗，夫人？最好到阿什维尔去，在那里打电话给消防队。"

"不，我一个人来。现在叫醒所有睡在这里的人，快点，伙计。你们派一个人跑去房子里，一定要到那里把他们都叫醒，让其他人来个水桶接力赛。"

"我们这里有一辆备用消防车，夫人。"

"很好。先帮我把车发动起来。"

自动启动装置嗡嗡作响。乔治娅跳上了大劳斯莱斯的驾驶座，她能听到司机的喊声和叮当作响的警铃声，这些声音盖过了汽车引擎的声音。在一段时间内，不管奇尔顿和斯蒂尔发出什么声音，所有的喧嚣至少会淹没他们的声音。无论是火先烧到他们那里，还是救援人员先到他们那里，目前对她来说并不重要。她不得不让他们有获救的机会，以便得到一辆车。这至少会给她一个良好的开端。

乔治娅把车驶出院子，开进主车道。雾气蒸腾，在她面前飘动，减弱了前灯的光束，但是乔治娅的眼睛善于发现乡村，早在记忆中印上了生动的地图，使她能够以每小时近四十英里的速度摇摇摆摆地沿着弯道行驶。快到庄园大门了，她心惊胆战，害怕奇尔顿早就逃出了燃烧的侧厅，打电话让庄园看门人把她截住。

是的，巨大的铁门锁着。当然，晚上铁门总是锁着的。乔治娅用手指长按门铃，直到门房出现："快！钥匙在哪里？房子着火了。我要去给消防队打电话，我们所有的电话都坏了。"

老人睡傻了，他盯着乔治娅被火熏黑的脸，抓了抓头，问道："怎么办，夫人？"

"奇尔顿·阿什维尔官邸着火了！"乔治娅对他喊道，"你得上楼去，这是主人的命令。看在上帝的分上，现在把钥匙拿来。"

老人把钥匙拿来了，乔治娅松了一口气。老人没有想到，其实他们可以试着用小屋的电话给消防局打电话。乔治娅听到老人的脚步声在雾中噼啪作响，她打开大门，开车通过。她把他们锁在了身后，然后把钥匙扔进了蕨菜里。庄园还有另外两个出口，但追她的人自然会先来这个出口，因为这是一条通往主干道的路。

沿着诺丁汉路，乔治娅将汽车推到安全极限，她打开挡风玻璃，这样就可以透过雾气看得更清楚，她决定了下一步的行动。如果是在晴朗的早晨，她可能会冒险直接开车去伦敦。但这雾会让她的速度大大减慢。如果奇尔顿获救了，很可能会在很短时间内就让"英国国旗"出来追她，同时告诉警察他的车被偷了，这辆车很容易识别。那么，她的第一项工作就是把这辆车处理掉。

她在阿什维尔的公共电话亭停下来给消防队打电话。他们至少可以起到添乱的作用，可能会对奇尔顿造成一些阻碍。然后她向诺丁汉飞奔去，一直把车开进了法国铁路公司的车站院子里。早上这个时间，她要是不带行李，就会特别引人注目。引人注目！引人注目的还有她那张肮脏的脸。说不定她的眉毛和一半头发可能已经被烧掉了。乔治娅打开车内灯，发现了一面镜子。天哪，自己看起来像刚刚参加完女巫狂欢聚会。真是个丑陋的老女人！乔治娅开始用手帕擦脸，然而，在她还没洗到一半之前，另一个想法突然出现了。

不管怎么说，一个没戴帽子、很脏的女人在凌晨4点左右到达一个车站，肯定会特别引人注目。好吧，我必须利用这一点。如果铁路职员的眼睛要从眼眶里掉出来，那就让他们来吧。我不敢指望奇尔顿在火灾中被烧死。如果他大难不死，他一定能料到我会去伦敦的。他很细致，所以他会让人监视火车和道路。因此，我不敢坐开往伦敦的火车，除非有一辆很快就要开。另一方面，对我来说，给人留下我要去伦敦的印象没什么坏处。

乔治娅下了车，打开后备厢，从车里取出一只配套行李箱。她在售票处询问下一趟去伦敦的火车，得知要在近一个小时以后才能发车。她买了三等舱，然后向站台走去。当她抱怨伦敦的服务有多么糟糕时，收票员瞪大了眼睛，好奇地看着她的脸，她的汽车临时发生了故障，最紧急的是她应该尽快赶到那里。她肮脏的脸和淑女般的声音形成了鲜明的对比，给检票员留下了深刻的印象。检票员个人认为她喝多了酒，然后把车撞坏了。乔治娅确实因为筋疲力尽，下台阶时有点踉踉跄跄的。尽管她的大脑仍然很紧张，自己却没有感觉到。

长长的月台上空无一人，灯光凄凉地困在雾中。乔治娅在女厕所里把自己洗干净，然后向站台的远处走去。一个有雾信号从黑暗中的某个地方发出沉闷的响声，远处传来了火车"咔嗒咔嗒"的声音。乔治娅环顾四周，匆匆忙忙下了坡道，像幽灵一样溜过碎石路，溜向上面的一个月台。火车隆隆驶进，慢慢停了下来，立在那里，像所有凌晨的火车一样，一副被遗弃的、毫无生气的样子。一个正在打哈欠的列车服务员告诉她，去曼彻斯特的车很慢。

曼彻斯特和其他地方一样：她可能会在这么大的城市里玩消失，得到喘息的空间，并打电话给约翰爵士；"英国国旗"也不会朝那个方向找她。乔治娅疲惫不堪地上了火车。她坐在那里，火车在雾中慢慢地叮当作响，她开始感到前臂被烧伤的剧烈疼痛，这让她想起今夜是真实存在的，而不像看起来那样只是恐惧和暴力的幻觉。她现在在对抗她的敌人，英格兰的敌人。

乔治娅相信自己目前是安全的，但是绝对不能放松警惕。她独自一人坐在车厢里，为了保证不会睡着，决定读 A 计划并且在心里做一份摘要，以便通过电话传达给约翰爵士。她把衣服里的文件拿了出来，开始阅读。由于已经累得精疲力竭，她的感受能力也变得迟钝起来，虽然已经把"英国国旗"的秘密握在手中，把奇尔顿 B 计划藏在脑子里，但她都没有胜利的感觉。乔治娅仔细阅读的应该是一份体面的公司招股章程吧，尽管它给了她这么大的刺激。而事实上，它那冷冰冰的、缺乏人情味的背景细节，将血肉之躯的希望、贪婪、恐惧和理想主义化为一份非人的文件，虽然读起来确实像是一份公司招股章程。

火车终于开进了曼彻斯特。乔治娅不得不在检票处买票，这让她想起自己是多么容易犯错。她本该在始发站买一张去曼彻斯特的车票，同时也买一张去伦敦的票,因为在这里买票会把注意力引到自己身上。当"英国国旗"发现她不在开往伦敦火车上以后,他们自然会转而询问今天一早离开诺丁汉的火车还有哪些车次。

她太累了,现在顾不上为此心焦了。乔治娅提着手提箱进了车站酒店,以安妮塔·克莱的名字订了一个房间。幸运的是,手提箱是一个配套的箱子,从她手里接过箱子的穿制服的小听差不会怀疑"安妮塔·克莱"的手提箱里面根本没有个人物品。手提箱上贴的人名首字母 C.A.C.——也就是奇尔顿·安斯特拉瑟·坎特洛（Chilton Anstruther Canteloe）与安妮塔·克莱（Anita Clay）的名字缩写也很接近,乔治娅希望不会引起异议。

现在她暂时在避难所里,夜晚的反应开始了。酒店坚固的家具在她眼前游动,仿佛它是由旋转的雾气制成的;她的全身疼痛,双脚感觉像羽毛填充的垫子。终于进了卧室锁上了门,把空无一物、容易露馅的行李箱塞在床下,她伸手去拿电话。只要此时此刻接通给约翰爵士的长途电话,她可能就会省去很多麻烦。但要命的是,她却转念一想,这个对话耗时会很长,我可以舒舒服服地打,于是,她脱了衣服,洗了澡,穿着内衣躺在床上,这是一张漂亮的弹簧床,柔软的枕头,对她来说太难自控了。当她的手再次伸出去拿电话时,她的眼皮再也撑不住了,她忘掉了一切,昏睡过去了。

乔治娅醒来的时候,天已过午。她睡醒以后,觉得神清气爽,对周围的一切充满了感觉。她打电话要来咖啡、烤面包和晚报的第一版。是的,正如她所料,一切都在那里:有历史意义的豪宅被毁坏了,广受欢迎的百万富翁在救火时受伤。她想：那人只是受伤了，这很糟糕。我们已经阻止了蛇，而不是杀死了蛇。我心软了。我昨晚本该干掉他的。我应该——哦，上帝，我应该给约翰叔叔打电话。奇尔顿还活着，他的计划被偷了，我们没有一个人是安全的。但我太困了。不要找借口，我的姑娘。你必须充分利用这一点，并且现在就和约翰叔叔联系，以免为时已晚。

但为时已晚。当乔治娅正要把报纸放在一边时，目光落到另一个专栏上。据报道，今天早上奇尔顿去了伦敦警察厅，C 部门的负责人约翰爵士被一辆汽车撞倒，现在情况危急。肇事汽车没有停车。然而，警方却很有把握，等等。

乔治娅想，这辆车绝对不会停下来。我应该冒这个险坐火车去伦敦。我一直在苦苦思考如何保全自己，可是现在约翰叔叔却……哦，他们这些该死的！

乔治娅非常喜欢奈杰尔的叔叔，得知这件事后，她非常震惊，只想着也许她能够把他从"英国国旗"的闪电反击中救出来，她一刻也没有意识到自己的处境已经变得更加糟糕了。她想象，就算约翰爵士康复了，至少在一个星期内不会有战斗力。那么，在这段时间里，她该怎么办？

约翰爵士给她下达过严格的命令，当她获得任何真正重要的信息时，必须直接传达给他。她完全不知道，"英国国旗"的影响如此广泛，到现在为止，约翰爵士的哪个下属是可以信任的；她暂时也不能依靠他提供的任何保护了。她甚至不能走进距离最近的警察局，把责任交给他们,因为尽管大多数警察仍然忠心耿耿,但她不能确定他们中的哪个个体忠心耿耿。

"乔治娅,我的姑娘,"她一边啜饮着温热的咖啡,一边自言自语,"你在逃亡。他们不让你逃。好玩儿的刚刚开始。"

这个想法使乔治娅感到莫名其妙的兴奋。她已经虎口脱险,如果运气好的话,她可能还会再次脱险。

第十六章

圣诞老人

乔治娅的第一个冲动是给在牛津大学的奈杰尔打电话寻求帮助。她极度需要他,哪怕只是为了听一听他安慰的声音,哪怕只有几分钟也好。但是她意识到,这是行不通的。首先,他有可能离开牛津和约翰叔叔在一起。而且,这只会让他进入危险区:她试图与之沟通的人都可能被"英国国旗"盯上,并以之前用在约翰爵士身上的残忍方式来攻击他。她就像一个传染病患者,必须将自己与她所爱的人隔离,否则他们也会被击倒。

艾莉森·格罗夫则是另一回事。艾莉森从一开始就参与进来了,而且她应该能让她和那些接受约翰爵士任务的人取得联系。一想到要和朋友谈话，乔治娅就感到振奋，她穿好衣服，去酒店餐厅吃午饭。乔治娅不认为"英国国旗"可以追上她，但不管怎样，不在酒店给艾莉森打电话会更安全。所以，午饭后，乔治娅漫步出来，走进火车站的一个公共电话亭里。幸运的是，当电话接通时，艾莉森正好在公寓里。

"你好，艾莉森？我是乔治娅。"

"你好！我看到你沉迷于纵火了，一切顺利。"

"如果我有理智，多花点时间，我还会沉迷于谋杀。听着，亲爱的，请不要喋喋不休，我们现在都得快点行动。我已经掌握 C.C. 的行动计划，整个'英国国旗'都在追我。你明白我的意思吗？是他们对约翰叔叔干的？约翰叔叔怎么样？"

"正如你所预料的那样。医生说他有一半的机会。乔治娅，看在上帝的分上，你说你已经掌握了——"

"是的。有两个计划。一个在纸上，另一个在我脑子里。我没时间解释了。我的下一步行动是什么？"

"你在哪里？不！等一下。你还记得那只跳蚤山羊吗？"

"是的,可究竟是什么？""跳蚤山羊"是一位久经磨难的女教师，大约二十年前，"跳蚤山羊"教过她们两人拉丁文，因为她的肤色和刚长出来的胡子，所以她们给她起了外号叫"跳蚤山羊"。很快就解释清楚了。

艾莉森突然讲起了一连串短促尖厉的蹩脚拉丁语："他现在在哪里，我的朋友？"

"在人类城堡的城市里。"乔治娅希望能用这指代曼彻斯特。

"在哪里?哦,我明白了。早上你在哪里?我会派人来帮忙的。"

乔治娅想,告诉她待在原地,一切都很好:可能在艾莉森承诺来帮助的人到来之前找到她。她用结结巴巴的拉丁语告诉艾莉森,如果必须离开这里的话,她会尝试去牛津。

"你钱够吗?"

经艾莉森提醒,乔治娅才发现她已经剩不了几个钱了。乔治娅让艾莉森电汇张五十英镑的汇票,她可以在她的银行曼彻斯特分行取出来。她们安排了乔治娅与艾莉森派来的护卫在曼彻斯特会合的地点。乔治娅已经把"英国国旗"组织者的名字以及对英国的阴谋背下来了,她正要把这些告诉艾莉森,这时她的目光穿过电话亭的玻璃隔墙,不经意间落到了大卫·伦顿身上。

奇尔顿的秘书穿着黑色大衣和细条纹长裤,头戴着圆顶礼帽,礼帽下一张肉墩墩的白脸,正在检票口一脸严肃地与检票员交谈着。他看起来像一张体面的照片,无可挑剔。那两个穿着灯笼裤,戴着肉饼帽子的年轻人也很体面,正懒洋洋地站在报刊亭前,此时的大卫·伦顿从检票口转过身来,对那两个年轻人做了一个不易察觉的手势。

"挂断电话,艾莉森。一些伙计已经到了。"乔治娅说完,避开了他们的视线,从木门后面消失了。

乔治娅感谢吉星高照,随身带着"英国国旗"的文件。现在她不能回旅店了,因为伦顿可能已经搜查过那里了,然后,那个可恶的行李箱会告诉他他需要知道的一切。乔治娅必须迅速做出决定,是就带着仅有的一点钱离开曼彻斯特呢？还是等到明天早上银行再开门？留下来是危险的；但是，如果没有钱，她将无能为力。这不仅仅是购买去牛津的车票问题，如果她希望安全到达那里，就必须乔装打扮一下。乔治娅从电话亭溜了出来，跳上一辆出租车，叫司机开车送她去郊区的一家小旅馆。在路上，她停下来买了一只便宜的手提箱、一套睡衣和几样必需品。现在，在付了晚上的账单以后，她的钱差不多花光了。

乔治娅花了一个晚上为 A 计划做了一个概述，并写了一篇关于 B 计划的描述。她会把计划原件放在包里，这样，如果"英国国旗"抓住了她，他们会毫不费力地找到。她决定把副本和 B 计划藏在自己身上：说到底，她也许能再次虎口逃生，尽管他们不太可能留下漏洞。现在的问题是怎样处理副本。书里的人物把文件藏在自己身上时，都说得那么欢乐。可是像 A 计划这么笨重的文件，即使是概述，也没那么容易藏。比如说，乔治娅不能把它们缝在皮衣的衬里里，因为她打算用男人的衣服来乔装打扮。经过一段时间的思考，她拆开了紧身胸衣的腰带，把纸夹在缎面嵌条和衬里之间，然后再缝起来。她的最后一个行动就是把头发剪短，准备明天换装。

第二天早上，乔治娅付了账单，收拾好手提箱，乘出租车去中央银行支行，取出了艾莉森电汇的钱。她打算在这之后找一家小的二手服装店，购买一套男人的衣服，以尽量避免被追查到行踪。可是，还没等她走出银行的门，就注意到马路对面那个昨天在车站和大卫·伦顿在一起的年轻人。年轻人假装在看报纸，这时瞥了她一眼，故意把报纸折起来,并向远处街上的人挥手。

"英国国旗"当然不会浪费时间,她想。这是我下车的地方。可是,他们肯定不会试图在购物中心,在这些人群中间绑架我吧?希望现在跟踪我的人都是男人:如果他们要在这里跟着我的话,他们需要有很大的毅力。所以,她转身进了一家大型百货公司,那里已经挤满了女性购物者。

温暖、芬芳的空气与外面凄凉的曼彻斯特形成了鲜明对比。这些精明冷静的曼彻斯特家庭主妇们,听从广告的指示"买圣诞礼物要趁早",她们会嘲笑这个创意——这栋大楼的每一扇旋转门现在都有一个男人守着,这些男人什么都不干,只是坚持守候着一个女人,这个女人身材矮小、披着伊顿剪裁皮草,梦幻般地从一个货品区逛到另一个货品区。不过,乔治娅猜测"英国国旗"的人会在那里。她飞奔到这里只是为了给自己时间去思考,制订一个新计划,也因为这里比外面的街道安全,街道上的汽车会把行人撞倒,然后逃逸,就像对待约翰叔叔那样。

乔治娅想进入男装部,买西装、帽子和大衣,再在商店的某个地方换衣服,但这个想法很快就被否决了。就算她伪装得足够好,能够逃过门口看守者的眼睛,她购买的物品可能也会很快被追踪到,这会让她再次被跟踪。

乔治娅在女士内衣中徘徊的时候,一个逛商店的人似乎好奇地盯着她。她意识到了原来是因为自己的手提箱。如果我因涉嫌商店盗窃而被拘留,那可就太好笑了,她想。这个想法让我感到内疚,真是太可笑了——考虑到我已经被指控纵火谋杀一个百万富翁未遂，盗窃一个百万富翁的劳斯莱斯，更不用说未付车站酒店的账单。乔治娅，你有麻烦了。

乔治娅走下楼去女厕所，把手提箱留在那里。在房间的另一端是一扇门，上面写着"仅供员工使用"。乔治娅突然想到，这里的出口可能不会有"英国国旗"的人把守，她决定去碰碰运气。等到没人注意时，乔治娅才悄悄地进了门，溜进了一个长长的通道。就像许多壮观建筑一样——无论是剧院、饭店还是大商店，这儿的幕后通道很简陋，光线都很昏暗。乔治娅一直往下走，直到听到前面有人说话的声音。员工们，毫无疑问。她必须假装迷路了，让他们给她指出去的路怎么走。乔治娅拐了个弯，却没有看到愤怒的主管或咯咯笑的员工。坐在长凳上，东拉西扯地聊天，抽着烟头，往石头地板上随地吐痰的，是六个圣诞老人。

乔治娅停住了脚步，惊呆了，她觉得最近的经历颠覆了自己的逻辑思维能力。但是不，他们是一、二、三、四、五、六个圣诞老人，还是应该说"圣诞老人们"？

接下来，乔治娅看到堆在角落里的夹心板。当然了，这是一场海报游行。"买圣诞礼物要趁早""来哈勒姆和阿普比买你的圣诞礼物"。哦，赞美上帝！乔治娅想：谢谢你！圣诞老人，谢谢你的美好礼物，这些正是我想要的。现在我可以向"英国国旗"恭贺佳节了！

乔治娅挑了一个看起来和她体型最接近的男人，领着他绕过通道拐弯的地方。其他五位圣诞老人根本就没注意，穿昂贵皮草大衣的女士在这个大厅很平常。也许他们根本就没看见她,也许他们的眼睛还盯在他们破鞋子下面的排水沟上,盯在前面那个人夹心板广告牌的背面。

"给你,老爸,"乔治娅说,"别不够朋友。我想借你的长袍和那个胡子。"

那个人小心翼翼地把胡子摘了下来,露出一个哈巴狗鼻子和一张憔悴、苍老的脸,脸上带着嘲讽的神情:"怎么了,夫人?"

"我的一个朋友跟我打赌,赌我会不会参加夹板广告牌游行。"

"一点乐子,是吗?你是说,你出来找点乐子,比如?"

"就是这样。我会付钱的。"

"我想,当你问我的时候,你是报纸上写的'大众观察家之一'。"

"不,我只是被观察的人之一。尤其是现在。你做这份工作,他们一天给你多少钱?"

"二先令六便士,夫人,中午吃一块脆饼干。你应该看看,他们从地上捡些什么,肉松汤,该死的肉松比汤多。"

"我给你一英镑,借你这件化装服一个小时。跟你换个地方,明白吗?"

"你要赌命,我却要被解雇。跟我没关系,夫人。"

"你不会被解雇的。你在外面溜达,不,你最好跟着游行队伍走。他们要走多远?"

"如果我们有机会的话,走到那个绿灯那里。可跟我没关系。"

"好吧,你可以跟着我们到那里,沿着我们身后的人行道走,确保我不会带着你的长袍逃跑。当我们到达那里以后，咱们溜出去，别让别人看见，然后再把衣服换回来。"

"在我看来，你真傻，夫人，就像我们的埃米，总是为芬兰的愚蠢想法喝彩一样。"老人悲伤地盯着她。然后，那干瘪的脸突然一阵抽搐，重新摆出一副狡黠的微笑。"让我们的妈妈开心，这我愿意，"他笑着说道，"是的，愿意。两英镑。"

"老爸，你够朋友。"

乔治娅把钱递给他，然后把那件红白毛皮镶边的长袍套在了自己的外套上，并调整了风帽。长袍耷拉到了脚上，使得她看起来笨重、不成形，但这并没有坏处。在把假胡子递给她之前，老人一丝不苟地用袖子擦了擦，时而发出一阵阵咯咯的笑声，笑得浑身发颤。乔治娅把包塞进了长袍里：固定在紧身褡上也没问题，包的形状隐藏在夹心板广告牌下面，看不出来。

"我现在全身都遮住了吗？没露出裙子来吧？"

"是的，夫人，除了我本人，谁都不会认出你的，真是太棒了。你现在就出去，他们刚刚离开。"

乔治娅走进大厅，把夹心板广告牌扛在肩上，游行队伍漠然地穿过门，沿着一条鹅卵石路向前移动着，两边都是高耸入云的肮脏建筑，他们拖着脚走上主街，像任何人都预料到的圣诞老人那样，一副垂头丧气的样子。他们当然没有引起两个闲人的兴趣，这两个人在这条巷子外已经站了二十五分钟，在寻找一位身材矮小、皮肤黝黑、没戴帽子、身穿皮草的女士。

向左拐时，队伍经过哈勒姆和阿普比百货公司的大橱窗前，乔治娅一眼就能看出这家商店处于一种封锁状态，在每个入口附近都聚集了一群人，"英国国旗"并不是在碰运气。乔治娅红袖子上的装饰毛皮由于使用时间过长，颜色从雪白变成了雪泥。乔治娅的袖子拂过戴着肉饼帽、长着姜黄色胡子的年轻人，听到他对一个伙伴咕哝道："她现在就在我们手里，没个跑儿。"

这些话给乔治娅带来了一种被拉长的幽闭恐惧感。当她在商店里的时候，忙得什么都顾不上想，只想着怎么出去。现在，看出自己在商店里，就像一个兔窝里的一只兔子，每个洞都有无情的猎人把守着。乔治娅沿着排水沟蹒跚而行，一直低着头，但眼睛瞥向一侧，记录着"英国国旗"特务的样子。这样，将来就可以再把他们指认出来。"英国国旗"特务给人的总体印象是带有某种目的性，在留心观察，这也把他们与平板玻璃窗前无事闲逛的人群区别开来。

五位圣诞老人慢悠悠地走着，既没注意到目瞪口呆地看着他们的孩子，也没注意到在他们眼前进行搜捕行动的"英国国旗"特务。乔治娅跟在他们后面，很庆幸长袍里面穿着毛皮大衣，因为夹心板广告牌的皮带已经开始勒肩膀了。他们现在已经走到街的尽头，走出了危险区，乔治娅想。她欣慰地舒了一口气，开始计划下一步的行动。这场消耗战结束了，一个运动战已经开始，她的安全取决于快速行动和继续前进。她已经对夹心板广告牌人无精打采、乌龟般的步态感到恼火了，哪怕是碰到一辆停在路边的车，游行队伍都不得不绕道而行，这似乎是一个障碍，造成了拖延。乔治娅从汽车旁边走过，拂过汽车前面的挡泥板,然后沿着排水沟回到有条不紊行进着的队伍中。这时,她左脚的高跟鞋卡在了一个格栅里,绊了她一下。虽然乔治娅很快恢复如常,继续前行,但她并没有意识到有一个人注意到了这起小事故。那人很快从汽车的客座上溜了出来。

那是一辆"英国国旗"的汽车,车头背对着百货公司,随时准备着,万一乔治娅冲破警戒线,试图乘出租车逃跑,就开始跟踪追击。司机启动了发动机,就这样运转着,与此同时,他的同伴追上了夹心板广告牌队伍的队尾。

乔治娅对此一无所知,直到半分钟后,一个男人沿着人行道边缘快速行走,从她身边经过,将香烟从唱机箱子上移开,想放进银制烟盒里。当在她前面几码的时候,他笨手笨脚的,让几支香烟掉进了排水沟里,男人弯下腰来捡香烟。几秒钟后一切都结束了:当他弯腰看到乔治娅脚上的高跟鞋时,不由得绷紧了身体。这时,乔治娅也觉察到了危险,因为鞋子是她身上唯一没有被圣诞老人服装遮住的部分。

该死,该死,该死!我的致命弱点。为什么要在这个时候把我绊倒?然后现在我又回到了起点。更糟的是,因为在商店里,他们几乎什么也不敢做;但是在这里,在户外……

乔治娅听到汽车在身后缓缓驶来,想象着惊人的冲击力,以及一双手关切地把她拉进车里,车开走了——但没有去医院。为什么他们没有像对付约翰爵士那样故伎重施呢?她根本无从知晓。也许他们想确保搜寻到她,一开始却不干涉她的行动。因为一有事故发生,警察就有办法从地下冒出来。

不管怎么说，有一段时间什么都没发生。汽车已经掉转车头往回开，朝购物中心开去，掉香烟的人跟在圣诞老人身后，保持一小段距离溜达了一会儿。游行队伍到了绿灯前，领头的那个人匆匆环顾一下四周，突然走进酒吧，其他人跟在后面。乔治娅知道，现在唯一的希望就是紧紧地跟在他们身边：那辆车会停下来的，带上更多的"英国国旗"特务，包围酒吧。

圣诞老人们快速地喝一杯，然后擦了擦雪白的胡子，再次向门口走去。借衣服的老人穿过公共酒吧和吸烟室之间的玻璃隔板，在给她做手势，动作很激烈，但是却没有奏效。玻璃后面那张干瘪的老脸上现出了无声的诅咒。乔治娅假装没注意到他，跟着游行队伍走到街上。

步行回百货公司是乔治娅最痛苦的经历。好像游行队伍的领头人希望在他们回来之前，在曼彻斯特的每一条街上都展示海报。当他们离开酒吧时，乔治娅已经成功地溜到了游行队伍的中间位置，这样她被拦截的危险就小了些。但现在，每一个过路人都像是一个敌人，可能会在任何时刻、以任何意外的形式发起攻击。

要是他们能安全回到商店就好了！乔治娅心中正在酝酿一个计划——绝望的终极手段，但现在是她的唯一希望。最后，游行队伍走近了那条哈勒姆和阿普比百货公司旁边的小巷。在这里，在这条狭窄的死巷里，她最容易受到伤害。她需要保护，而只有五个老人能保护她，可五个老头却丝毫没有保护她的念头。她可以想象那个画面：巷子两头都被堵住了,武器在闪光,故意你推我搡,圣诞老人们年老体弱昏了过去。不,她不能去那条巷子,无论如何都不能去。

当游行队伍经过玩具部门口时,乔治娅突然卸掉夹板广告牌,使劲地甩在一个试图拦住她的男人的胫骨上,然后扔掉夹板广告牌,在门童和"英国国旗"特务没来得及动她一根汗毛之前,从门口冲了进来。

一个大楼警卫人员抓住了她的胳膊,愤怒地咕哝着,脸上仍然挂着为了顾客利益的谄媚微笑:"喂,你,你在这里干什么?快走回到——不,上面的一楼才是摩登皮草爱好者们的最爱!我会让你因此被解雇,你这个老傻瓜。"

"把你的手从我身上拿开,你这个蜡模,"乔治娅粗声粗气地回答,"否则我就使劲地踢你的屁股,把脊椎从你的头顶踢出来,如果你有脊椎的话,你就是癞皮狗没脊梁的狗崽子。"

大楼警卫人员的手从她的胳膊上无精打采地掉了下来。当看到这位反常的圣诞老人悠闲地穿过玩具部,偶尔停下来拍拍孩子的头时,大楼警卫人员忍不住目瞪口呆,等回过神来,他惊叫道:"你听到他对我说的话了吗?我们在街上选择一个失业的人,给他工作,这就是我们所得到的酬谢。老天爷做证,他会发现他不应该这样对待哈勒姆和阿普比百货公司,我会——我会把他的表现向经理报告。"

"向谁报告?"一位店员甜蜜地说道,"有六个圣诞老人。你得用占卜棒,普伦德加斯特先生。"

"不要这么嬉皮笑脸的,我的姑娘。啊,太棒了。"

与此同时,乔治娅已经进入通往员工大厅的通道。她脱下伪装,把它卷起来，扔到拐角处的圣诞老人服装里。然后，她穿过女厕所回来，又开始在拥挤的部门里慢慢地闲逛。那个大楼警卫人员很快就被经理召去，要他注意乔治娅，判定她是否是他见过的最明目张胆的、最笨拙的扒手。当她藏起两双丝袜、一瓶昂贵的香水和一本购物日记时，大楼警卫人员对自己说，她一定是盗窃狂之一。

第十七章

家具搬运车的行进

大楼警卫人员把手放在乔治娅的胳膊肘下，说道："我们的经理迪肯先生想和你谈谈，夫人。"

"经理？我不明白。为什么，什么——？"

"他希望你解释一下你包里的一些东西。"大楼警卫说话时表现出的更多的是悲伤，而不是愤怒。他不断地抓获那些手指离不开哈勒姆和阿普比百货公司商品的疯婆娘。工作一整天了，他只是吓唬吓唬她们，就又把她们赶出去了，毕竟起诉对商店没有任何好处。他也习惯了这位女士这样冷冰冰、脆弱的傲慢回答："恐怕我听不懂你说的话。

请放开我的胳膊肘。这无法容忍，你是在暗示——"

"家丑最好不外扬，夫人，"大楼警卫用头的轻微动作示意其他购物者开始向她投来的好奇目光，并像慈父一样说道，"请这边走。"乔治娅跟在他后面，像一只羔羊。她们总是这样，这些可敬的女士最怕的莫过于大吵大闹。她真是个怪人，她们都是怪人。事后，她们中的一些人甚至给他小费，感谢他如此巧妙地处理她们的小错误。

在经理的门外，仍在扮演自己角色的乔治娅拿出小粉盒和镜子稍微补了补妆。到目前为止，一切顺利。经理会把她交给警察。除非她运气不好，这些特殊警官被"英国国旗"收买了，她可以指望在牢房度过一个安全的夜晚，是时候考虑下一步行动了。必须冒这个风险，因为在没有人护送的情况下，走出这家商店会猝死。

他们进来以后，当看到坐在桌子后面的经理时，乔治娅觉得既意外又惊喜，她本以为经理会是一个面色苍白、自命不凡、穿着燕子领外套的中年人。然而，结果证明经理迪肯很年轻，穿着时髦的粗花呢套装，戴着角质镜架眼镜，留着浓密的胡子，看起来更像是一个成功的作家。他对乔治娅说："请坐，好吗？呃，什么夫人？"

"史密斯夫人。珀西·史密斯夫人。我想知道凭借什么权利——"

"你介意打开你的包吗？"迪肯用有些古怪的语气，混杂着羞怯、权威和略带无聊的游戏味道问道。乔治娅还没来得及回答，大楼警卫就已经手脚麻利地把包从她膝上拎走，把被盗物品陈列在办公桌上，然后把包还给了她，里面的 A 计划文件沙沙作响。

"你知道，你真淘气，史密斯夫人——珀西·史密斯夫人。"

乔治娅把头埋在手里，令人信服地崩溃了，希望看起来如此。她听到经理用一种公正的、不含恶意的声音说道："现在你不能自寻烦恼。这只是一个小小的错误。忘记与此相关的一切吧，哈勒姆和阿普比百货公司从来没有起诉过初犯。"

乔治娅直起身起来，惊恐地看着迪肯，她的整个计划都变成了废墟。迪肯没有叫警察，她还得在没有他帮忙的情况下离开这家该死的商店。乔治娅试图结结巴巴地说声谢谢，可心里却是又失望又愤怒。

迪肯示意警卫人员离开房间，接下来，他把椅子向后倾斜成一个危险的角度，疑惑地对乔治娅微笑，然后说道："现在，斯特雷奇威夫人，我能为你做些什么？"

在过去的四十八小时里，乔治娅经历了不少令人震惊的事情冲击，但是没有比这更让她不安的了。乔治娅盯着那位年轻的经理，一脸茫然。

"几年前我听过你在旅行者俱乐部做的演讲，"迪肯解释道，"我以前自己也做过一点旅行，牛津大学的探险队，去南极。"

"但是——"

"我对你了解得够多了，斯特雷奇威夫人，我敢肯定，如果你真的很想把东西从这个地方夹出来，那么你要逃脱惩罚不会有困难。所以，你看，我问自己，为什么精明的斯特雷奇威夫人竟然被当场抓住？一个答案也没有。也许你能解释一下？"

乔治娅看了对方一眼，沉默了一会儿。现在一切都只能依靠自己的能力了，是她在陌生地方陌生人中间训练出的能力，可以一眼就能总结出陌生人的性格。如果迪肯像看上去的那样没问题,他可能就是她的救星;另一方面,如果迪肯是"英国国旗"的成员,她也就立刻玩完了。事实上,尽管她因在商店行窃被抓,他让她逍遥法外,这个事实对他不利。但是,经理眼中的坦率、幽默使她相信了他,乔治娅朝他办公室的窗户示意:"从这儿看出去是这栋楼的正面,是不是?你过去看看就知道了。往下看,看到那些在入口处徘徊的人了吗?"

"嗯。"

"他们是来抓我的。我为政治保安处工作——反间谍。今天下午我要离开这里,这非常重要。这是件大事,先生。事情太大了,我都不敢告诉你更多。我告诉你这么多可能是错误的,在这个游戏中,不允许一个人犯一个以上的错误。你明白了吗?"

"警察呢?"

"决不能把他们带到这里来。"

"我明白了。"

迪肯在吸墨纸上画了一些几何图形。他有那种令人惊讶的能力——不表现出惊讶的能力,这是牛津教给她的儿子们的。乔治娅对他的感觉更暖了:他也是个探险者;最奇怪的是他会微微扬起眉毛来欢迎她,这精心掩饰的欢欣。他不要求她做任何解释,一心想着手头的事。最后,迪肯问道:"你想去哪里?伦敦?"

"再往西走,怎么样?"乔治娅对迪肯咧嘴一笑。

迪肯按了一下按钮,对内部电话说道:"家具部?今天下午我们有什么货车出去?对,不,他得早点出发,定在3点钟。谁是领班?

五分钟后,把他和司机派到这里来。"迪肯抬头看着她,"我能告诉他们多少?"

"他们绝对值得信赖吗?"

"是的。他们是坚定的工会主义者。"迪肯的目光敏锐地注视着乔治娅,"我想,目前你跟这种人在一起会觉得最安全。"

"迪肯先生,我觉得你可能有更多疑惑,这对你来说是正常合理的。"

"曼彻斯特怀疑今天,夫人,英格兰会怀疑明天。天哪,我真希望能和你一起去!"他孩子般地喊道。然后,这位高效的经理又恢复了常态,说道,"我们最好也转移一下注意力。让我来看看,这些人一看到你就会开枪吗?"

"不,他们想要的是绑架。"

迪肯听完,便按下了另一个按钮:"告诉琼斯小姐,一刻钟后我想跟她谈谈。"

乔治娅看着他安排她逃跑的细节,感觉好像在梦里。乔治娅要在今天下午乘坐家具搬运车前往普利茅斯。裤子、外套、鞋子、白色工装裤、布帽像变魔术似的出现了,好。乔治娅在经理盥洗室里穿戴整齐。迪肯打开窗户,双手在外面的窗台上擦了擦,然后把曼彻斯特的污垢艺术地涂抹在她的脸、脖子和手上。用黄胶在她的上唇上粘上黑色的牙刷形胡子。一切都以他那安静的方式进行着,他很享受。司机和工头已经被告知必须做什么,并发誓会保密。

会计部的一名首席职员琼斯小姐,与乔治娅的身高和体型都比较相像，被安排做转移视线的掉包工作。卡车离开院子的三十秒前，她会穿着一件和乔治娅相似的皮草大衣，头戴一顶带眼罩的帽子匆匆走出商店大门。"英国国旗"的特务们会拦住她，也会很快发现他们的错误：但他们的注意力已经被转移了一分钟，不会注意到那辆驶出的货车。琼斯小姐是业余戏剧表演的活跃人物，可以充分信赖她能演好这一幕。

"现在，"迪肯说，"我要人来给我送午饭。他们来送饭时，你进另一个房间就行了。如果你要帮搬家具的话，就需要一顿丰盛的晚餐。现在让我看看。"他全神贯注地安排起菜单来。

"亲爱的迪肯先生，有朝一日，我真得带你去探险。你会是多大的安慰啊。"

"这是一个协议，就这么定了……"

4点钟时，家具搬运车宽敞的驾驶室里，乔治娅已经坐在司机和工头中间了。他们现在距离曼彻斯特二十英里，家具搬运车稳稳地呼啸着向南，进入渐渐昏暗的夜色中。乔治娅把 A 计划藏在外套口袋里的一个钱包里，在粗呢围裙的口袋里放了一把左轮手枪，是由取之不尽、用之不竭的迪肯提供的。乔治娅感觉到了一种沉闷的无聊，这是在这个关头不太可能会出现的情绪。首先，家具搬运车的行进不会带来任何令人兴奋的刺激。此外，乔治娅不是足球爱好者，但她的两个同伴却已经深深卷入了曼城还有曼彻斯特联队各自优点的争论。统计数据、回忆、体能判断、管理者阴谋诡计的迹象征兆，对身体虚弱的裁判有保留的评论，像黑暗中蝙蝠的翅膀一样在驾驶室里你来我往地交锋。司机和工头重演了他们各自的球队在最近三场获胜比赛中的每一个动作，这时，一声电喇叭声刺穿了夜空，只见一名巡警从货车旁经过，在前面三十码处停下摩托车，举起手示意他们停车。

乔治娅已经瘫倒在座位上假装睡着了。她听到司机向后滑动边窗，和警察通过边窗说话。那个警察说，警方正在拦截所有汽车和卡车以寻找一名女子。这名女子最后一次露面是在曼彻斯特，因被控偷车而遭到通缉。乔治娅用手摸着口袋里的左轮手枪，希望不要被迫派上用场。

"这次旅行没有女孩陪着我们，真倒霉。"司机说道。

"我得到的命令是搜查货车。"

"搜吧，伙计，我不会阻止你的。但你得在我的行车记录本上签名，证明我被耽搁了。我正在赶时间。"

"别说话，我的孩子。来吧，开门。"

"你得在我的行车记录上签名，伙计，否则我就不开车门。我们整晚都没有在臭气熏天的车上跟自以为是的警察聊过天。"

在一阵咆哮之后，警察签了名。然后把摩托车停在家具搬运车后面的道路上，让前照灯照射到货车内部。在工头多次消极的咆哮阻挠下，警察开始彻底搜查。乔治娅听到他在家具中间跌跌撞撞走动的声音，还有工头的建议。工头建议他可以考虑把这个衣橱卸下来，带回家，有空的时候检查一下。

"我们把这个浑蛋警察锁在里面，带他一起去怎么样？"司机低声对乔治娅说。

"最好别这样,乔。我不想给你们带来太多的麻烦,我帮不了你们。"后来,乔治娅后悔没有接受司机的建议。最后警察宣称自己很满意,把头伸进驾驶室,告诉司机说他可以继续开。

"你的同伴呢？他看到什么了吗？他睡得挺香,不是吗？"

"如果你干过累活儿,你睡得也会这么香。"

"把他叫醒。"警察粗鲁地命令道。

"喂,伙计,发发善心吧。"

"我告诉你,把他叫醒。"

"粗鲁的希特勒！这不是一个自由国家吗？没有警察的许可,都不能打个盹了。"司机粗暴地喊道。乔治娅把脚轻轻地踩在他的脚上。他明白了她的暗示:"很好,"他摇着她的肩膀说,"来吧,小阿尔伯特,醒醒吧。"

乔治娅不停地打喷嚏,用袖子擦鼻子,用沙哑的声音回答了警察的问题。警察似乎很满意,然后不久,他就骑着摩托车在他们面前呼啸而去。

"你真偷车了吗,小姐？"他们又开始上路以后,工头问道。

"事实上,我确实偷了一辆劳斯莱斯。"

"好吧,真想不到。在我看来,我们应该敲那个警察的头。"

"我不确定你说的不对。恐怕今晚我们会听到更多关于他的消息。"

他们做到了。他们的路线是穿过斯托克和斯塔福德前往伯明翰,而不是走更西边的什鲁斯伯里。这是迪肯先生决定的,因为这条路上的车流量更大,因此受到干扰的风险更少。当他们呼啸地穿过波特里斯的城镇时,黑暗的天空断断续续地被火炉的强光照亮,乔治娅思考着刚刚发生的那一幕。这名警察显然是一名"英国国旗"特务。他对货车的搜查暗示着,也许迪肯高估了自己的能力。当琼斯小姐转移他们的注意力,"英国国旗"的特务发现她不是他们盯梢的女人以后,很可能会怀疑就在那时从哈勒姆和阿普比百货公司的院子里开出的家具搬运车。

"英国国旗"的特务会认为她设法躲在黑暗的家具中间。但是,巡警在那里却没有发现任何人,因此自然对驾驶室的第三个人好奇。她希望如此,但是又不太肯定,她沙哑的声音有没有让对方上当。事实上,巡警当时没有再进一步追查此事,这并不一定让人放心。当驾驶室里有两个坚定分子支持她的时候,巡警不可能胡闹。但巡警的搜寻已经让家具搬运车停留了足够长的时间,"英国国旗"的特务可以在前方某处做好准备,进行更彻底的搜查。

"是的,"乔治娅说,"我想他们会再往前走一段路。"

"让他们试试,"司机津津有味地说道,"我们会把他们轰出公路。如果不是在前面挖个洞,那他们是拦不住这辆货车的。"

过了一会儿,乔治娅建议离开主干道,甚至离开高速公路,因为"英国国旗"的特务虽然不太可能在地下挖坑,但可以在地面撒钉子。司机朝反光镜点点头,说:"这么做没用,小姐,我们现在已被跟踪了。看到那些灯了吗?我刚才回头看了看道路的拐弯处,看出那是一辆小货车。如果他们愿意的话,可以轻而易举地超过我们。我想他们还没开始呢,他们在跟踪,以确保你没从我的货车里跳出去。"

现在已经7点钟了，一个小时后就应该到伯明翰郊区了。乔治娅想，如果她在城市的某个地方跳车，车里的追击者会跟着她，所以，她可以先摆脱他们，然后到一个预先安排好的地点，重新上家具搬运车，这样就能让他们失去线索。但是，她一想出这个计划，随即就放弃了。脱离现在的同志，这个风险太大了。相反，当他们到达城市时，她告诉乔开车穿过中心，而不是绕道而行。乔在迷宫般的伯明翰单行道上行驶，就像一位经验丰富的船长凭借技术在风暴里驾船，在群岛间穿行。后面的那辆小货车已经跟不上了。他们把它甩掉了。

不过，他们的快乐是短暂的。走上城市另一边的伍斯特路，他们很快发现小货车的车头灯又追了上来。那辆小货车要么是直接从旁路过来的，要么是另一辆小货车就在这里等着拦截他们。除了继续前进，什么办法也没有，他们继续沿着宽阔的弧形道路走着，穿过沃里克郡，喝着咖啡，吃着迪肯先生给准备的三明治，这样，他们就不需要在任何卡车停靠点停车了。

乔治娅想，"英国国旗"的特务满足于自己所扮演的等待角色，这是多么奇怪，她想知道这些策略的目标可能是什么。拐过一个拐角，进入了一段较窄的道路，然后，就在那一刻，他们看到一辆小汽车穿过马路，就停在他们的去路上。

乔一直开得很快，现在他把油门一踩到底，嘴里吹着口哨，用力把车撞到拦路小汽车的引擎盖上，他自己的车轮则在路边颠了一下。"乖乖！"乔治娅喊道，"他们会开枪的！"他们的大车撞上了那辆小车，就像翻一张香烟卡把它翻到一边。在车头灯的照射下，出现了一些人脸，甩着头，飞奔而去，他们后面是一连串的枪声。好像他们溺水了，被冲进了班轮的尾流。

"我们都还安好吗？"乔轻声笑着，问道，"嗯,可这是一种热身赛。"

"没错，"工头不动声色地说，"现在就像我说的，从那以后，曼城签下了斯普罗斯顿的后卫——"

"等一下，孩子们，在你们回到今晚的大事之前，"乔治娅打断了他的话，"我想我们该离开主干道了。我们继续整夜冲撞障碍物的话，这辆货车也会受损。你沿着二级公路走能找到路吗，乔？"

"小姐，这就像是问我能找到一瓶啤酒的瓶口吗？那辆小货车怎么办？它还在跟着我们。"

"我会让它停下来。我会让他们希望自己的脚能站在家里的炉边。当你在下一个拐角处转弯时，用力刹车，但不要停下来，慢慢地减速，然后再加速。"

乔治娅现在感到完全如鱼得水了，她打开了驾驶室的门，爬上引擎盖，把自己吊在车顶上。他们绕过拐弯处的时候，乔治娅沿着车顶爬到家具搬运车的后部。她感觉到车速一下子降了下来，然后追击的小货车突然就出现在眼前,迅速赶上了他们。两车相距不到三十码远。乔治娅端起左轮手枪，对准了小货车前灯。五枪才把两盏前灯打灭。她想，鉴于我有点疏于训练，而且这辆家具搬运车还在摇摆，这个战绩还不错。乔治娅故意把最后一枪射进了挡风玻璃，已经偏航的小货车立刻偏离了道路，在斜坡上竖了起来。

乔治娅感到相当自豪，赶紧爬回驾驶室。她的同伴们一起一本正经地向她眨了眨眼。

"你一直在射杀暴徒吗?"工头问道。

"是的,我打灭了他们的前灯。把他们甩了。"

"啊。我还以为发表了一点儿意见,"工头一边吮吸着牙齿一边评论道,"现在,正如我告诉你的,乔,斯普罗斯顿用罚点球把他打倒了,还有……"

"如果你们同意的话,孩子们,"乔治娅谦恭地说,"我们就超车抢道开始越野公路赛。等你们赢了库普决赛以后,再把我叫醒。"

在十二月的那个夜晚,很多远离老路的、人迹罕至的寂静村庄听到了家具搬运车雷鸣般的震动声。对乔治娅来说,在驾驶室里打瞌睡、驱车旅行就像做梦一样前后矛盾。树木、尖塔、汽油泵、路标、猫头鹰、兔子被车头灯挑出来,不断地流过她的意识。每小时四十马力①,我离奈杰尔越来越近了。那么,接下来,裁判,伟大的考量要怎么做呢?你想要一次冒险,乔治娅,亲爱的。奇尔顿那迷人的微笑,那冰冷的心,是个笑里藏刀的人。这是从哪里来的?乔叟。亲爱的乔叟,他知道。乔叟,你应该活在这个时刻。在奇尔顿·坎特洛那里,我第一次看到了对重罪的黑暗想象。黑暗的,黑暗的,更黑暗的。

"醒醒,小姐。"

"什么?我在哪里?我们在哪里?"

"伊夫舍姆,很快就到格洛斯特了。一个骑摩托车的小伙子刚刚

---

① 马力(hp),英制功率单位,1英制马力等于745.7瓦特。

拦住了我们。他说他迷路了。我们不喜欢他的样子。"

继续前进。很快就到了格洛斯特,然后离牛津只有五十英里。但乔治娅感到焦虑:难以置信的是,"英国国旗"特务竟然让她轻松度过,这简直就是一个反高潮。毫无疑问,在这个棘手的时刻,一时间,他们不想在不必要的时候引起更多的注意,但是——

乔治娅突然喊道:"往上看,看那里!"

在家具搬运车开始攀爬的一座长斜坡的坡顶,在闪闪发光的道路上,越过山顶天际线的背景,那里卧着一个颜色更深的巨大物体。"英国国旗"的特务这次没有犯错误。他们在一个卡车只能缓慢爬行的地方堵住了道路,由于速度太慢,卡车没有冲破障碍的动力。

"一直往前开,"乔治娅急切地说,"告诉他们,你们让我在伊夫舍姆下了车。祝你们好运。"

工头打开了驾驶室的门,乔治娅在家具搬运车前照灯的掩护下,从耀眼的荧光屏后面跳了下去,然后放松肌肉,安全地滚落在沟里。

第十八章

"光辉女孩"

在这种紧急情况下,乔治娅的大脑似乎总是转得最快。她知道必须马上离开这个地方,找个地方躲起来,换装。但她必须等到埋伏的"英国国旗"的注意力被家具搬运车分散以后。乔治娅听见家具搬运车挂了低速排挡"嘎吱嘎吱"地在山上哀鸣,然后是撞上障碍物时发出的撞击声、呼喊声、搏斗声。司机和工头对自己做了充分的说明,这样她就可以有更好的机会逃走。乔治娅溜过马路,发现了一扇栅栏门,于是在树篱的掩护下穿过田野。

对乔治娅来说,幸运的是她一直有树篱掩护。她开始听到一种比自己心跳更大的声音——发动机的轰鸣声。起初她想，必是她的同伴们奇迹般地击退了袭击者，再次发动了家具搬运车。然后，整个夜晚突然像开花一样，出现了一道青灰色的光，在这道光线中，周围一英里范围内的风景每一个细节都一目了然。原来她听到的是飞机的噪声，而且，为了给"英国国旗"的特务照亮现场，飞机投下了一颗照明弹。

乔治娅靠着树篱呆住了，没有了夏天的树叶，这个保护显得很不够。她知道，飞机上的眼睛正在这乡村大地上搜索她。她觉得自己像干草堆一样大。不过，在照明弹的光熄灭之前，乔治娅已经掌握了方向。在她面前是一片幼树果园，在离他们一英里远的地方，她注意到被飞机充足的泛光照亮的地方是一座教堂的尖塔。她必须在警戒线布置完毕之前到达那座尖塔。

这就像是一场巨大的、疯狂的抢椅子游戏。一进到果园，乔治娅就快速地从一棵树跑到另一棵树，在每棵树前都停一下，再冲向下一棵树，希望不要暴露在野外，不被飞机每隔一会儿就发射的照明弹照见。乔治娅不知道伏击的人是否已经在距离她比较远的地方跟踪着她，因为飞机的轰鸣声淹没了所有的追击声。当走近村子时，她才意识到这些照明弹对她来说是幸事，它们不仅帮她照出了尖塔，还惊醒了邻里地区所有的狗，让它们狂吠不已。追踪她的人不能指望狗叫声告诉他们她往哪个方向去了。

最后，乔治娅来到教堂，躲进门廊喘口气，此时，又一颗照明弹照亮了现场。对面农家院子里的一只公鸡，被这一连串的假曙光搞得很紧张，暴躁地打起了鸣。乔治娅发现自己在咯咯地笑：可怜的公鸡，它再也不会重新振作起来了。在照明弹的照耀下，乔治娅看到在那边有一个墓地、一扇铁门和一幢爬满常春藤的房子。毫无疑问，是代教住宅。俗话说得好："有困难，找牧师。"乔治娅穿过大门，在牧师家院墙的阴影下停顿了几分钟，飞快地在大脑里编造一个可信的故事。

终于没有照明弹了。飞机的声音从空中消失了，取而代之的是头顶上一扇窗户传来的抑扬顿挫的声音："冬天的闪电，亲爱的。一个非常奇异的现象。提醒我明天就此写信给《时报》。无与伦比的才华。现在我想我们可以再去睡觉了。"

"但我相信那不是闪电，亲爱的，"另一个声音耐心而固执地说道，这表明争论已经激烈地进行了一段时间，"是架飞机，它正试图着陆。你没看到吗？"

"胡说，阿吉。你非常清楚，这附近并没有机场。就算你对，在每年的这个时候，出现不伴有雷声的闪电现象，这很不寻常，但并非前所未有。不，我向你保证，前所未有，我清楚地记得——"

"可那不是闪电，"乔治娅说道，从院墙的黑暗阴影中站了出来，"说实话，不是闪电。是我。我的引擎坏了，我不得不发射照明弹，设法在那边的一片草地上安全降落。"

"上帝保佑我的灵魂！"牧师喊道，"一个飞行员！"

在黑暗中，乔治娅的白色工作服很可能被视为飞行服。她在教堂的门廊上把胡子扯掉了，那顶布帽也藏在外套里了。牧师的妻子是一位和蔼可亲、相貌平平的女人，她坚持要乔治娅进来，喝一杯奥瓦尔丁，而她的丈夫站在背后，半信半疑地、得意扬扬地瞥了乔治娅一眼，仿佛对方不亚于一位从天堂降临在家门口的天使。

乔治娅想：我现在处于优势，但是，除非乔和工头让他们相信我已经在伊夫舍姆下车了，否则"英国国旗"的特务会彻底搜查这个区域。飞机的故事使我在牧师这里自圆其说，但只要到了"英国国旗"特务的耳朵里，我可就完蛋了。

乔治娅决定必须给福特斯库夫人讲一些真实的故事，一定程度的抵抗一定会出漏洞，因为对方是从一个较大的城镇教区到这个村子来的，对职业乞丐的所有花招骗局都了如指掌。事实上，在揭穿那些试图利用她丈夫不谙世事和慷慨的骗子身份时，她早已经成了一个行家里手。因此，一开始，福特斯库夫人就没打算相信乔治娅的故事，但是没过多久，她那疲惫而和蔼的眼睛里开始闪现出一丝光芒。她骨子里的浪漫，并没有被这么多年繁重无聊的工作和善行所扼杀。浪漫和冒险现在已经在夜晚来到了她的家门口，乔装打扮成一个身材矮小、棕色眼睛、富有魅力却穿着肮脏男装的女人，这让福特斯库夫人容光焕发。她同意把乔治娅藏在代教住宅，直到他们想出了让她离开的最好办法。与此同时，关于他们的午夜访客，她会让丈夫牢记什么也不说，这很有必要。

"我只希望没人问他，"福特斯库夫人补充道，温柔地笑着，"可怜的赫伯特是我所认识的最不会说谎的人。我记得有一次主教来了，我们的小狗吃了主教的牙套——但我不能浪费时间讲这个。幸运的是，我们的女佣不住家里，所以除了我们，谁也不知道你。"

福特斯库夫人给乔治娅在阁楼上搭了一张床。第二天早上，乔治娅在阁楼上睡过了头,一直睡到早饭时间。与此同时,两个不速之客的到访让福特斯库夫人大惑不解。两个男人自称是便衣警察,询问一名因盗窃汽车而被通缉的年轻女子是否在这附近。

"没有,"福特斯库夫人站在门阶上坚定地说,"昨晚没有人来这里。我可以向你们保证。"

"这名女子可能是在你睡觉的时候进来的。我想你不反对我们搜查房子吗?"

"当然不反对,只要你们有搜查令。"

"嗯,事实上,夫人——"

"你们没有搜查令吗?那样的话,恐怕就——"

来人开始咆哮起来。福特斯库夫人一点儿也不恐慌,但是她提心吊胆的是,唯恐他们的声音会把在餐厅里的丈夫吸引过来,牧师此刻正聚精会神地吃着一个煮鸡蛋,读着《教会时报》。

"对不起,"福特斯库夫人说,"我们代教住宅有过很多乞丐和不受欢迎的人,除非你们能证明身份,否则我不可能让你们进去。祝你们好运。"

当福特斯库夫人端着早餐托盘上来时,她把这一事件与乔治娅联系了起来。显然,尼瑟·谢普村现在处于被围困和封锁状态。不仅很难把乔治娅偷运出去,而且即便是把信息传递到伦敦或牛津,也存在巨大的危险。福特斯库夫人不敢把乔治娅一个人留在家里,同时她必须看好丈夫,以免他说漏了嘴。因为如果让他说谎,会让他很恼火,良心不安,不能自控的。

福特斯库夫人和乔治娅沉默了一会儿。乔治娅扫了一眼福特斯库夫人带上来的报纸，注意到了一则关于约翰爵士的简报：他目前情况仍然危急，但还有希望最终康复。好吧，为此感谢上帝，乔治娅想，于是开始担心起昨晚那两个同伴的命运来。

乔治娅的思绪终于被福特斯库夫人打断了，她问了个显然毫不相干的问题："亲爱的，你知道一些韵律操的知识吗？"

"韵律操？我以前在学校跳过，我想我跳的那种现在一定已经过时了。为什么问这个呀？"

"我只是想知道'光辉女孩'会不会成为我们的解决方案？"福特斯库夫人说道，用铅笔轻敲着牙齿，皱着眉头看着手里拿着的购物单。

"'光辉女孩'？"乔治娅温顺地问道。现在没有什么能让她大吃一惊的。

"赫伯特认为'光辉女孩'相当于异教徒。但是，正如我告诉他的，我们村的道德连几个穿着洋红色短裤、高大健壮的年轻女士都承受不住，她们就不能得救了。此外，'光辉女孩'给我们表演是她们主动提出来，是免费的。村礼堂的舞台是谢普夫人捐赠的，可惜我们没有更多地利用。不过，要是'光辉女孩'把舞台弄坏了，那就太可怕了——'光辉女孩'确实会跳来跳去，不是吗？"

跟你东拉西扯的样子一样，乔治娅想。但她还是让福特斯库夫人继续说下去。由于乔治娅当时的状态和所处的特殊处境，显而易见，牧师太太简直就成了黑暗中无休止的独白。她滔滔不绝的、无关紧要的话，使人难以记起她们现在四面楚歌，险象环生，每一条出路都可能是危险的，都被孤注一掷的人挡住了。不接受他们的审查，他们都不会允许一只黑甲虫离开这个地区。

福特斯库夫人可能是在通过亲切的闲聊来考验人的耐心吧，但最后肯定会有进展。乔治娅意识到了这一点，这是她在两天来第二次意识到这一点，一位天生的组织者为她提供了所需的安全。福特斯库夫人的计划是，乔治娅与一位"光辉女孩"互换角色。"光辉女孩"将于明天晚上造访尼瑟·谢普村，举办一个韵律操表演，或者，用光辉姐妹会带头人的话说，"心理-生理辐射"。姐妹会繁盛于女性过剩的地方，手中拥有比性需求更多的需求。她们在切尔滕纳姆有一个中心，从那里向周围的乡村派遣团队，传播她们特有的心理信仰和生理冲动相结合的思想。"光辉女孩"会乘一辆小型私人公车抵达尼瑟·谢普，并在演出结束后尽快离开。

福特斯库夫人显示出了蛇的智慧，她让乔治娅了解光辉姐妹会非常重视神秘的数字七：她们总是七人一组表演，领头人是不知疲倦的洛贝莉亚·阿格·索雷斯比小姐。让一个"光辉女孩"到代教住宅就突感不适，而乔治娅自告奋勇来补齐神秘人数，还有什么比这更容易做到的呢？牧师的妻子认为，毫无疑问，乔治娅的气质并不完全令人满意，但阿格·索雷斯比小姐会破例通融的，因为这样才能保证七人组合的完整性。

乔装打扮成一缕阳光，来躲避"英国国旗"的想法，极大地丰富了乔治娅的想象。起初她还担心福特斯库夫人打算毒死一个"光辉女孩"，为自己制造一个空缺呢。但是，福特斯库夫人向她保证，认识一个来访团队的队员，对方在体型和外表上与乔治娅都比较相似，随意换个队员绝对易如反掌。主要困难是把这个女孩藏起来，别让人看见，直到乔治娅从尼瑟·谢普村逃出生天，远走高飞。

在接下来的大约三十个小时里，乔治娅耐心等待。白天她不敢离开阁楼，甚至不敢在阁楼里多走动，以免把自己的存在泄露给福特斯库家的女仆。牧师只在周四下午露了一次面，给她带来了一本布道书、装订成册的潘趣酒书和一本他自己的专著——关于特克斯伯里修道院古董的小册子。每隔一段时间，福特斯库夫人就带着食物和小道消息冲进来：刚才村子里有很多小道消息，昨夜飞机的小道消息，一辆汽车和一辆家具搬运车在罗特利山相撞，还有这个地区出现了这么多爱打听别人私事的陌生人。

星期五的晚上终于到了，"光辉女孩"也跟着来了。她们的领头人——洛贝莉亚·阿格·索雷斯比，是乔治娅见过的身材最扁平的女人。"婀娜多姿"是洛贝莉亚用来形容自己的词，但乔治娅觉得她身材扁平、下垂，并昵称她为"终结所有曲线的曲线"，她唯一突出的五官是一个细长突出的鼻子和一对相当突出的眼睛，都很有效果。当"光辉女孩"到达一刻钟后，布兰德小姐宣布她生病了，不能参加当晚的演出了。

阿格·索雷斯比小姐的眼睛里流露出痛苦和精神上的听之任之，鼻子因不那么优雅的情绪而抽搐。"胡说，梅布尔，"她说，"我们不理解'疾病'这个词，它不存在于我们的词汇中。你的灵魂有点走调，亲爱的，仅此而已。深呼吸，投入到无限之中。"

梅布尔·布兰德听从了领头人的指示，但是不解决问题，她固执地说："对不起，好像没有——我是说，我一定是吃了一些不合适的东西。"

阿格·索雷斯比小姐退缩了。福特斯库夫人一直面无表情地看着，现在评论道："恐怕她看起来确实有些不舒服，有些格格不入。我想你也只能不带她表演。"

"我们不是表演，福特斯库夫人，"阿格·索雷斯比小姐温柔地说，"我们是诠释，我们都是船只。我们接受，我们倾诉。但这是完全不可能的，"她说着，态度严厉起来，"我们必须有七个人。你看，七颗带尖角的星。但恐怕你不会明白。"

"也许我的朋友莱斯特兰奇小姐能帮你。"牧师妻子指着乔治娅回答道。

阿格·索雷斯比小姐淡色的眼睛慢慢地转向乔治娅，聚焦在她身上，仿佛她是一个无限遥远的物体，距离对她来说只是一种可疑的魔力。

"莱斯特兰奇小姐，你入会了吗？你是我们中的一员吗？"

"哦，是的，的确如此，"乔治娅大胆地回答，"在我自己的圈子里，我以第七根光之柱而闻名。"

阿格·索雷斯比小姐表达了她满意的态度，"光辉女孩"都退下去为排练换衣服了。乔治娅穿上了布兰德小姐的衣服。七个人用她们不那么像雕像的动作脱下飘逸的橙色垂褶布，露出洋红色短裤和胸罩。乔治娅觉得，胸对于阿格·索雷斯比来说不过是一个肌肉发达的部位罢了。排练进行得相当顺利，乔治娅几乎没有遇到什么困难就学会了这个节目的要领。然而，洛贝莉亚后来走近她，轻柔低语："是的，亲爱的。我看得出来你有这个——"她用手指在空中编织出一个模糊的手势，"音调、振动。但也许这次你最好还是留在后排。"乔治娅听完，并不感到难过。

"当然。"后排正是我想待的地方，乔治娅想。不过，福特斯库夫人说得很对，我必须参加这次演出，为了确立自己作为"光辉女孩"之一的地位，然后跟她们一起逃离。但愿村礼堂的光线不太好。

据了解，阿格·索雷斯比小姐已经注意到了这一点。她给泛光灯罩上了红布，让"光辉女孩"们在暗淡的粉色灯光下摆姿势、移动，在脱掉垂褶布以后，看起来就像轻轻涂上了欧赛酚牙膏。

村里的观众不知怎么被阿格·索雷斯比小姐的开场白吓坏了，她鼓励他们放松，深呼吸，面对七星"心理和生理辐射"的影响，释放灵魂，让其具有可塑性。村里的观众仍然没有受到橙色垂褶布的进化影响。但是当"光辉女孩"们脱掉外套，露出洋红色短裤，牙膏粉色肉体开始光彩照人地跳跃的时候，心理上的辐射似乎真的吸引了观众。一阵喘息声响起。后面有一些凶猛的人，吹着口哨，学猫叫，在木板上跺脚，开始显示出灵魂的可塑性，牧师认为有必要快速平息下来。这时，他听到座间通道旁的一个很老的老人说的话：前排是整齐的商品，要是她不是商品的话，让他的眼睛瞎了。

乔治娅在舞台上踱来踱去，心想，真幸运，这帮人喜欢自由诠释，否则我可就会在现场出洋相了。作为背景，保持良好状态。乔治娅用眼睛环视着观众。他们大多是村里的女人，还有少数年轻人。乔治娅注意到一个男人靠着边墙，看起来与周围的一切格格不入：他穿着一条滑稽的马裤，还有一件格子外套，他有一张危险和阴沉的脸，而眼睛偷偷摸摸地、专注地仔细审视观众，好像在不出声地点名。

第一次诠释结束以后，阿格·索雷斯比小姐在紧闭的幕布前朗诵了一些她自己创作的诗歌。乔治娅把在幕后帮忙的福特斯库夫人拉到一边，领到舞台上，让她透过窗帘窥视："那个站在旁边穿马裤的年轻人是谁？"

"让我看看。哦，那是雷纳姆先生。"

"本地人？"

"是的。雷纳姆先生大约五年前来到这里。他是一位绅士农民。我的意思是，他就是这么自封的。如果你问我，我会说，他从来都不是绅士，将来成不了一个农民。"福特斯库夫人咯咯地笑了起来，然后看起来为自己的恶意感到羞愧，"亲爱的，恐怕你是在骗我。我相信他是个值得注意的年轻人，他有他的方式。"

乔治娅想，我很确定他是"英国国旗"的成员之一，我必须对他时时警惕。当"光辉女孩"再次登台时，乔治娅注意到雷纳姆先生正聚精会神地观察着她们。过了一会儿，他走了出去，靴子在木地板上发出沉重的脚步声，根本没有放轻的意思。一个没有礼貌的年轻人，乔治娅想：但这并不是问题的重点所在。他也很机智吗？他发现我了吗？他出去是做准备吗？

再过二十分钟，演出就要结束了。牧师虽然困惑仍彬彬有礼地致谢词。团队退下换装。这将是一段尴尬的旅程。福特斯库夫人把洛贝莉亚·阿格·索雷斯比小姐拉到一旁，告知布兰德小姐病得太重，今晚不能成行，问她"莱斯特兰奇小姐"是否可以代替布兰德小姐和她们一起坐公交车回去。她和乔治娅以前就已经商定，尽管这么做有风险，但对乔治娅来说，这是一条更安全的道路，比她上公共汽车以后，在全体队员面前冒充布兰德小姐要好很多。

在征得阿格·索雷斯比小姐同意后，福特斯库夫人在乔治娅旁边坐了下来，低声说道："我们出去的时候有人闯进了代教住宅里。我们把门锁上了，但我刚才回去时发现一扇窗户是开着的。"

"布兰德小姐呢？"

"她没事。按照我们的安排，就在节目开演之前，我把她带到了邻居家，我敢肯定没人能看见我们，因为当时一片漆黑，而且邻居不会说出去的。几天后我们会把她偷偷带出村子，这时间对你来说够用吗？"

"福特斯库夫人，你真是个天使。我不知道该怎么感谢你。"乔治娅说着，紧紧地握着她的手。

"别傻了，亲爱的。该谢谢你的人是我，我没有得到过那么多的刺激。好吧，没关系，我希望你一切顺利。有消息以后，让我们知道，好吗？"

洛贝莉亚·阿格·索雷斯比召集了"光辉女孩"，组织她们到外面。几个村民站在路边，冷漠地看着她们。乔治娅没看见穿马裤的年轻人，手里提着福特斯库夫人借给她的手提箱，身上穿的是福特斯库夫人昨天给她改的女装，看上去像个牧师夫人似的。乔治娅冲进了一辆小型私营公共汽车。两个座椅在车辆两侧面对面。乔治娅开始坐在离司机较远的位置，靠近安全应急门。虽然她没有想到会有一扇安全应急门，但能在那里却感到些许安慰，足以应付"英国国旗"特务可能策划的紧急情况。

阿格·索雷斯比小姐最后一个爬了进来，回头对牧师道别，她一直在试图劝说牧师改变信仰，她说："但这不是宗教，福特斯库先生。这只是宇宙。"

公共汽车启动了……

第十九章

车站的售货车

在喧闹的公共汽车上,乔治娅权衡了自己的机遇和风险。她一点儿不怀疑,在她们离开该地区之前会被"英国国旗"的特务拦下。如果她成功地没有被人认出,她就可以脱离危险区或危险地带,最不济,也可以从切尔滕纳姆坐火车到牛津。单单这个想法,几乎都能让她感到解脱和幸福得发狂,可是她还是坚决地放弃了这个想法。时间足够了,如果,什么时候……问题是,在村礼堂,她是不是已经被"绅士农民"雷纳姆认出来了?如果她没被认出来的话,他们对公共汽车的检查会更加敷衍,她可能会通过。如果她被认出来了,她的气数就尽了。

所以她把赔率定为三比一。如果她知道在前面一英里外，是谁蜷伏在路边的一辆车里等这辆公共汽车的话，她就会做出很不一样的选择。

公共汽车隆隆地开了一整夜，"光辉女孩"们漫无边际地聊着。过了一会儿，司机看见前面路中央有一个火炬的靶心向他挥舞着，司机放慢速度，停了下来。

准备，乔治娅想。她把帽子拉低了些，调整了一下福特斯库夫人借给她的一对旧鼻夹。可怜的伪装，她想。

一名男子打开前面的推拉门，和司机简短地嘀咕了几句。是雷纳姆。他上下扫视了一下公交车的过道，盯着乔治娅看了一会儿，然后对阿格·索雷斯比小姐说："很抱歉耽误了你的时间。我开车送一个朋友去切尔滕纳姆，车坏了，朋友很着急，得赶火车。你介意带我们一起去吗？"

"光辉女孩"的领头人脸红了，激动地说："当然，咦。当然可以。"乔治娅的手朝着安全应急门的门闩伸过去，但后来她看到两个男人站在后面的道路上。她无法理解"英国国旗"巡逻队的战术，她也没有时间仔细想。"光辉女孩"发出一阵骚动和咕哝，那种骚动就像一个病人或一个盲人走进一个满屋子人的房间。雷纳姆扶上车的那个人的确是盲人，至少，他蒙着一个眼罩，把一根触须一样的手杖伸在前面。车里出现一些同情的低语声，其中"盲人"这个词反复出现。

"盲人！"乔治娅想尖叫，"这不是重点，你们这些傻瓜！你们才眼瞎！你们看不出来吗？你们不知道他是谁吗？你们不知道奇尔顿·坎特洛吗？"

刹那间，雷纳姆殷勤地护送着奇尔顿走下座间过道，向乔治娅旁边的空座位走来，她什么都明白了。一听到她从家具搬运车打埋伏的地方逃走的消息，奇尔顿肯定是火速赶到该地区亲自指挥行动来了，他宁愿承受"英国国旗"领导人现身的损失，也不愿意让她再次从他们手中溜走。毫无疑问，关于乔治娅，当地的"英国国旗"只有一张照片和一些文字描述。雷纳姆认为已经在村礼堂的舞台认出了她，但还不能确定。奇尔顿是来确认的，他不用眼睛看也能认出她来。

奇尔顿所要做的就是坐在乔治娅身边，就像他现在正在做的那样，并小声说："晚上好，乔治娅。"

乔治娅知道任何掩饰自己声音的企图都是徒劳的。那样的话，她可能会拖延一点时间，但又有什么用呢？乔治娅说："晚上好，奇尔顿，真想不到在这里见到你。"

"我想是的。"奇尔顿说，声音大得足以让雷纳姆听到，而雷纳姆听到以后，就立刻沿着座间过道往回走，坐在司机旁边。奇尔顿朝乔治娅靠了过去，又开始小声说起话来："你会像他们说的那样老老实实地跟我们走吗？"

"如果我不肯呢？"

"我的朋友有一把左轮手枪，他会强迫司机转向小路。有一辆车跟在后面，所有人都会被带下车枪杀。我现在不能拖泥带水。"

乔治娅知道他不是在虚张声势，他的声音有些尖刻，冷冰冰的，像钢铁，完全无情。"很好。"乔治娅说。

公共汽车嘎嘎地前进。"光辉女孩"们喊喊喳喳，打哈欠，好奇地瞥了一眼坐在那里如此安静的英俊盲人。一辆带着挎斗的摩托车开得很快，从他们身边呼啸而过，继续向前驶去。不久，奇尔顿的手杖"啪"的一声掉在地板上。这一定是预先安排好的信号。雷纳姆环顾四周，然后对司机说了什么。公共汽车停了下来，一辆小汽车紧跟在后面停了下来。

"他们好像把我们的车修好了，"雷纳姆说，"我们最好在这里换回去。谢谢你让我们搭车。"

"你愿意和我们一起去吗？"奇尔顿问乔治娅，"司机把我留在车站后，可以把你送到你的目的地。"

"非常感谢。"乔治娅想加上一句"坎特洛勋爵"，但是她知道这会给公交车上每个人带来厄运。雷纳姆扶着奇尔顿穿过安全应急门，然后彬彬有礼地拎出乔治娅的手提箱。当他们护送她到等候的汽车旁时，乔治娅感到十分麻木：无助得像暴风雨中漂浮在大海上的软木塞。这就是人们走向刑场时的感受吗？她迷迷糊糊地琢磨着——蒙眼滴剂、血迹斑斑的墙壁？

他们把乔治娅放在车后座。是宿命吧，就像一个人在长时间的痛苦过后，渐渐熟悉了死亡，迎接预料之中的死亡一样，她吸进了罩在脸上软垫里的三氯甲烷医用麻醉剂，没有一丝挣扎。她想，何必这么麻烦呢？她听到的最后一句话是奇尔顿说的："不要对她动粗。我想自己对付她，以后……"

乔治娅在漆黑中醒来。她头痛，喉咙里还有三氯甲烷医用麻醉剂的气味，夹杂着淡淡的霉味。黑暗让她感到惊骇。有那么一会儿，她被一种绝对恐惧所控制，认为奇尔顿已经报仇雪恨，把她的眼睛挖出来了。然后，麻醉剂的效果一过，她感觉到这是多么荒谬：她的眼睛里还没有疼痛。

她包里装着的 A 计划文件和左轮手枪已经被搜走了。乔治娅不由自主地摸了摸衣服里面，看看他们是否找到了副本和缝在胸衣上的文件。没有，还在那里。并不是说这有什么区别，他们永远不会让她活着离开这个地方。即便如此，她现在在什么地方？

带着一种迟钝的好奇心，乔治娅开始在黑暗中摸索。光滑的石头地板，潮湿的墙壁，一扇用木板围起来的窗户：一个大约十二平方英尺、有霉味的房间，某个被遗弃的村舍的起居室。乔治娅想象着：在雷纳姆的土地上，也许他从来都不是绅士，也永远不会成为农民。像想知道外面是否是夜晚突然变得重要起来，乔治娅试图在木板窗上找到一道裂缝，但是没有足够大的、可以看到外面的裂缝。房间空荡荡的，就像噩梦中的某个身影从不可估量的距离一步一步地前进，显露出其险恶用心，逐渐迫使她屈服于它的全部思想。

这将是她与奇尔顿·坎特洛斗争的最后舞台。他也没打算给她一点机会，每一块可能被她用作武器的木头或旧金属，都已经被移除。有那么一瞬间，恐慌情绪占了上风。她朝门口跑去，用拳头捶打着门板。好像这是一个信号一样，外面很快传来了脚步声。乔治娅跑了回来，蜷缩在远处的一个角落里。

奇尔顿·坎特洛对一个人说道："好吧。我现在就进去。你可以在我身后锁门。"

门开了又关，露出一道微弱的假曙光，随即消失在黑暗中，让黑暗变得更加强烈。乔治娅可以听到他在十二英尺外从容不迫的呼吸声。她想象着他脸上的笑容："嗯，乔治娅，你功亏一篑了吧？"

她什么也没说。

"我一直期待着我们的重聚。那天晚上你差点把我弄瞎了，不过，他们说我的视力可能会恢复。你不祝贺我吗？亲爱的，恐怕你的视力却无法恢复。我一定要做到这一点。"

乔治娅保持沉默，一动不动，虽然感到自己的心在体内狂跳得如此恶心，一定已经出卖了她。

"你不想尖叫吗？"奇尔顿彬彬有礼地问道，"当然，没有人会听到的，但他们说这会带来慰藉。那么，我希望你用自己的安静方式来享受我们的'捉迷藏'小游戏吧。"

奇尔顿开始在黑暗中向她逼近，乔治娅唯一的本能就是尽量避开伸过来的手指。也许他迈着让她印象深刻的如熊一般的步子，双臂在面前胡乱地摆来摆去。他第一次冲刺，她逃到一边，脚在石头地板上没有发出声音，她感到有点惊讶，这才意识到他们把她的鞋子拿走了。他们的人当然要把鞋子拿走，因为鞋跟在紧要关头也能当武器，奇尔顿做得很彻底。

有几分钟，乔治娅继续躲避奇尔顿。但她一使劲，呼吸就急促，她知道呼吸声一定会使自己暴露。他在她身后左奔右突，笨拙地追着，手指像触角一样在黑暗中摸索，不紧不慢的。被盲人追逐的残酷和恐惧,使得她想大声呼救,尽管没有人能来帮忙;但乔治娅下定决心不让奇尔顿战胜她的软弱。最后,她快要发狂了,决定结束这一切。她靠着墙站着,喘着粗气,等着他悠闲地走近。当听到奇尔顿在前面很近的时候,乔治娅向前扑到膝盖高的黑暗中,希望能把他撞翻在地,让他跌倒以后,头撞到石头地板上,只要能阻止他玩这个残忍的、致命的游戏,她不惜一切代价。

她的身体撞到了他的大腿上。他向前倒了下去,但是倒的时候却抓住了她的衣服。现在她意识到了他的力量。她挣扎得像个野猫,但很快他就把她打趴下了,他的膝盖压在她的胳膊上,手指称心如意地向她的眼睛摸去。她突然变得软弱无力。她知道,如果奇尔顿相信她晕倒了的话,这个正在轻声笑着的冷冰冰的疯子会推迟他的复仇。他想让她感受到所有的过程。

"哦,不,乔治娅,不行。你不要假装昏过去了。"奇尔顿说道,然后,他抬起乔治娅那只软弱无力的手,故意掰断了她的小指。乔治娅咬着嘴唇忍住没有哭,但一阵痛苦的寒战穿过身体,现在她是真的晕倒了……

就在这时,两名男子出现在废弃的村舍外,给门口的警卫报出了暗号,然后被带到了奇尔顿和乔治娅一直在搏斗的小房间外。其中一个人对房间外面的警卫说道:"给头儿的口信。紧急!"

"他在忙。"警卫说着把头朝门点了一下。

一枚"英国国旗"徽章在警卫眼前闪了一下:"开门,该死,否则他会从你手里拿走它。"

警卫只好转身去开门……

乔治娅从昏迷中苏醒过来，呻吟着。她被人抱着，像个麻袋似的甩到一个男人的肩上，他们正在走入破晓的冷空气里。她听到背她的男人对一个人说："没事，孩子们。头儿让我们把这位女士带走——他给她留下了什么——然后给她挖一个漂亮的深坑。他正忙着看我们给他带来的消息，半个小时都不想被打扰。再见。"

乔治娅的大脑开始快速工作。奇尔顿这么做就是为了吓唬她吧，他做得很好。但是刽子手却是这些人。他们比他强一千倍——她甚至可以摆脱他们，现在她已经到户外了，从那恶魔般的、发霉的房间出来了。

男人们把她塞进一辆车里。他们出发了，在一个青草覆盖的小道上颠簸着快速行进，乔治娅假装仍处于昏迷状态，为最后一搏积蓄着力量。那两个人保持沉默。大约十分钟后，汽车减速，他们把她抬了出来，扛在肩上，带到一个高高的斜坡前，并开始爬坡。这个斜坡在乔治娅的眼里是倒着的，突然，乔治娅意识到这是一个铁路路堤，于是一阵可怕的恐惧向她袭来：他们不会为她"挖一个漂亮的深坑"，他们打算把她横放在铁轨上，放在火车前面。从某种程度上说，这更利索。她一直很放松，等到他们把她放下来，她才苏醒过来。

他们带着她穿过铁轨，走向一边的一个简易房——一个养路工的小屋。门开了，一个穿着油腻腻的衣服、围着围巾、戴着布帽的男人坐在里面，他背对着他们，在一个煤油炉上暖手。当他们进来时，她被轻轻地放了下来，他转过身，向前一跳，伸出双手。待看清了那人的面容，乔治娅纯粹是因为惊讶透不过气来，她跟跟跄跄地走上前，投进了约翰爵士的怀抱。

几分钟后，白兰地让乔治娅恢复了活力，她颤抖地说道："我还以为你——报纸上说的——"

"我比他们以为的要坚强。事实上，我几天前就离开护理之家了。但我们认为最好还是让'英国国旗'误以为我还在那里。"

约翰爵士的眼睛在他那脏脏的脸上闪闪发亮。

"约翰叔叔，你看起来的确很凶恶。我从来没想过像你这样地位尊贵的人会降尊纡贵乔装打扮，穿地位这么卑微的服装。你是怎么找到我的？奈杰尔好吗？他在哪里？"

"奈杰尔很好，他在牛津等你。我一直很难让他置身事外，不要参与，特别是当我们听说你在逃跑的时候。我们之所以能够找到你，第一是因为密切关注坎特洛，在你带着计划逃跑以后，我们知道他会公开露面的。他跟着你，我们跟着他。那两个开家具搬运车送你的家伙也令人满意，他们被'英国国旗'的人拖了一段时间，但他们最终还是逃脱了，在最近的警察局报了案。幸运的是，巡查员是一个可靠的家伙，他打电话给我，所以我们才知道你在这个地区。这是你在曼彻斯特给艾莉森·格罗夫打电话以后我们第一次听到你的消息。即使在那时，你也把自己藏得很好，我们找不到你一丝一毫的踪迹。我有点担心。"

"我自己也有点担心。"乔治娅回答道，语带讥讽。

"无论如何，"约翰爵士使劲揉着胡子说，"我跟踪坎特洛的手下看见他拦住了你昨晚坐的那辆公共汽车。乔治娅,你现在交的朋友真奇怪,'光辉女孩'!哎呀,天哪!嗯,他们跟着你去了那间村舍,再也不能做什么了,守卫太严。怕在那里有丁点延误,我不得不打电话给两个在'英国国旗'内部的线人,让他们把你救出来。这是件棘手的事,亲爱的,我不敢进行大规模进攻,我知道警报一响,他们会马上杀了你。"

"他不需要任何警报就能杀了我,也不需要竭尽全力。"乔治娅说道。她仍然觉得很难说出奇尔顿·坎特洛的名字。

约翰爵士靠上前去,抚摸着她的手,当他不小心撞到她的小手指时,注意到她退缩的样子,他把她的小手指重新固定并用临时夹板包扎好。约翰爵士的蓝眼睛里闪现出一种神情,这种神情乔治娅曾经在奈杰尔的脸上见过一两次,而且永远也不会忘记:那是一种燃烧着的怒火,不全额付清,绝不会消失。

约翰爵士说:"不允许对坎特洛施以绞刑了,这点你可以肯定。让我看看那些计划。"

"我得脱一点衣服。我一直在用它们来填充我单弱的身材。"

"你做得很好,亲爱的。我们都为你感到骄傲。我觉得不是随便什么人都可能成功。"

约翰爵士轻快和善的声音使乔治娅热泪盈眶。她突然感到虚弱,准备沉溺于罕见的自怜时刻。她说话的声音里有犹豫:"他想把我的眼睛挖出来,约翰叔叔。"

"他瞎了,是吗?嗯,我不认为他自己此刻感觉会太好。喂,亲爱的,再来一大口白兰地。没错，救你的那两个人在警卫开门的时候砸了警卫的头，然后也砸了坎特洛的头。他们把那两个人锁在房间里了，村舍被包围了。现在一切都结束了，除了枪击。"约翰爵士严肃地说道。

"这是他所谓的 A 计划。这是他的叛变，B 计划。"

"是的，"约翰爵士浏览了第二份文件后说，"我从没怀疑过这个有问题。他这该死的方式，比我想象的还要危险。我要再次感谢你吗？"

"别傻了。"乔治娅深情地摩擦着他油腻的袖子，"你知道吗？你化装成一个养路工的样子令人印象相当深刻。你是说你要当养路工吗？你知道怎么铺设钢板吗？我相信你无所不知。我——哦，见鬼！"

乔治娅突然全线崩溃，泪如泉涌，这让他们两人都感到惊讶。

"好了，亲爱的，没事了，一切都结束了。"约翰爵士说着，把她抱进怀里……

那天早上晚些时候，乔治娅乘坐火车穿过科茨沃尔德。她所在的车厢被锁住了，约翰爵士的一个手下和她坐在一起，另一个手下站在外面的走廊里。当向窗外望去时，乔治娅觉得在她所有的旅行中，从来没有见过哪个国家像英国这样美丽：石头砌成的墙和村庄，小山穿着棕绿色的冬装，显得很朴素。伦敦路在某处紧靠着铁路，沿着这条路，几个小时前，一个装甲车车队驶过，这在今天的道路上已经是司空见惯的景象，只是这些车里的枪都上了子弹，炮塔里的工作人员都处于警戒状态。约翰爵士不是在冒险，只要没有发生地震，没有一支陆军旅的阻挡，就无法阻止他带着"英国国旗"的计划奔赴伦敦。

乔治娅的目光又回到了车窗外闪过的乡村。小火车气喘吁吁地拼命往前开，急急忙忙地赶金汉姆的快车。群山展开，仿佛正把火车揽入温柔的怀抱。快点，火车，快点，乔治娅想。奈杰尔在牛津等我。我们不能让他久等。差不多一整年了，这是一个人生命中很长的一段时间。他看起来会跟原来一模一样吗？我很安全，我很安全，我很安全！我都忘了"安全"这个词是什么意思了。我们都很安全，所有正派、普通、勤劳的人们，创造英格兰的人们都很安全。

在牛津车站的站场里，在火车即将到达的十分钟前，停着一辆跑车，发动机低速运转着。跑车里面有两个人，他们长着粗脖子，一双小眼睛愚蠢而又傲慢，其中一个人还在摆弄一把左轮手枪的保险栓。接到电话以后，他们开车到了车站，按照命令，他们将不惜一切代价找到乔治娅。

一个人从约翰爵士在废弃村舍周围设置的警戒线中溜了出来。奇尔顿·坎特洛恢复了意识，发现乔治娅跑了，知道自己完了。他把失败的全部怨恨都集中在乔治娅身上，是她把他所有的计划和抱负都变成了尘土。至少,她不应该活着享受自己的胜利。奇尔顿·坎特洛给"英国国旗"下的最后一道命令，就是一定要杀死乔治娅。他没有告诉他们这个杀人行动就像一个男孩踩蚂蚁一样毫无意义，因为乔治娅获救的方式让他明白，她现在一定已经把计划交给了其他人。

拿左轮手枪的人看了一眼手表，说："现在随时都会到，要我说我们能顺利逃走吗？好像周围有很多人在等待。"

"你把这个女人堵住,剩下的事我来做。你临阵退缩了吗?还是怎么了?他们料不到这里会出事……"

火车在月台上减速了。站在车窗前,乔治娅根本看不见奈杰尔:有一大群大学生在成群地乱转,这一定是一个慈善募捐活动或者其他什么,乔治娅想。接下来,一个高大的身影出现了,冲下了月台,是奈杰尔!他俩在那里站了一会儿,执手相看,笑容满面,一句话也说不出来。

"好吧,你安全回来了。"奈杰尔终于回过神来。这不是世界上最难忘的格言,但乔治娅永远不会忘记。

"是的,我回来了。你看起来很好。哦,亲爱的,我就是不能在这些年轻人面前吻你。他们为什么这么盯着我看?我的帽子戴反了吗?"

"嗯,事实上,这是一种接待仪式。对你来说。只是一点点致敬——"

"奈杰尔,我断然拒绝——"

"来吧,孩子们。"

人群中出现了一辆平板行李手推车,有点像一辆两轮流动售货车,乔治娅还没来得及抗议,就被三对胳膊抬了起来,稳稳地坐在售货车里。奈杰尔把手推车推向出口。

"奈杰尔,你这个魔鬼,我永远不会原谅你的!"乔治娅对奈杰尔喊道,但是她的声音被一群大学生的欢笑声、欢呼声淹没了。大学生在手推车周围形成一个方阵,就这样进入了车站的场里,通过检票口时,这么多人向检票员出示站台票,检票员一脸的困惑。

"这到底是什么鬼东西?"红色跑车里拿着左轮手枪的人对同伴大声喊道。

"她来了!"另一个说,"就是她!快点!"

"天哪,我无法向那帮人开枪。他们会用私刑处死我们的。"他手舞着左轮手枪,试图在围着手推车的人群中找到一个缺口。

奈杰尔推着手推车,不顾妻子黑乎乎的脸,想到了他今天一早收到叔叔的电话留言。"他们可能会在牛津生事,"约翰爵士说道,"一个人从我手下的手里逃走了,坎特洛对乔治娅很恼火。我只能派出两个人当保镖,再多派不出来,所以你最好小心点。如果可能的话,不能让她知道,她已经接近崩溃的边缘了。"

奈杰尔已经注意到了,他不想让乔治娅惊慌失措。她已经经历得太多了。因此,他突然想到了一个大学生搞慈善募捐活动的想法,于是让他年轻的表弟去组织。

乔治娅对这种可怕的宣传怒不可遏,但却被随行人员狂野的欢笑和整个情况的荒唐可笑所感染,完全没注意到当手推车被推着穿过车站的站场时,凶手的枪正徒劳地指向人群,他们经过那辆红色跑车时,枪口离她的身体只有十英尺远。她也不可能看见约翰爵士的两个手下,也就是曾经在火车上护送她的两个人,现在却不好意思地走在队尾。当看到被"英国国旗"男子的手套遮住的半块金属寒光闪烁时,两人突然变得紧张起来,他们互相看了一眼,就在队伍旁边转了一小圈,向跑车里的人猛扑过去。

这些乔治娅都没有看到。他们沿着火车站的路走,越过运河,穿过"玉米市场"进入布洛德博物馆,人群每分钟都在扩大,学院墙壁上古板的窗户打开了——人群在喊叫、欢呼、歌唱,而手推车上那个棕色眼睛的娇小女人完全迷失在他们中间。乔治娅现在玩得很开心。是的,她真的很享受她的胜利:祝福你,奈杰尔,你这个疯狂的白痴!祝福你们所有人!

第二十章

笑到最后的人

在那支凯旋队伍穿过牛津街道一周以后,乔治娅和奈杰尔开车赶回在德文郡的家。

在那个星期里,乔治娅接到几位重要人物的来电,他们希望她到伦敦来,接受他们所代表的全国人民的谢意,但乔治娅借口身体不好,宁愿和奈杰尔待在和平的牛津。事实上,凭借非凡的韧性,乔治娅很快克服了最后那些绝望的日子所带来的影响,在她看来,这一整年都是一场噩梦,是正常生活中的一段插曲,她也不希望因为那些政客唤起回忆,那些胆小或自私的政客,应该对此事的发生负有全部责任,此时却只是过分的感谢和阿谀奉承。她已经完成了任务，不想要那类完全没有必要的感谢。

在那个星期里，约翰爵士以进攻的速度，以一位伟大将军的精细和果断彻底地捣毁了"英国国旗"组织。全国各地零星爆发了几起暴力事件，但是，"英国国旗"已经群龙无首，不知所措了，即便被迫提前挑起叛乱，但很快就灰心丧气地缴械投降了。奇尔顿犯了一个致命的错误，他没有在一周前，也就是乔治娅第一次从着火的房子逃脱时发动叛乱。但是，随着约翰爵士因伤不能工作，重新抓获乔治娅，正如他所判断的那样，不到几个小时，他就被自己的手下将了军。外国干预的安排尚未完全完成，和其他独裁者和准独裁者一样，他被极度的虚荣和下属的阿谀奉承所误导，低估了对手。

在他入狱的第一段时间里，奇尔顿有时间来反思这些错误。这种想法非常令人不快，足以捅破他和疯子之间那层薄薄的窗户纸。当"英国国旗"的其他领导人出庭受审的时候，奇尔顿已经被关在了精神病院，在那里，他把很多时间花在玩机械竞赛游戏和摇摆木马上……

乔治娅把头靠在奈杰尔的肩膀上。小车颠簸着，摇摇晃晃地沿着小路向他们的小屋开去，荆棘摩擦着车身。他们的烟囱冒出一缕烟，出现在乱七八糟的树篱上方。乔治娅幸福得浑身酥软：这次回家的价值和意义几乎抵得上他们一年的生离死别和她所忍受的一切。突然，她用一只手掩住了口，喊道："天哪，亲爱的！我们忘了……"她说不下去了，无力地向树篱做了个手势，只见远处都修剪得很整齐，但属于他们的树篱却都疯长着，十分浓密。

"可是，我嘱托过库姆斯，要为我保持花园的整洁。"奈杰尔说道。

"可怜的老库姆斯有一个特别缺乏想象力的大脑，如果你不提树篱，他就不会修剪树篱。"

他们把汽车停进车库，然后进了屋。桌子上放着几张账单和几封信。乔治娅拆开一看，然后惨叫道："奈杰尔，过来，最糟糕的事情已经发生了！"

"什么事情？"

"看，市政服务机构的通知。它的开头是，'鉴于……'这个短语听起来就让人讨厌。是的，我们没有修剪树篱，所以必须出现在基层法院的法官面前，接受起诉。你觉得他们会把我们关进监狱吗？"

"恐怕是这样的，"奈杰尔一本正经地说道，"我们触犯了法律，必须付出代价。"

乔治娅在空中挥舞着正式通知，大声说道："这个充满感恩之情的国家感谢你们！我将铭刻于心，永世不忘！"

图书在版编目（CIP）数据

饰盒之谜 /（英）尼古拉斯·布莱克著；张白桦译
. -- 上海：上海文艺出版社，2023
（尼古拉斯·布莱克桂冠推理全集）
ISBN 978-7-5321-8706-5

Ⅰ. ①饰… Ⅱ. ①尼… ②张… Ⅲ. ①推理小说-英国-现代 Ⅳ. ① I561.45

中国国家版本馆 CIP 数据核字（2023）第 040306 号

饰盒之谜

著　者：[英] 尼古拉斯·布莱克
译　者：张白桦
责任编辑：田　芳
装帧设计：周艳梅
版面制作：费红莲
责任督印：张　凯

出版：上海文艺出版社
出品：上海故事会文化传媒有限公司
　　　（201101 上海市闵行区号景路159弄A座3楼 www.storychina.cn）
发行：上海文艺出版社发行中心
　　　（上海市闵行区号景路159弄A座2楼206室）
印刷：上海中华印刷有限公司
开本：889毫米×1194毫米　1/32　印张8.75
版次：2023年4月第1版　2023年4月第1次印刷
ISBN：978-7-5321-8706-5/I.6856
定价：45.00元

版权所有·不准翻印

上海故事会文化传媒有限公司出品（01113） www.storychina.cn
想看更多精彩故事？扫码下载故事会APP

上海故事会文化传媒有限公司所有图书可办理邮购，免收邮费（挂号除外）
汇款地址：上海市闵行区号景路159弄A座2楼206室（201101）
收款人：上海故事会文化传媒有限公司出版发行部
联系电话：021-53204159
如发现本书有质量问题，请与印刷厂质量科联系T:021-60829062